Collection dirigée par Glenn Tavennec

L'AUTEUR

Née en 1981 en Caroline du Sud, Kiera Cass est une auteure comblée. Grande fan de littérature pour jeunes adultes, elle vit un réel conte de fées depuis que son éditrice chez HarperCollins est tombée amoureuse de sa dystopie, *La Sélection.*

***La Sélection* :**
Tome 1 : *La Sélection*
Tome 2 : *L'Élite*
Tome 3 : *L'Élue*
Tome 4 : *L'Héritière*

Hors-série :
La Sélection, Histoires secrètes : Le Prince & Le Garde

Retrouvez tout l'univers de
LA SÉLECTION
sur la page Facebook de la collection R :
www.facebook.com/collectionr

Vous souhaitez être tenu(e) informé(e)
des prochaines parutions de la collection R
et recevoir notre newsletter ?

Écrivez-nous à l'adresse suivante,
en nous indiquant votre adresse e-mail :
servicepresse@robert-laffont.fr

KIERA CASS

LA SÉLECTION

LIVRE I

traduit de l'anglais (États-Unis) par Madeleine Nasalik

roman

R

ISBN 978-2-221-12928-9
(édition originale : ISBN : 978-0-06-205993-2), HarperCollins Children's Books,
a division of HarperCollins Publishers Ltd., New York

1.

Depuis que nous avons reçu la lettre, maman flotte sur un petit nuage. Elle a l'air d'y voir la solution à tous nos problèmes, la promesse d'une nouvelle vie. Le seul petit grain de sable qui vient gripper les rouages, c'est moi. En temps normal je ne suis pas du genre à ruer dans les brancards mais là, je dis stop. Je n'ai pas envie d'aller grossir les rangs de la famille royale. Encore moins ceux de l'élite du pays. Hors de question.

Je me suis réfugiée dans ma chambre, un havre de paix au cœur du chaos qui règne à la maison, et je cherche un argument imparable qui pourra convaincre ma mère à tous les coups. Jusque-là, je suis un peu à court d'inspiration… et je sais d'avance que mes idées tomberont dans l'oreille d'une sourde.

Impossible de jouer à l'ermite plus longtemps, car l'heure du dîner approche et, en tant qu'aînée, je suis chargée de préparer les repas. La mort dans l'âme, je m'arrache à mon lit et je me traîne dans la fosse aux serpents.

Lorsque j'arrive à la cuisine, maman me jette un coup d'œil qui n'augure rien de bon. Elle est d'humeur massacrante. Nous exécutons un ballet silencieux autour de la table tandis que je prépare le poulet, les pâtes et les quartiers de pommes pour le dessert. Dès que je lève les yeux, elle en profite pour me fusiller du regard, comme si elle cherchait à m'enfoncer davantage. L'une de ses stratégies préférées, qu'elle utilise les rares fois où je refuse, par exemple, d'aller chanter chez un de nos odieux employeurs. Ou quand elle veut m'enrôler dans un grand ménage, parce que nous ne pouvons pas nous permettre d'embaucher une Six.

Parfois, elle arrive à ses fins. D'autres fois, non. Aujourd'hui, je m'obstine à camper sur mes positions.

Elle est au bord de l'implosion quand je fais ma tête de mule. Pourtant, c'est bien d'elle que j'ai hérité ce caractère, comme mes cheveux roux. Ma réaction n'aurait pas dû la surprendre… Les soucis s'accumulent depuis plusieurs semaines et je la sens tendue. L'été touche à sa fin, l'hiver approche – et, avec l'hiver, le froid. L'inquiétude.

Maman pose la carafe de thé glacé au milieu de la table avec un bruit sourd qui trahit sa fureur. La perspective de me désaltérer avec cette boisson délicieuse me met aussitôt l'eau à la bouche mais je dois être patiente : ce serait un vrai gâchis de vider mon verre maintenant et de boire de l'eau tout au long du repas.

— Ça te tuerait de remplir le formulaire ? me lance-t-elle enfin, incapable de se contenir plus longtemps. La Sélection pourrait être la chance de ta vie. De notre vie à tous.

Je pousse un soupir interminable. Remplir ce fichu formulaire, c'est aussi signer mon arrêt de mort, en quelque sorte : ce n'est un secret pour personne que les renégats – ces combattants clandestins qui entretiennent une haine farouche contre Illeá – lancent des attaques contre le palais royal et leur violence n'a d'égale que leur régularité. Nous avons eu la malchance de les avoir déjà vus à l'œuvre dans la province de Caroline. La maison d'un magistrat a été réduite en cendres et les voitures de certains Deux vandalisées. Ils ont même organisé une évasion collective dans l'une des prisons et libéré une ado qui s'était débrouillée pour tomber enceinte et un Sept, père de neuf enfants. Je me suis dit que sur ce coup-là, je pourrais leur donner mon soutien.

Au-delà de ce danger bien réel, j'ai la certitude que cela me briserait le cœur de présenter ma candidature à la Sélection. J'ai mes raisons pour rester là où je suis, et elles sont aussi valables que les motivations de ma mère.

— Ces dernières années n'ont pas été une promenade de santé pour ton père, siffle-t-elle. Tu es trop égoïste pour penser à lui, à ce que je vois.

Nous y voilà. Oui, j'ai très envie d'apporter mon aide à papa. Ainsi qu'à May et à Gerad. Et aussi à ma mère, dans un certain sens. Si elle me prend par les sentiments, mes arguments tombent tous à plat. Cela fait trop longtemps que nous nous serrons la ceinture.

Attention, je n'essaie pas de nous faire plaindre, je ne dis pas que nous mourons de faim, loin de là. Nous ne vivons pas dans la misère. Mais nous appartenons à une caste qui compte pour rien – ou presque – dans la hiérarchie sociale. Nous sommes artistes. Et les artistes, comme les musiciens, sont des Cinq, distants de trois échelons des parias d'Illeá. L'argent ne tombe pas du ciel et nos revenus dépendent du flux et du reflux des saisons.

Je me rappelle avoir lu dans un vieux livre d'histoire qu'autrefois tous les jours fériés se succédaient durant les mois d'hiver. Halloween ouvrait la marche, suivi de Thanksgiving, puis de Noël, et tout à la fin arrivait le jour de l'An. À la queue leu leu.

Noël n'a pas bougé dans le calendrier. On peut difficilement changer la date de naissance d'un personnage divin. En revanche, depuis le traité de paix signé entre Illeá et la Chine, le Nouvel An se célèbre soit en janvier, soit en février, en fonction des phases de la lune. Et toutes les fêtes qui tournent autour de l'indépendance de notre grand et beau pays ont été regroupées à une seule et même date, la Grande Cérémonie du Souvenir, en été. L'occasion de célébrer, comme un seul peuple, la naissance d'Illeá, de nous réjouir d'être en vie et d'avoir survécu à la guerre. Quant à Halloween, je ne vois pas en quoi cette fête consiste.

Ainsi, trois fois par an au moins, à l'occasion de ces festivités, tous les membres de notre famille trouvent un emploi et ramènent de l'argent à la maison. Papa et May vendent leurs œuvres à des mécènes. Maman et moi, nous nous produisons pendant des soirées ou des cocktails (je chante, elle joue du piano). Nous acceptons tout ce qu'on nous propose, du moment que notre agenda le permet. Quand j'étais plus petite, ces récitals me plongeaient dans un trac phénoménal. Avec le temps, j'ai appris à me fondre dans le décor, à me faire aussi discrète qu'une plante verte. C'est ce que nos employeurs attendent de nous : invisibles, mais pas inaudibles.

Gerad, lui, n'a pas encore trouvé sa spécialité. En même temps, rien ne presse. Il n'a que sept ans.

Bientôt les feuilles des arbres se teinteront de roux et notre petit monde sera ébranlé. Cinq bouches à nourrir, quatre personnes en mesure de travailler. Et pas de perspective d'embauche avant Noël. En considérant le problème sous cet angle, la Sélection est comme une solution miracle, une bouée à laquelle je peux me cramponner. La lettre que nous avons reçue ce matin assurerait ma fortune et tirerait d'affaire toute ma famille...

J'observe maman en catimini. Elle est plutôt enrobée, ce qui est inhabituel pour une Cinq. Sa silhouette n'a pas été épargnée par ses cinq grossesses. Ses cheveux auburn sont semés de nombreux filaments argentés apparus sans crier gare il y a deux ans. Des rides se sont creusées au coin de ses yeux et elle se déplace la tête rentrée dans les épaules, comme voûtée sous le poids d'un fardeau invisible. Ses responsabilités l'oppressent, je m'en rends bien compte, et je comprends pourquoi elle tente de me manipuler. Nous nous querellons souvent et, à l'approche de l'automne, sa nervosité augmente, ce qui n'arrange pas l'ambiance. Elle doit me trouver stupide de ne pas vouloir poser les yeux sur ce formulaire.

Le souci, je le répète, c'est que certaines choses me tiennent à cœur et cette feuille de papier me sépare d'elles aussi sûrement qu'un mur en briques. Possible que mes rêves ne riment à rien. Qu'ils me filent toujours entre les doigts. Mais ils m'appartiennent et je n'ai pas la moindre envie de tirer un trait sur eux, de me plier indéfiniment aux quatre volontés de ma famille. J'ai déjà fait pas mal de sacrifices.

Désormais, Kenna est une femme mariée et Kota vole de ses propres ailes. J'ai repris leur flambeau et j'ai enfilé le costume de grande sœur dès qu'ils ont quitté la maison. Je travaille d'arrache-pied, en donnant la priorité à la musique et aux répétitions qui occupent la majeure partie de mes journées, entre le chant et les différents instruments auxquels j'essaie de m'initier.

Mais la lettre est arrivée et tous ces efforts ont été relégués aux oubliettes. Ma mère me voit déjà sur le trône d'Illeá. Si j'avais été plus maligne, je l'aurais caché, ce fichu courrier, avant le retour des autres. Je ne pouvais pas me douter que maman le glisserait sous sa ceinture. Elle le sort au beau milieu du dîner, comme un magicien tire un lapin de son chapeau.

— Destinataire : Maison des Singer, chantonne-t-elle.

Je tente de lui arracher la lettre des mains, elle réussit à esquiver mon geste. La traîtresse.

— Maman, s'il te plaît ! Donne-moi ça !

— Mais ça m'intéresse ! piaille May, ma sœur cadette.

May est mon clone avec trois ans d'écart. Ma copie conforme sur le plan physique uniquement, car en ce qui concerne le caractère nous sommes diamétralement opposées. Exubérante et extravertie, May commence déjà à s'intéresser de très près aux garçons. La Sélection va faire vibrer sa fibre romantique…

Je me sens rougir jusqu'à la racine des cheveux. Papa tend une oreille attentive et ma fofolle de sœur bondit sur sa chaise, presque hystérique. Gerad, qui ne se laisse pas distraire par si peu, garde le nez dans son assiette. Maman s'éclaircit la voix et se met à lire :

— « Le dernier recensement porte à notre connaissance qu'une jeune fille célibataire, dont l'âge oscille entre seize et vingt ans, réside actuellement dans votre foyer. Nous nous permettons de vous signaler une occasion unique de participer à l'Histoire de cette grande nation qu'est Illeá. »

— C'est toi, la jeune fille célibataire ! braille May en m'agrippant le bras.

— Je sais que c'est moi, petite guenon. Arrête, tu vas me briser les os.

Elle se tortille de plus belle sur sa chaise. Imperturbable, maman poursuit :

— « Notre prince bien-aimé, Maxon Schreave, atteint sa majorité ce mois-ci. Au seuil de cette nouvelle phase de sa vie, il espère fonder une famille avec une épouse loyale originaire de notre beau pays. Si votre fille, sœur ou pupille souhaite embrasser son destin en tant qu'épouse du prince et princesse d'Illeá, n'hésitez pas à remplir le formulaire ci-joint que vous retournerez, dûment complété, au bureau administratif de votre province. Dans chaque zone géographique, un tirage au sort désignera la jeune fille qui aura le privilège de rencontrer le prince.

« Les candidates désignées par tirage au sort seront logées au cœur même du palais royal, à Angeles, pendant toute la durée de leur séjour. La famille de chaque candidate recevra une compensation généreuse pour services rendus à la couronne », ajoute ma mère en appuyant bien sur les mots « compensation » et « généreuse ».

Aussi subtile qu'un rhinocéros. Je lève les yeux au plafond. C'est ainsi que la famille royale d'Illeá procède avec les héritiers de sexe masculin. Les princesses sont depuis la nuit des temps « cédées » à un prince ou à un dirigeant étranger, et leur union sert à consolider nos relations avec les pays voisins. Il y a une logique à tout cela, même si elle me choque : Illeá est une nation jeune qui avait besoin de tisser à sa naissance un solide réseau d'alliés. Mais cela fait trois générations que la famille royale n'a pas donné de princesse à son peuple. Quant aux princes, ils ont épousé des roturières afin de maintenir à la hausse le moral d'une nation parfois capricieuse, de souder le peuple face à l'adversité et de nous rappeler qu'Illeá a émergé du chaos.

Quand je pense qu'il y a des filles assez stupides pour se disputer, sous les yeux du royaume tout entier et sous prétexte qu'il est de sang royal, les faveurs d'une mauviette qui finira par se jeter, la bave aux lèvres, sur une bimbo écervelée, et que l'heureuse élue obtiendra le douteux privilège de parader à ses côtés sans jamais décrocher une parole… j'ai envie de hurler. Vous connaissez plus humiliant, vous ? Par ailleurs, j'ai fréquenté assez de Deux et de Trois dans leur environnement naturel pour savoir que ces filles me dégoûtent. Je n'ai pas envie d'appartenir à leur caste. Être une Cinq, cela suffit à mes ambitions, même si cela implique des sacrifices. C'est maman l'arriviste, pas moi. Justement, elle se met à délirer :

— Et le prince va adorer America, c'est certain ! Elle est jolie comme un cœur.

— Maman, arrête. Je n'ai rien de spécial.

— N'importe quoi ! proteste May. Je te ressemble comme deux gouttes d'eau et je suis jolie, moi ! Alors toi aussi !

Son visage se fend d'une oreille à l'autre et j'éclate de rire, vaincue. May n'a pas tort. Elle est très jolie, personne ne peut dire le contraire. Et sa beauté ne se résume pas à ses traits fins, à son sourire irrésistible et à ses yeux clairs. Il se dégage d'elle une énergie et un enthousiasme qu'elle communique aux autres. May déborde de charisme, moi pas. Et je ne dis pas ça pour rafler des compliments. Je me tourne vers mon petit frère :

— Et toi, Gerad, qu'est-ce que tu en penses ? Tu me trouves jolie ?

Tous les regards se posent sur le benjamin de la famille.

— Pouah ! C'est dégoûtant, les filles !

— Gerad, ne raconte pas n'importe quoi, soupire maman, même si le cœur n'y est pas. America, sache que tu es une très jolie fille.

— Puisque je suis si jolie, comment expliques-tu qu'il n'y ait pas déjà une file de garçons qui se morfondent devant notre porte ?

— Oh, ils essaient, mais je les chasse. Mes filles sont trop belles pour épouser des Cinq. Kenna a mis le grappin sur un Quatre et vous pouvez faire tout aussi bien, voire mieux.

Et maman de ponctuer son aveu en avalant une gorgée de thé. Je bougonne :

— Le mari de Kenna s'appelle James. Arrête de le désigner par sa caste. Et depuis quand il y a des garçons qui sonnent à la porte ?

— Depuis pas mal de temps, répond papa en sortant de son mutisme.

Sa voix est teintée de tristesse et il fixe sa tasse du regard. Qu'est-ce qui le chagrine autant ? Les prétendants dont je viens de découvrir l'existence ? La querelle qui gronde entre maman et moi ? Mon refus de participer à la Sélection ? Ou le fait de voir sa petite fille devenir femme ?

Je suis très proche de mon père. À ma naissance, c'est lui qui a pris soin de moi. Si maman m'a légué son sale caractère, papa, lui, m'a légué sa générosité.

Nos regards se croisent une fraction de seconde et je comprends. Il est pris dans un dilemme : il ne veut pas exiger ce sacrifice de moi, il ne veut pas que je parte… mais il n'arrive pas à effacer de son cerveau les bénéfices potentiels que la famille tout entière pourrait tirer de ma candidature.

— America, sois raisonnable, grommelle maman. Tu dois être la seule fille de la province à faire ta mauvaise tête. Pense à l'occasion qui t'est offerte ! Tu pourrais être sacrée reine !

— Maman, en admettant que mon objectif ultime soit d'être reine, il y a des milliers d'autres filles qui vont se présenter. Des dizaines de milliers. Et si je suis, par miracle, tirée au sort, il me resterait à battre trente-quatre concurrentes, toutes plus calées en séduction que moi.

Gerad lève la tête.

— C'est quoi la séduction ?

— Rien ! répondons-nous tous en chœur.

Et je conclus ma tirade :

— C'est ridicule de penser qu'avec tous ces obstacles, je réussirai à gagner ce concours.

Ma mère se met debout et repousse sa chaise.

— Et pourtant, quelqu'un va bien finir par la gagner, cette Sélection. Tu as autant de chances que les autres. Gerad, quand tu auras fini ton assiette, tu fileras prendre ton bain.

Mon petit frère répond par un grognement.

May mange en respectant un silence prudent. Gerad demande une portion supplémentaire, mais les casseroles sont vides. Je commence à débarrasser la table tandis que papa sirote son thé. Il a de la peinture dans les cheveux – de petites mouchetures jaunes –, ce qui m'arrache un sourire. Il quitte la table à son tour et balaie les miettes qui parsèment sa blouse. Je marmonne, les bras chargés d'assiettes :

— Excuse-moi, papa.

— Rassure-toi, ma puce. Je ne suis pas fâché.

— C'est juste que…

— Tu n'as pas à te justifier, ma belle. Je te comprends. Bon, allez, au boulot.

Il dépose un baiser sur mon front et je retourne à la cuisine faire un brin de ménage. J'emballe mon assiette dans un torchon et je la cache à l'intérieur du frigo. J'ai à peine touché à mon repas. Les autres n'ont laissé que des miettes.

Furieuse, je regagne ma chambre. Pourquoi maman se sent-elle toujours obligée de me mettre la pression ? Elle n'est pas heureuse ici ? Elle n'aime plus papa ? Elle veut voir si l'herbe est plus verte ailleurs ? À quoi bon me harceler comme elle le fait ?

Je m'allonge sur mon matelas bosselé et je cogite. La Sélection a ses avantages comme ses inconvénients. Je ne dirais pas non à quelques bons repas concoctés par le cuisinier royal, par exemple. Et je sais que tout bien pesé, il y a peu de chances que je tombe amoureuse du prince Maxon. D'après ce que j'ai pu voir pendant le bulletin du Capitole, je n'aurai jamais aucun atome crochu avec lui.

J'attends minuit avec une impatience fébrile. Postée devant le miroir fixé près de la porte, j'étudie mon reflet. Mes cheveux ? Parfaits. J'applique un peu de gloss, histoire de redonner des couleurs à mon teint de papier mâché. Maman m'a interdit d'utiliser du maquillage en dehors de nos spectacles – il n'y a pas de petites économies – mais je m'arrange toujours pour en subtiliser lors des grandes occasions. Comme ce soir.

Je me faufile dans la cuisine sur la pointe des pieds, je récupère mon assiette, j'ajoute au menu un peu de pain rassis, puis une pomme, et je m'en fais un petit baluchon. Je retourne dans ma chambre à pas de loup, en réprimant ma nervosité.

Ouvrant la fenêtre, je plonge le regard dans notre jardin, à peine plus grand qu'un mouchoir de poche. Pas de lune ce soir : je dois attendre que ma vue s'adapte à l'obscurité. Tout au fond, en équilibre dans l'arbre, notre cabane émerge parmi les ombres. Quand nous étions petits, je me souviens que Kota nouait des draps aux branches et transformait la cabane en un gigantesque galion. Il tenait le rôle du capitaine, moi celui de second. Mes tâches consistaient à passer le balai et à « faire la popote », autrement dit fourrer du sable et des brindilles dans des vieilles casseroles empruntées à maman. Kota puisait cette mixture peu ragoûtante et faisait mine de la manger en jetant le contenu de sa cuillère pardessus son épaule. Et je balayais comme une forcenée, mais cela ne me dérangeait pas. J'étais heureuse de naviguer en haute mer avec mon grand frère.

Je parcours les environs du regard. Les maisons alentour sont plongées dans une obscurité totale, personne ne semble espionner ses voisins. Je me glisse dehors avec mille précautions. Au début, je m'y prenais mal et j'avais le ventre couvert de bleus, mais à force j'y parviens sans encombre. C'est une technique que j'ai appris à maîtriser au fil du temps. L'essentiel : que la nourriture arrive en un seul morceau.

Je trottine sur la pelouse dans mon plus joli pyjama. J'aurais pu garder mes vêtements, c'est vrai, mais je préfère le confort à la coquetterie. Et ce petit short marron, associé à un T-shirt moulant, est très flatteur.

Escalader à l'aide d'une seule main les planches clouées au tronc est un jeu d'enfant, à présent. Plus j'avance et plus je me sens soulagée. J'ai l'impression de laisser l'agitation de mon foyer loin, très loin derrière moi. Ici, je ne suis la princesse de personne.

À l'instant où je pose le pied dans la cabane, je sais que je ne suis pas seule. Quelqu'un se tapit dans un coin, cerné par les ténèbres. Mon cœur s'emballe. Je place l'assiette par terre. La silhouette change de position et allume la mèche d'une bougie aux trois quarts fondue. Ténue, la lumière suffit à éclairer la cabane. L'intrus esquisse un petit sourire en coin.

— Salut, beauté…

2.

Je m'aventure au cœur de la cabane, un cube exigu dans lequel même Gerad a du mal à tenir debout. J'adore cet endroit. Quelques planches, une porte, une fenêtre à peine plus grande qu'une lucarne, et le tour est joué. Le mobilier se résume à un escabeau et un tapis élimé. Un peu spartiate, je l'avoue, mais c'est mon petit paradis. Notre paradis à tous les deux, Aspen et moi.

— Ne m'appelle pas beauté. D'abord maman qui s'y met, ensuite May, maintenant toi. Vous commencez à me taper sur les nerfs.

Au regard que me lance Aspen, je devine qu'il ne me prend pas au sérieux.

— C'est plus fort que moi. Tu es la plus belle fille que je connaisse. Tu ne vas pas m'en vouloir, quand même ? On se voit si rarement.

Il prend mon visage entre ses mains, je plonge mon regard dans le sien et la machine s'emballe.

Nous échangeons un baiser et j'oublie aussitôt le reste. La Sélection, les soucis de ma famille… j'oublie jusqu'à Illeá. Seul Aspen compte en cet instant, ses mains le long de mon dos, son souffle sur ma nuque… Je caresse ses cheveux encore mouillés – il prend toujours une douche le soir, au retour du travail – et je glisse mes doigts dans ses boucles brunes. Il sent le savon, celui que fabrique sa mère dans sa cuisine. Cette odeur, j'en rêve la nuit. Nous nous séparons lentement, je souris de joie et je me blottis à nouveau entre ses bras, comme une petite fille qui a besoin d'être consolée.

— Excuse-moi d'être de mauvais poil. C'est juste que… on a reçu une lettre officielle aujourd'hui.

— Ah oui, la lettre, soupire Aspen. Nous, on en a reçu deux.

Bien sûr. Les jumelles viennent de fêter leur seizième anniversaire.

Aspen me dévore des yeux pendant notre conversation. C'est une manie qu'il a quand nous nous retrouvons ; on dirait qu'il enregistre mon visage dans ses moindres détails, qu'il l'apprend par cœur. Notre dernier rendez-vous remonte déjà à plus d'une semaine. Moi aussi, j'en profite pour l'admirer. Au-delà de sa caste, Aspen est, de loin, le garçon le plus canon de la ville. Avec ses cheveux de jais, ses yeux verts et son petit sourire mystérieux, il a toutes les filles à ses pieds. Il est grand mais pas trop, mince sans être maigre. À la lueur de la bougie, je remarque ses cernes blafards : il a dû travailler tard ces derniers jours. Son T-shirt est usé jusqu'à la corde et son jean, qu'il ne quitte jamais, tombe en loques.

Si seulement j'avais la possibilité de raccommoder ses vêtements… La voilà, ma grande ambition. Devenir la princesse d'Aspen, pas celle d'Illeá.

Ne pas être à ses côtés est une souffrance de chaque instant. Certains jours, je tourne dans ma chambre comme un lion en cage et je me demande ce qu'il fait, où il se trouve au moment où je pense à lui. Et quand je perds les pédales, le seul antidote reste la musique. C'est grâce à Aspen, en quelque sorte, que je suis devenue aussi bonne musicienne.

Nous risquons gros pendant nos rendez-vous au clair de lune. Aspen est un Six et les Six ne sont ni plus ni moins que des serfs corvéables à merci, formés aux besognes domestiques, à peine mieux considérés que des Sept. Les mariages intercastes défraient la chronique tant ils sont rares. Un homme a tout à fait le droit de demander la main d'une femme issue d'une caste supérieure à la sienne, mais il s'expose à un refus dans quatre-vingt-dix-neuf pour cent des cas. Si deux personnes issues de castes différentes souhaitent se marier, elles doivent remplir des brouettes de formulaires et s'armer de patience : leur dossier prend la poussière pendant quatre-vingt-dix jours avant d'être traité par l'administration d'Illeá. Un délai qui permet aux fiancés de revenir sur leur décision le cas échéant, paraît-il. Le fait de nous retrouver en cachette, Aspen et moi, sans respecter le couvre-feu… cela pourrait nous attirer de sérieux ennuis. Sans parler de l'enfer que me ferait vivre ma mère en apprenant que je fréquente un Six.

Mais j'aime Aspen. Depuis bientôt deux ans. Et il m'aime aussi. Voilà pourquoi j'ai du mal à me projeter dans la Sélection. Mon cœur est déjà pris…

Je me tourne vers lui et je lui demande :

— Qu'est-ce que tu en penses ? De la Sélection, je veux dire ?

— Ça ne me dérange pas plus que ça. Il faut bien qu'il trouve chaussure à son pied, ce pauvre Maxon.

La voix d'Aspen dégouline de sarcasme mais ce qui m'intéresse, c'est un avis franc et honnête.

— Sérieusement, Aspen.

— Eh bien, d'un côté je trouve ça pathétique. Il ne connaît personne, le prince ? Il ne fréquente aucune fille ? Ça me paraît incroyable. S'ils arrivent à marier les princesses à d'autres princes, qu'est-ce qui les empêche de procéder de la même façon pour lui ? Il y a forcément une princesse quelque part qui ferait l'affaire. En même temps… je trouve que c'est une bonne idée. Ça promet des moments passionnants. Il va tomber amoureux devant les caméras et vivre un conte de fées en direct. Notre prochaine reine, ce sera peut-être une fille que l'on connaît. Cela donne de l'espoir à tout le monde. Et je me dis que moi aussi, j'aurai droit un jour à mon conte de fées.

— Alors tu vas encourager tes sœurs ?

— Bien sûr. On a tous vu le prince à la télé. Il n'a pas l'air méchant. Snob, bien sûr, mais sympathique. Et les jumelles sont à fond dedans, tu devrais les voir. Elles étaient en train de danser quand je suis rentré ce soir. Et il ne faut pas se voiler la face : cela profiterait à toute la famille. Maman dit qu'on a toutes nos chances car on présente deux candidates au lieu d'une.

C'est la première bonne nouvelle de la journée. Trop absorbée dans mes propres soucis, j'en ai oublié de penser aux sœurs d'Aspen. Si l'une d'entre elles est tirée au sort, si elle remporte la victoire…

— Aspen, tu te rends compte ? Si Kamber ou Celia gagnait le concours ?

— Je ne pense qu'à ça depuis ce matin.

Il me serre fort sur son torse et ses lèvres effleurent mon front.

Bercée par sa voix aux accents langoureux, je n'ai qu'une envie – caresser Aspen, l'embrasser – mais son estomac se met à gargouiller et m'arrache à mes fantasmes. J'annonce sur un ton badin :

— Au fait, j'ai apporté un casse-croûte.

— Ah oui ? lance Aspen en tentant de réprimer – sans y parvenir – son excitation.

— Tu vas adorer le poulet. C'est moi qui l'ai préparé.

Je récupère mon petit baluchon et j'en offre le contenu à Aspen qui se nourrit lentement, sans se précipiter, alors qu'il est en réalité affamé. Je mords dans la pomme, une fois, afin de donner le change, mais je lui laisse le reste.

La situation n'est pas rose chez nous mais chez Aspen, elle est tout bonnement catastrophique. Il gagne une misère et les membres de sa famille ne mangent pas à leur faim tous les jours. Aîné de sept enfants, il s'efface souvent au profit de ses frères et sœurs et n'hésite pas à se coucher le ventre vide si ce sacrifice peut augmenter les maigres rations des autres. À la mort de son père, il y a de cela trois ans, il a endossé le costume du chef de famille – avec toutes les responsabilités que cela implique. Sa mère, femme de ménage, est bien trop fatiguée pour assumer ce rôle.

Je le regarde se lécher les doigts et rompre le pain. On dirait qu'il n'a pas mangé depuis des semaines.

— Tu es un vrai cordon-bleu. Il en a de la chance, ton futur mari. Il va devenir obèse, plaisante-t-il.

— C'est toi, mon futur mari. C'est toi que je rendrai obèse…

— Être obèse ! Mon rêve !

Nous éclatons de rire en chœur et il me donne les dernières nouvelles. Aspen travaille depuis quelques jours au service comptable de l'une des usines de la ville et il y retourne la semaine prochaine. Sa mère a été embauchée par des Deux qui habitent le quartier. Quant aux jumelles, elles dépriment : elles ont dû renoncer à leur atelier de théâtre pour trouver un petit boulot. Chez les Leger, chaque sou compte.

— Je vais tenter de me faire embaucher dans l'équipe du week-end, explique Aspen, histoire de les décharger un peu. Cela m'ennuie qu'elles soient obligées de renoncer à leur activité préférée.

— Aspen Leger, je t'interdis de travailler le dimanche ! Tu te crèves déjà la santé.

— Allons, Ame. Tu connais Kamber et Celia, chuchote-t-il au creux de mon oreille (j'en ai la chair de poule). Elles ont besoin de sortir, de voir des gens… Elles ne peuvent pas être enfermées entre quatre murs et faire le ménage ou taper des lettres du matin au soir. Ça les rendrait malades.

— Mais c'est injuste, Aspen ! Tu n'es pas leur esclave ! Je sais que tu les adores, tes petites sœurs, mais ce n'est pas une raison pour te surmener. Si tu les aimes vraiment, tu dois aussi penser à toi et te ménager.

— Ne te tracasse pas, Ame. Il y a de bonnes choses qui se profilent à l'horizon. Je ne vais pas bosser comme un forçat toute ma vie.

— Aspen, je sais que tu en es capable, mais tu n'es pas un superhéros. Tu ne pourras pas subvenir aux besoins de ta famille éternellement. Tu ne peux pas… tout assumer.

Nous restons muets un long moment. J'espère qu'Aspen ne prend pas mes conseils à la légère et qu'il mesure les risques s'il continue sur le même rythme. Il n'est pas rare d'apprendre qu'un Six, un Sept ou même un Huit est mort d'épuisement. D'ailleurs, ce scénario sinistre me donne des cauchemars.

— America ?

— Oui ?

— Est-ce que tu vas te présenter à la Sélection ?

— Quoi ? Bien sûr que non ! Je n'ai pas envie de passer pour une idiote prête à tout pour devenir reine. C'est toi que j'aime.

— Mais tu as envie de devenir une Six ? De vivre dans l'angoisse et le manque toute ta vie ? D'avoir faim ?

— Aspen, on va s'en sortir. On est malins. À nous deux, on trouvera une solution.

— Tu sais bien que non, Ame. Tu te fais des films. Ma famille dépendra toujours de moi ; je ne suis pas du genre à lâcher les gens. Et si on a des enfants…

— Pas si. Quand. Quand on aura des enfants… Et on prendra nos précautions. Personne n'a le droit de nous en imposer plus de deux !

— On n'a pas notre mot à dire là-dessus, je te le rappelle !

Aspen fulmine, et c'est normal. Seules les castes les plus aisées peuvent limiter le nombre d'enfants qu'elles souhaitent élever. Les castes inférieures sont condamnées à se débrouiller avec les moyens du bord. Cela fait près de six mois que le sujet revient régulièrement sur le tapis et les disputes sont de plus en plus fréquentes. Les enfants, c'est le souci numéro un à Illeá. Plus la famille s'agrandit, plus il y a de bras pour travailler – et plus il y a de bouches à nourrir… un cercle vicieux sans issue pour les miséreux.

D'un tempérament assez fougueux, Aspen peut facilement perdre son sang-froid lors d'une discussion. Il a appris, au fil du temps, à brider ses émotions et je sais qu'en ce moment même il fait tout son possible pour ne pas se mettre en colère. Mon objectif, ce n'est ni de l'angoisser ni de l'énerver. Avec un minimum d'organisation, nous arriverons à trouver une solution, je n'en doute pas. Peut-être l'optimisme me rend-il aussi aveugle que l'amour, mais je suis certaine qu'ensemble, rien ne peut nous arrêter – à condition de nous retrousser les manches.

— Tu devrais te présenter, ajoute Aspen.

— Me présenter à quoi ?

— À la Sélection. Tu devrais sauter sur l'occasion.

— Tu as perdu la tête ?

— Ame, écoute, chuchote-t-il au creux de mon oreille (il me prend en traître : il sait que je perds tous mes moyens quand il fait ça). Si tu avais la chance de décrocher ton ticket pour une vie meilleure et si tu passais à côté à cause de moi, jamais je ne me le pardonnerais. C'est aussi simple que ça !

— Ridicule. Pense aux centaines de filles qui vont participer au tirage au sort, Aspen. Je n'ai aucune chance.

Il me caresse le bras. Impossible de me concentrer sur mes arguments.

— Puisque tu n'as aucune chance, qu'est-ce qui te retient ? Je veux que tu y participes, point barre. Que tu tentes ta chance. Si tu es tirée au sort, tant mieux. Et si tu n'es pas tirée au sort, je n'aurai plus à culpabiliser.

— Mais je n'aime pas le prince ! Je ne le trouve pas sympathique. Je ne le connais même pas.

— Personne ne le connaît. Le problème, c'est que tu peux finir par le trouver à ton goût…

— Aspen, arrête. C'est toi que j'aime.

— Je t'aime aussi. Et si tu m'aimes, tu vas présenter ta candidature, pour que j'aie la conscience tranquille.

« Je tâche de me raisonner : je n'ai aucune chance d'être tirée au sort et enrôlée par la Sélection. Je ne risque donc rien à participer. Au contraire, j'ai tout à y gagner puisque je fais plaisir à deux personnes en même temps : Aspen et maman. Se laissera-t-elle plus facilement amadouer le jour où Aspen me demandera en mariage ? Possible.

— S'il te plaît ? souffle Aspen dans mon cou.

Je suis parcourue d'un frisson.

— D'accord, je vais me présenter. Mais je te rappelle que jouer à la princesse ne m'intéresse pas. Ce que je veux, c'est devenir ta femme.

— Ne t'inquiète pas.

J'ai l'impression que ses yeux s'embuent de larmes. Aspen a traversé de nombreuses épreuves mais je ne l'ai vu pleurer qu'une seule fois, le jour où son petit frère s'est fait fouetter en public, sur la place du marché. Jemmy avait volé un fruit sur l'étal d'un marchand. Un adulte aurait été traîné devant un juge, puis jeté en prison ou condamné à mort au terme d'un procès expéditif. Comme Jemmy n'avait que neuf ans à l'époque, il a reçu un châtiment corporel. Faute d'argent sa mère n'a pas pu l'emmener chez un médecin digne de confiance et, depuis, Jemmy a le dos couturé de cicatrices. Ce soir-là, je me suis penchée à la fenêtre et j'ai attendu qu'Aspen se faufile dans la cabane. Il a pleuré dans mes bras plus d'une heure. À l'en croire, tout était de sa faute. Si seulement il travaillait plus dur, si seulement il avait plus d'ambition, le petit Jemmy n'aurait pas eu à voler. Son frère avait été puni parce que Aspen était un raté. De quoi être écœuré par l'existence. Il se trompait sur toute la ligne mais je ne pouvais pas le contredire, car il ne m'aurait pas écoutée. Aspen se sent responsable de la misère dans laquelle se débattent ceux qu'il aime – moi y compris.

— Tu veux bien chanter pour moi, Ame ? Pour que je garde un bon souvenir de cette soirée ?

Je ne me le fais pas répéter deux fois. Je me blottis contre son épaule et je fredonne, à voix basse, une berceuse.

Il m'écoute un instant tandis que ses doigts courent sur ma peau. Ensuite il tire le col de mon T-shirt et fait pleuvoir des baisers sur ma nuque, puis sur mon bras. J'ai le souffle de plus en plus court. Il s'amuse à me déconcentrer chaque fois que je chante. À croire que cela l'amuse plus que de m'écouter.

Au bout de quelques minutes de ce petit manège, nous roulons sur le tapis crasseux, collés l'un contre l'autre. À califourchon sur Aspen, je passe mes doigts dans ses cheveux, hypnotisée par cette sensation. Il m'embrasse avec fougue et je le sens pétrir ma taille, mon dos, mes hanches, mes cuisses, si fort qu'il risque d'imprimer des bleus sur ma peau.

Depuis le début de notre relation, nous faisons preuve d'une prudence extrême, de peur de nous laisser déborder par la passion. Nous enfreignons assez de lois rien qu'en nous fréquentant, pas la peine d'alourdir notre dossier. Et pourtant, malgré nos précautions, difficile de trouver à Illeá couple plus soudé que nous.

— Je t'aime, America Singer. Je t'aimerai jusqu'à mon dernier souffle.

— Je t'aime, Aspen. Tu seras toujours mon prince.

Et il m'embrasse jusqu'à ce que la bougie se consume.

De temps en temps, quand ses finances le permettent, Aspen me donne une pièce, façon symbolique de payer pour le plaisir que je lui ai procuré en chantant, et je la confie à un bocal spécialement réservé à cet effet. Ce rituel anodin me gêne – il ferait mieux de garder cet argent et d'en faire profiter sa famille – mais, en même temps, mon bocal rempli de piécettes me rappelle tous les sacrifices qu'Aspen est prêt à faire au nom de notre amour.

De retour dans ma chambre, je tire le récipient de sa cachette. La pièce reçue ce soir tombe à l'intérieur avec un tintement joyeux. Puis j'attends une dizaine de minutes accoudée à la fenêtre et je vois enfin l'ombre d'Aspen escalader la barrière et s'élancer dans l'impasse.

Je reste longtemps éveillée en pensant à lui, à l'amour que j'éprouve, à celui qu'il me porte. Je me sens exceptionnelle, précieuse, irremplaçable. Aucune reine ne peut être aussi heureuse que moi en cet instant précis.

Et je finis par m'endormir, son amour gravé dans mon cœur.

3.

Vêtu de blanc, Aspen ressemble à un ange. Nous sommes seuls, libres et heureux. Nous n'avons pas besoin des autres et c'est très bien ainsi. Aspen tresse des fleurs, il veut m'en faire une couronne…

— America ! lance maman, m'arrachant à mon rêve.

Elle allume la lampe et la lumière me brûle les rétines. Je me frotte les yeux.

— Réveille-toi, America ! J'ai une proposition à te faire.

Je jette un coup d'œil à mon réveil. Sept heures, passées de quelques minutes. À peine cinq heures de sommeil…

— J'ai le droit de me rendormir ?

Je me redresse, l'esprit embrumé, le mine froissée, les cheveux en bataille. Maman tape sans cesse dans ses mains, comme pour m'encourager.

— Allons, America. Lève-toi.

Je bâille. Deux fois. Et je m'énerve :

— Mais qu'est-ce que tu veux ?

— Que tu t'inscrives à la Sélection.

— Maman, vraiment, ce n'est pas…

La promesse que j'ai faite à Aspen hier soir me revient en mémoire. Au petit matin, ma résolution commence déjà à flancher.

— Je sais que tu y es opposée, America, mais je vais te proposer un marché qui te fera peut-être changer d'avis.

Je dresse l'oreille.

— J'ai discuté avec ton père hier soir, déclare maman, et nous sommes tombés d'accord. Tu es assez grande pour décrocher tes propres contrats. Tu maîtrises le piano aussi bien que moi et, bientôt, tu joueras du violon comme personne. Et ta voix, tu connais déjà mon avis sur la question, il n'y a pas deux chanteuses comme toi dans la province.

— Merci, maman. C'est gentil.

J'esquisse un sourire ahuri. Je n'ai jamais eu vraiment envie de me produire en solo et je ne vois pas ce que sa proposition contient d'alléchant.

— Ce n'est pas tout, poursuit-elle. Tu pourras signer tes propres contrats et… et garder la moitié de tes revenus, ajoute-t-elle avec une drôle de grimace. À une condition : que tu t'inscrives à la Sélection.

Elle affiche alors un sourire réjoui. Elle savait qu'elle réussirait à m'appâter et à trouver un moyen de me convaincre – même si elle s'attendait, j'en suis sûre, à une résistance un peu plus active. Comment refuser une offre pareille ? J'étais déjà décidée à présenter ma candidature grâce à Aspen, et maintenant on m'offre l'indépendance financière ! L'argent que je vais gagner, je le donnerai à Aspen. Si nous économisons ensemble, nous pourrons nous marier beaucoup plus tôt que prévu.

— Maman, tu sais que je suis forcée d'accepter, pas vrai ? Même si rien ne dit que je vais être tirée au sort…

— Oui, je sais. Cela vaut pourtant la peine d'essayer.

— Très bien, je vais remplir le formulaire. Tu es sérieuse pour l'argent ?

— Très sérieuse. De toute façon, tôt ou tard, tu vas prendre ton indépendance. Et il serait temps que tu apprennes à gérer ton budget. Mais n'oublie pas ta famille, s'il te plaît. Nous avons toujours besoin de toi.

— Aucun risque que je vous oublie, tu sais quoi dire pour qu'on se souvienne de toi !

Je lui fais un clin d'œil, elle explose de rire et le pacte est scellé.

Sous la douche, je pense à la petite révolution qui s'opère depuis hier. En remplissant un simple formulaire, je gagne l'approbation de ma famille, je rends Aspen heureux et je finance notre mariage !

L'argent n'est pas l'une de mes préoccupations principales, mais pour Aspen c'est le nerf de la guerre. Il veut à tout prix mettre assez de côté pour couvrir le coût des formalités administratives. Et organiser une petite fête après la cérémonie. J'espère qu'une nouvelle source de revenus le rassurera sur notre capacité à anticiper l'avenir.

Une fois sortie de la douche, je me coiffe, je me maquille un peu pour marquer l'occasion et je me plante devant ma penderie. Le choix est limité. Du beige, du brun, du kaki. J'ai bien quelques robes un peu plus élégantes, mais elles sont réservées aux récitals – et, surtout, totalement ringardes. Les filles des castes supérieures portent elles aussi des pantalons en toile ou des jeans, comme les plus pauvres (cela leur arrive de temps à autre, pour changer de la routine), mais leurs jeans à elles sont taillés dans un tissu d'une qualité exceptionnelle. À croire que leur richesse ne leur suffit pas. Elles n'hésitent pas à transformer les objets de notre misérable quotidien en articles de luxe.

J'enfile mon short de treillis et ma tunique verte – je n'ai pas trouvé mieux – et j'observe mon reflet dans la glace avant de quitter la chambre. Aujourd'hui, je me sens plus jolie que d'habitude. Une impression sûrement due à l'étincelle de joie qui danse dans mes yeux.

Mes parents, qui sont assis à la table de la cuisine, lèvent la tête lorsque je fais mon entrée. Je vais chercher la lettre, et la qualité du papier m'impressionne. Épais, avec un blason en relief. C'est la première fois que je touche quelque chose d'aussi somptueux. Une fraction de seconde, je mesure la gravité de l'acte que je m'apprête à accomplir. Deux petits mots me viennent soudain à l'esprit : *Et si... ?*

Trêve de plaisanteries.

Le formulaire est d'une simplicité enfantine. Nom, âge, caste, coordonnées, taille, poids, couleur des cheveux, des yeux et de la peau. Je précise, non sans fierté, que je parle trois langues. La plupart des citoyens d'Illeá sont bilingues, mais maman nous a tous incités à apprendre l'espagnol et le français, toujours parlés dans certaines régions du pays – et parce qu'il existe de très belles chansons en français. Je dois aussi indiquer mon niveau d'instruction, qui peut varier énormément d'une personne à l'autre car seuls les Six et les Sept fréquentent des écoles publiques et décrochent des diplômes officiels. Dans la case « compétences particulières », je note « chant » et je liste tous mes instruments.

J'interroge papa :

— Tu crois que faire la grasse matinée, cela compte comme une compétence réelle ?

— Oui, bien sûr, note-le. Et surtout n'oublie pas de signaler que tu es capable d'engloutir un repas entier en moins de cinq minutes.

Éclats de rire de part et d'autre de la table. Papa n'a pas tort : mis face à une assiette pleine, mon instinct d'ogre se réveille.

— Vous êtes vraiment incorrigibles ! Tu n'as qu'à écrire directement que tu es une sauvage sans savoir-vivre ! s'exclame maman, furieuse, avant de quitter la cuisine comme une tornade.

J'interroge du regard mon père, qui s'adosse à sa chaise.

— Rassure-toi, America, elle veut ce qu'il y a de mieux pour toi, voilà tout.

— Toi aussi, mais tu ne te mets jamais en colère !

— C'est vrai, mais ta mère et moi, nous avons des points de vue différents sur ce qu'il y a de mieux pour notre petite fille.

Papa me rassure d'un sourire. Il a le chic pour lâcher des phrases anodines qui lui attirent systématiquement des ennuis – sur ce point, je suis bien la fille de mon père. Malgré son sale caractère, maman sait tenir sa langue dans les moments les plus cruciaux. Moi, j'en suis incapable. Comme en cet instant…

— Papa, si je voulais me marier, par amour, avec un Six ou un Sept, tu me laisserais faire ?

Papa repose sa tasse et me scrute. J'essaie de rester impassible, mais il pousse un soupir qui me fend le cœur.

— America, même si tu étais amoureuse d'un Huit, je te donnerais ma bénédiction. Mais n'oublie pas que, parfois, l'amour ne résiste pas aux vicissitudes du mariage. À un moment donné, tu risques de haïr l'homme que tu aimes parce qu'il n'arrive plus à faire bouillir la marmite. Et si vous avez des enfants, c'est encore pire. L'amour a peu de chances de survivre dans ce genre de situation… Mais le pire que je te souhaite, c'est de rencontrer l'amour. Tu mérites un homme qui t'aime. Et j'espère que tu ne te marieras pas par ambition.

— Merci, papa.

— Et ne sois pas trop dure avec ta mère. Elle fait ce qu'elle peut, ce n'est pas facile tous les jours.

Il dépose un baiser sur mon front et retourne dans son atelier.

Je concentre à nouveau mon attention sur le formulaire, malgré l'impression tenace que ma famille me refuse le droit de penser à moi, à mon avenir, à mon bonheur. Et même si cela m'énerve, je ne peux pas leur en vouloir. L'ambition, le rêve, c'est un luxe que nous ne pouvons pas nous permettre.

Je complète le formulaire jusqu'aux derniers pointillés et je rejoins maman dans le jardin. Elle est en train de recoudre un ourlet tandis que May fait ses devoirs à l'ombre de la cabane.

— Alors, tu vas participer ? me demande ma petite sœur.

— Mais oui.

— Qu'est-ce qui t'a fait changer d'avis ?

— Maman a des arguments très convaincants. On peut aller au bureau administratif dès que tu es prête, au fait.

— Formidable, me répond ma mère, rayonnante. Va chercher tes affaires. Je veux que tu t'inscrives le plus tôt possible.

Je monte dans ma chambre, où je récupère mes chaussures et mon sac. Avant de descendre, je m'arrête devant la porte de Gerad, lequel contemple une toile blanche, l'air désespéré. Nous encourageons Gerad à s'exprimer d'un tas de façons différentes, mais il n'a pas encore trouvé sa voie. Il suffit de jeter un coup d'œil au ballon de foot avachi ou au microscope d'occasion qu'il a reçu à Noël pour comprendre qu'il n'a pas une âme d'artiste. À mon avis, il n'est pas raisonnable de limiter les choix de carrière des citoyens en fonction de l'aide qu'ont pu apporter leurs ancêtres au gouvernement d'Illeá, mais c'est ce système qui a été choisi. Un système qui nous a ramené la paix.

— Pas inspiré aujourd'hui ?

Le pauvre secoue la tête.

— Et si tu essayais la sculpture, comme Kota ? Tu es très habile de tes mains, je suis sûre que tu ferais un grand sculpteur.

— J'ai pas envie d'être sculpteur. Ni peintre, ni chanteur, ni pianiste. J'ai envie de jouer au foot.

— Je sais, Gerad. Tu peux jouer au ballon pour t'amuser, mais tu dois trouver un métier pour gagner ta vie. Tu peux faire les deux...

— Mais pourquoi ? pleurniche-t-il.

— Tu sais pourquoi. C'est la loi.

— Ce n'est pas juste ! Et ce n'est pas notre faute si notre arrière-grand-père ou je ne sais qui était pauvre !

Gerad se tait. Son avenir est en jeu, il ne peut pas abandonner aussi vite. Je tente de lui remonter le moral :

— Je suis d'accord avec toi. Mais c'était le seul moyen de faire fonctionner le pays autrefois. Tu n'es pas obligé de tirer un trait sur tes passions, frérot. Mais tu veux quand même aider les parents et te marier quand tu seras grand, non ?

Il tire la langue pour me taquiner et nous pouffons de rire. Au rez-de-chaussée, maman s'écrie, impatiente :

— America ? Qu'est-ce que tu fabriques ?

— J'arrive ! Je sais que c'est difficile, Gerad, mais c'est comme ça et on n'y peut rien, pas vrai ?

Maman et moi décidons de nous rendre à pied au bureau administratif. Il nous arrive parfois de prendre le bus, lorsqu'un trajet est trop long ou encore avant un récital. Cela fait mauvais genre de se présenter ruisselant de sueur sur le seuil d'un Deux qui, par principe, nous regarde déjà d'une drôle de façon. Aujourd'hui le soleil brille et nous n'avons pas à marcher trop loin.

Nous ne sommes pas les seules à avoir eu la brillante idée de remettre le formulaire le plus tôt possible au bureau de la province de Caroline. Une foule bruyante assiège déjà les portes du bâtiment et se déploie sur plusieurs centaines de mètres. Je me glisse dans la file et là, je reconnais de nombreuses filles du quartier. Toutes les célibataires de la région viennent tenter leur chance, semble-t-il. J'oscille entre angoisse et soulagement.

— Magda ! s'exclame quelqu'un derrière nous.

C'est le prénom de maman. Nous pivotons sur nos talons et nous voyons la mère d'Aspen se diriger vers nous, Celia et Kamber à sa suite. Elle a dû prendre un jour de congé. Ses filles sont habillées aussi correctement que le permettent leurs maigres moyens. Avec leurs cheveux de jais et leur sourire éclatant, les jumelles seraient d'une beauté ravageuse même couvertes de haillons, un peu comme leur grand frère. La mère d'Aspen nous adresse un sourire généreux que je lui rends aussitôt. Je l'adore, cette femme. Je ne lui ai pourtant adressé la parole que deux ou trois fois, mais sa gentillesse m'a tout de suite frappée. Et je sais que cela n'a rien à voir avec notre différence sociale : je l'ai vue donner à des miséreux des vêtements devenus trop petits pour ses enfants. Bref, un cœur d'or.

— Bonjour Lena. Kamber, Celia, vous allez bien ?

— Très bien !

Je recoiffe Celia en m'extasiant :

— Vous êtes magnifiques, les filles.

— On voulait être jolies pour la photo, explique Kamber d'une voix grave.

— Quelle photo ?

— Je faisais le ménage chez un magistrat hier, chuchote Lena. Leur prétendu tirage au sort est loin d'être aléatoire. C'est pour cela qu'ils prennent les filles en photo et qu'ils posent autant de questions. Si le hasard entre vraiment en ligne de compte, quel rapport avec le nombre de langues que tu parles ? Visiblement, il y a eu des fuites. Regardez autour de vous. Certaines filles n'ont pas fait dans la subtilité…

Balayant la foule du regard, je dois donner raison à la mère d'Aspen. Il y a une différence flagrante entre celles qui sont déjà au courant pour la photo et celles qui vont avoir une sacrée surprise. Juste derrière nous, une fille, de toute évidence une Sept, n'a pas quitté sa tenue de travail. Ses bottes boueuses n'apparaîtront pas sur le cliché mais sa salopette maculée de cambouis risque fort de ne pas séduire le prince. Un peu plus loin, une autre Sept a gardé sa ceinture porte-outils. Elle a le visage propre, encore heureux.

À l'extrême opposé, je remarque une fille coiffée d'un chignon : elle a sculpté avec du gel des accroche-cœur sur son front et ses pommettes. La candidate qui l'accompagne – une Deux, à en juger par la qualité de ses vêtements – se pavane avec un décolleté plongeant. Pas très distinguée, selon moi.

Certaines prétendantes, maquillées à la truelle, me font penser à des clowns échappés d'un cirque. Tous ces efforts désespérés méritent récompense.

Pour ma part, je me trouve présentable, même si je n'ai fait aucun effort particulier. Comme les Sept, j'ai été prise de court et je ne suis pas vraiment à mon avantage. Je sens soudain monter une petite bouffée de panique que je réprime de mon mieux. Les sœurs d'Aspen sont un cran au-dessus de moi, d'autant que leur maquillage, discret, met leur beauté naturelle en valeur. Si Kamber ou Celia devait épouser le prince, c'est toute la famille d'Aspen qui accéderait à l'Élite. Ma mère ne pourrait alors plus refuser que j'épouse un de leurs représentants. En fin de compte, mon manque de préparation pourrait jouer en ma faveur…

— Comme tu as raison, Lena, ricane ma mère en dévisageant une participante. Celle-là a eu la main très lourde avec le fard à paupières !

— Je suis étonnée que certaines se soient donné tant de mal, déclare Mme Leger. Regarde-les, America. Tu n'as pas besoin de tous ces artifices. Je suis ravie que tu aies choisi de rester naturelle.

— Je n'ai rien de spécial. À côté de Kamber ou de Celia, je ne peux pas rivaliser.

J'adresse un clin d'œil complice aux filles, qui rayonnent. Ma mère fait mine de trouver ma remarque très spirituelle alors qu'intérieurement, elle fulmine, prise dans un débat avec sa propre conscience : sa chère fille doit-elle rester dans la file ou retourner à la maison pour se changer ?

— Ne dis pas de bêtises ! s'écrie Mme Leger. Chaque fois qu'Aspen va aider ton frère, il fait l'éloge à son retour du talent et de la beauté des filles Singer.

— Vraiment ? Il est adorable ! roucoule ma mère, aux anges.

— Oui. C'est le fils idéal. Il m'est d'un grand soutien et il travaille très dur.

— Il rendra une fille très heureuse un jour, rétorque ma mère, plus concentrée sur mes concurrentes que sur la discussion.

— Magda, entre toi et moi, je crois qu'il a déjà quelqu'un en vue, lui confie Lena, en baissant la voix.

Je me fige, de peur de me trahir par une réaction ou un commentaire sans équivoque.

— Est-ce qu'elle est jolie ? demande ma mère, appâtée par la perspective d'un ragot.

— Aucune idée ! Je ne l'ai jamais rencontrée. Mais je me pose la question, parce qu'il me paraît plus heureux ces dernières semaines.

« Ces dernières semaines » ? Cela fait presque deux ans que nous nous fréquentons. Pourquoi « ces dernières semaines » seulement ?

— Il chante tout bas, explique Celia.

— Oui, il chante, renchérit Kamber.

Surprise, je m'exclame :

— Il chante ?

— Mais ouiiii !

— Il a une petite copine, c'est sûr, diagnostique maman. Je me demande qui.

— Je suis sûre qu'il s'agit d'une jeune fille formidable. Il travaille très dur depuis quelques mois – plus dur que d'habitude. Et il met de l'argent de côté. Mon petit doigt me dit qu'il économise pour se marier…

Je laisse échapper un petit cri que tout le monde met, par chance, sur le compte de l'excitation.

— Je suis ravie, vraiment, poursuit Mme Leger, et même s'il n'est pas encore prêt à nous la présenter, je l'aime déjà. Il a toujours le sourire aux lèvres. La vie n'est pas rose depuis qu'on a perdu Herrick, et Aspen n'a pas lésiné sur les efforts. Une petite qui sait le rendre aussi heureux, je la considère déjà comme ma fille.

— Quelle chance elle a ! lâche ma mère. Ton Aspen est vraiment un garçon formidable.

J'ai besoin de me pincer pour le croire. Sa famille a toutes les peines du monde à boucler les fins de mois et lui, il met de l'argent de côté ! Pour moi ! J'hésite entre le réprimander et le couvrir de baisers. Les mots me manquent.

Il va me demander en mariage, cela ne fait plus aucun doute.

Son prénom tourne en boucle sous mon crâne. *Aspen, Aspen, Aspen…* Je remonte sagement la file, je signe un registre au guichet afin de confirmer mes réponses au formulaire, je m'assieds sur un tabouret, je me recoiffe à la va-vite, je pivote vers le photographe…

… et je lui présente le sourire le plus radieux de tout Illeá.

4.

Le bulletin du Capitole d'Illeá est diffusé à vingt heures le vendredi soir. Aucun citoyen n'est obligé de le regarder, même si cela a été plus que chaudement recommandé à l'ensemble de la population. Les Huit – SDF, mendiants, etc. – se réfugient dans les magasins ou dans les bars pour ne rien manquer de la diffusion. Avec la Sélection qui approche, tout le monde est sur des charbons ardents.

— Tu crois qu'ils vont annoncer les gagnantes ce soir ? me demande May, la bouche pleine de purée.

— Non, ma puce. Les retardataires ont encore neuf jours pour rendre leur formulaire. On aura les résultats d'ici deux semaines, je pense, répond maman d'une voix calme.

— Oh ! C'est trop long ! gémit ma petite sœur.

Trop long ? Je rêve. C'est mon nom, pas le sien, qui est dans l'urne !

Papa se tourne vers moi.

— Ta mère m'a dit que vous avez dû vous armer de patience au bureau administratif, fait-il remarquer.

— Oui. Je ne m'attendais pas à ce qu'il y ait autant de monde. Je ne vois d'ailleurs pas pourquoi ils accordent un délai aussi long ; je suis certaine que toutes les filles de la province se sont inscrites dès le premier jour.

— Et tu t'es amusée à donner des notes à tes rivales ?

— Ça ne m'intéressait pas. J'ai laissé ça à maman.

— Oui, je n'ai pas pu résister, avoue ma mère. Mais America n'a rien à leur envier. À la fois raffinée et sans artifices. Tu es vraiment très belle, ma chérie. S'ils épluchent les candidatures au lieu de choisir les prétendantes au hasard, comme nous l'a confié Lena, tu as toutes tes chances !

— Ça m'étonnerait. J'en ai vu une qui s'était tartiné une grosse couche de rouge à lèvres, on aurait dit qu'elle saignait des gencives. Peut-être que le prince aime ce genre de fille…

Ma remarque déclenche l'hilarité générale et maman nous régale d'anecdotes moqueuses sur toutes les tenues qu'elle a pu repérer ce jour-là. May boit nos paroles et Gerad joue de la fourchette en étouffant des éclats de rire.

À vingt heures précises, nous nous entassons dans le salon – papa dans son fauteuil, May et maman sur le canapé, Gerad sur les genoux de sa mère, moi allongée sur le tapis – et nous allumons la télévision. La Chaîne d'Accès Public est la seule chaîne non payante du pays, accessible même aux Huit – quand ils ont la chance de posséder un écran.

Les premières mesures de l'hymne national s'égrènent. Cela peut sembler stupide, mais j'ai toujours aimé notre hymne. C'est ce que je préfère chanter.

La famille royale apparaît enfin. Je reconnais le roi Clarkson, debout sur l'estrade et entouré de ses conseillers. La caméra effectue un panoramique sur tous ces dignitaires au visage soucieux et je devine que plusieurs allocutions sont programmées ce soir. À sa gauche, la reine et le prince Maxon siègent sur leur trône, majestueux. « Voilà des gens qui n'ont certainement jamais travaillé de leur vie », me dis-je.

— Regarde, c'est ton petit copain, America ! s'exclame May, malicieuse.

Il est vrai que le prince Maxon est beau, à sa façon. Rien à voir avec Aspen, malgré tout. Ses cheveux courts, couleur de miel, et ses yeux bruns lui donnent une allure lumineuse, presque solaire. Une allure qui lui attire la sympathie de tous. Le souci, c'est qu'il se tient trop droit sur son trône. À croire qu'il a avalé un parapluie. La nervosité, sûrement. Avec sa coiffure impeccable (pas un cheveu ne dépasse), son costume gris taillé sur mesure et sa veste repassée au cordeau, il m'évoque un mannequin en cire. J'ai presque pitié de la fille qui va se retrouver enchaînée à lui. Sa vie ne sera plus qu'un long tunnel d'ennui.

La reine Amberly, pour sa part, semble parfaitement sereine. À l'inverse de son mari et de son fils, elle n'a pas grandi dans l'enceinte du palais. C'est une fille d'Illeá, une roturière.

— Maman ?

— Oui ?

— La reine… d'où vient-elle ? Quelle était sa caste, à l'origine ?

— Elle était une Quatre.

Une Quatre… Elle a donc passé ses années de formation dans une usine, un petit commerce, ou bien une exploitation agricole. Les questions se bousculent dans ma tête. A-t-elle une famille étendue ? Ses amies sont-elles devenues vertes de jalousie lorsque le roi a jeté son dévolu sur elle ? Et si moi, à sa place, j'avais des amies, des amies proches, seraient-elles jalouses aussi ?

J'oublie vite ces questions et me concentre sur le discours du roi.

— … ce matin, nos troupes ont repoussé une nouvelle attaque en Nouvelle-Asie. Il y a certes quelques pertes à déplorer, mais je ne doute pas que le nouveau contingent qui arrivera en renfort le mois prochain sera accompagné d'un regain d'enthousiasme patriotique, sans parler d'un afflux de sang neuf…

Le roi ajoute qu'un raid a été mené contre un camp rebelle, puis il cède le micro au porte-parole de l'équipe financière qui nous offre un laïus sur la gestion de la dette. Le directeur du Comité des infrastructures lui succède pour annoncer que la reconstruction de plusieurs autoroutes, laissées en ruine depuis la Quatrième Guerre mondiale, va démarrer d'ici deux ans. Puis le dernier orateur, le ministre des Événements, se présente sur l'estrade.

— Mesdames et messieurs, citoyens d'Illeá, bonsoir. Plus personne ne l'ignore désormais, les lettres qui annoncent l'ouverture de la Sélection ont toutes été distribuées via le réseau postal. J'ai reçu la première fournée de formulaires et j'ai la joie de vous annoncer que près d'un million de charmantes jeunes filles se sont déjà portées volontaires pour participer au tirage au sort !

Loin des projecteurs, le prince Maxon paraît soudain agité. Il se tortillerait presque sur son trône. J'ai l'impression qu'il transpire.

— Au nom de la famille royale, je vous remercie pour votre zèle et votre patriotisme. Si la providence est avec nous, nous fêterons avant le Nouvel An les fiançailles du prince Maxon avec une fille d'Illeá, aussi talentueuse que ravissante !

Aussitôt, les quelques conseillers qui entourent le roi applaudissent à tout rompre. Maxon se compose un sourire gêné. Puis le calme revient et le ministre reprend son exposé :

— Il va sans dire que nous avons prévu sur cette chaîne de très nombreuses émissions qui nous permettront d'aller à la rencontre de ces jeunes filles, de faire leur connaissance, et seront également programmés des bulletins spéciaux qui suivront leur vie au palais. Et pour nous guider à travers cet événement exceptionnel, nous n'aurions pu trouver plus qualifié que le grand, l'immense, l'irremplaçable Gavril Fadaye !

Nouvelle salve d'applaudissements, cette fois-ci de notre côté de l'écran. Gavril Fadaye est une légende vivante. Cela fait plus de vingt ans qu'il commente en direct la parade de la Cérémonie du Souvenir, les galas de Noël et toutes les cérémonies qui se déroulent au palais. C'est l'interlocuteur privilégié des membres de la famille royale, de leurs amis et des têtes couronnées en général, et personne n'a su prendre sa place.

— Oh, America, tu vas rencontrer Gavril ! s'émerveille maman.

— Chut, il va parler ! s'exclame May en moulinant des bras.

À cet instant, je vois Gavril bondir sur le plateau, vêtu d'un costume bleu. La cinquantaine fringante, il s'habille avec l'élégance d'une gravure de mode. La lumière d'un projecteur se reflète sur la broche fixée au revers de sa veste et lance un éclair doré persistant qui évoque les notes tracées sur mes partitions.

— Booonsoir, Illeá ! Permettez-moi d'abord de vous dire à quel point je suis ravi de participer, à ma modeste échelle, à cet événement exceptionnel qu'est la Sélection. Et je vais rencontrer trente-cinq jeunes beautés, parmi lesquelles notre future princesse ! J'ai un job de rêve, pas vrai ? Mais avant d'entrer dans le vif du sujet, j'ai le plaisir et l'honneur d'échanger quelques mots avec le héros du jour, le prince Maxon.

Ce petit préambule achevé, Maxon traverse avec solennité le plateau moquetté et se dirige vers deux chaises à haut dossier. Il ajuste sa cravate, serre la main de Gavril et s'assied face à lui, un micro à la main. Il paraît plus détendu sur cette chaise que sur son trône, malgré sa tête de gendre idéal.

— Ravi de vous revoir ici, Votre Altesse.

— Merci, Gavril. Le plaisir est partagé.

La voix de Maxon suinte la monotonie. Je fronce le nez, écœurée par la perspective de me retrouver dans la même pièce que ce casse-pieds.

Avec un geste théâtral, Gavril démarre l'interview :

— Dans moins d'un mois, Votre Altesse, trente-cinq jeunes filles vont s'installer chez vous. Votre sentiment ?

— Pour être franc, cela m'angoisse un peu. J'imagine que je vais devoir tirer un trait sur ma tranquillité de célibataire. Mais je m'en réjouis, malgré tout.

— Avez-vous cherché conseil auprès de votre cher papa, lui qui a réussi à épouser une femme d'une beauté hors du commun ?

Gavril et Maxon se tournent vers le couple royal. La caméra semble suivre leur regard et s'attache sur le roi et la reine, qui échangent un regard complice, main dans la main. Et s'il s'agissait d'une vulgaire mise en scène ?

— Non, hélas, répond Maxon. La situation en Nouvelle-Asie est assez préoccupante et j'ai travaillé avec lui sur nos stratégies militaires. Cela ne nous a pas beaucoup laissé le temps de discuter de ma vie sentimentale.

Maman et May se mettent à glousser, comme si le prince venait de sortir la plaisanterie du siècle. Je reste sceptique.

— Une dernière question, Votre Altesse, car le temps file. Quelles qualités doit avoir la femme idéale, à vos yeux ?

— Honnêtement, je ne saurais vous répondre. Je crois que c'est tout l'intérêt de la Sélection. Il y aura des candidates de tous horizons, très différentes – que ce soit au niveau du physique ou du tempérament. À travers nos échanges, j'espère découvrir ce que je cherche chez ma future femme et en apprendre un peu plus sur moi par la même occasion.

— Merci, Votre Altesse. Vos paroles sont d'une grande sagesse. Au nom du peuple d'Illeá, permettez-moi de vous souhaiter bonne chance, de tout mon cœur.

— Merci beaucoup, Gavril.

Nouvelle poignée de main. La caméra s'attarde sur Maxon, que l'on voit quêter du regard l'avis de ses parents comme s'il craignait d'avoir raté sa prestation. Puis le réalisateur zoome sur le visage de Gavril.

— C'est ici que notre programme s'achève, mesdames et messieurs. Merci d'avoir regardé le bulletin du Capitole d'Illeá, et à la semaine prochaine.

Musique et générique de fin.

— America et Maxon se font des bisous dans un arbre…, fredonne May.

Hilare, j'attrape un coussin que je lui jette en plein visage. May me taquine toute la soirée. J'essaie de faire la sourde oreille mais je finis par me réfugier dans ma chambre. Ses petites piques me trottent dans le cerveau tout au long de la nuit et le sommeil a du mal à venir.

Un bruit me réveille soudain, dont je n'arrive pas à localiser la source. Je me redresse dans mon lit et j'explore ma chambre du regard, immobile. Un cambrioleur ?

Tap tap tap…

Derrière la vitre surgit le visage d'Aspen, qui sourit de toutes ses dents. Soulagée, je saute hors de mon lit, je me dirige vers la porte sur la pointe des pieds, la verrouille, et je vais ouvrir tout doucement la fenêtre.

Une vague de chaleur qui n'a rien à voir avec la température extérieure me submerge lorsque Aspen escalade la fenêtre et plonge sur mon matelas. Je chuchote :

— Qu'est-ce que tu fiches ici ?

— Il fallait que je te voie.

Il me prend tendrement dans ses bras et m'encourage à m'allonger à ses côtés.

— J'ai tellement de choses à te dire, Aspen.

— Chut, pas un mot. Si on nous entend, on risque de passer un mauvais quart d'heure. Laisse-moi t'admirer.

Je me pétrifie, comme statufiée, tandis qu'Aspen m'étudie sous tous les angles. Il décide de blottir son visage au creux de mon épaule ; ses mains se promènent sur la courbe de mes hanches et s'attardent sur ma taille. Son souffle devient saccadé, je perds la tête et je laisse échapper quelques petits cris rauques, Aspen me muselle en plaquant sa bouche sur la mienne. Pris entre la fièvre de notre étreinte et la moiteur de la nuit, nos corps se recouvrent d'une fine pellicule de sueur.

À contrecœur, Aspen finit par se détacher de moi. Nous prenons trop de risques.

— Je ferais mieux d'y aller, murmure-t-il.

— Mais moi, je veux que tu restes…

— America Singer, viendra le temps où tu t'endormiras dans mes bras tous les soirs. Et tous les matins, je te réveillerai en te couvrant de baisers. Mais pour l'instant, il faut que je parte. Pas la peine de jouer avec le feu.

Avec un soupir de frustration, je le relâche. Il a raison.

—Je t'aime, America.

—Je t'aime, Aspen.

Ces moments volés m'aideront à surmonter toutes les épreuves qui s'annoncent. La déception de maman lorsqu'elle comprendra que jamais sa fille ne deviendra reine. Le surcroît de travail. Le scandale qui éclatera quand Aspen viendra demander ma main à papa. Les galères qu'il faudra affronter durant notre vie de couple. Rien de cela n'a d'importance. J'ai Aspen, et cela me suffit.

5.

Une semaine plus tard, j'arrive dans la cabane quelques minutes avant Aspen. Cette fois-ci, j'ai eu beaucoup de mal à tout transporter au sommet mais je m'en suis tirée sans casse, par miracle. Je réarrange les assiettes une dernière fois par terre quand j'entends quelqu'un escalader l'arbre.

— Bouh !

Pris par surprise, Aspen sursaute et éclate d'un petit rire. J'allume la mèche d'une bougie toute neuve. Il s'approche de moi et m'embrasse avec tendresse. La conversation peut commencer.

— Aspen, je ne t'ai pas parlé de la séance d'inscription au bureau administratif !

— Tout s'est bien passé ? Maman m'a dit qu'il y avait foule.

— C'était de la folie, Aspen. Tu aurais dû voir les tenues des filles qui se sont présentées ! Et ta mère a dû t'expliquer que ce n'est pas un vrai tirage au sort, contrairement à ce qu'ils racontent à la télé. En tout cas j'avais raison depuis le début. Il y a un tas de filles bien plus intéressantes que moi en Caroline…

— Merci d'avoir fait l'effort. Ça compte beaucoup pour moi.

— Le mieux dans toute cette histoire : comme ma mère ignorait que je t'ai fait une promesse, elle m'a soudoyée.

J'esquisse un sourire. Cette semaine, certaines familles parmi les plus aisées de la région ont organisé des fêtes en l'honneur de leur fille, comme si sa candidature était déjà retenue pour la Sélection. De mon côté, j'ai poussé la chansonnette lors de sept réceptions et j'ai même réussi à en caser deux dans la même soirée, histoire de ne laisser passer aucune opportunité. Et maman a respecté sa parole. C'est une libération d'avoir un peu d'argent à soi.

— Soudoyée ? Avec quoi ?

— De l'argent, bien sûr. Tiens, je t'ai préparé un vrai festin !

Je lui présente les assiettes qui débordent de nourriture. J'ai trop cuisiné ce soir et cela fait plusieurs jours que je me consacre à la pâtisserie. May et moi avons un faible pour les sucreries, et mes efforts culinaires sont particulièrement appréciés.

— Qu'est-ce que c'est que tout ça ?

— Des bons petits plats. Préparés de mes blanches mains.

Je rayonne de fierté. Ce soir, Aspen mangera enfin à sa faim. Pourtant, son sourire s'efface.

— Aspen, il y a un problème ?

— Ça ne va pas du tout, grommelle-t-il.

— Qu'est-ce qui ne va pas, exactement ?

— America, c'est moi qui suis censé mettre du pain sur la table. Je trouve cela humiliant de venir ici et de me faire servir.

— Mais je te donne à manger chaque fois !

— Tu me donnes tes restes. Tu crois que je suis aveugle ? Cela ne me dérange pas de manger ce que tu laisses dans ton assiette. Mais là… c'est trop !

— Aspen, tu me couvres de cadeaux. Tu t'assures que je ne manque de rien. J'ai tout un bocal…

— … rempli de pièces sans valeur ? Tu crois que c'est un argument valable ? Franchement, America, tu n'as pas compris que ça me gêne ? J'adore t'entendre chanter, sauf que je ne peux pas te payer autant que les autres !

— Tu n'es pas obligé de me payer ! C'est un cadeau que je te fais ! Tout ce qui m'appartient est à toi, tu le sais !

— Je n'ai pas besoin de ta charité, America. Je suis un homme. Je dois subvenir à tes besoins.

Aspen fourrage des dix doigts dans ses cheveux. Comme à son habitude, il analyse la pertinence de ses arguments. Cette fois-ci, je lis quelque chose de différent dans son regard. Ce n'est plus de la concentration, mais un affolement qui brouille peu à peu ses traits. À la vue de la torture qu'il s'inflige, ma colère s'émousse et cède la place à la culpabilité. J'ai voulu le gâter, pas l'humilier.

— Je t'aime, Aspen…

— Je t'aime aussi, America.

Il évite maintenant mon regard. Je place un quignon de pain dans sa main. La faim a raison de ses dernières réticences.

— Je n'avais pas l'intention de te vexer. Je croyais que ça te ferait plaisir.

— Non, Ame, détrompe-toi. Je suis toujours ébloui par tous tes efforts. Ce qui m'énerve, en fait… c'est que je ne peux pas te rendre la pareille. Tu mérites mieux.

— Il faut que tu arrêtes de voir les choses en noir. Quand on est ensemble, on oublie cette histoire de castes. Tu es Aspen, moi je suis America. Rien d'autre ne compte entre nous.

— C'est plus fort que moi. J'ai grandi dans cette atmosphère. Depuis tout petit, j'entends la même rengaine : « Les Six ne sont là que pour obéir », « Les Six doivent rester invisibles »… et toute ma vie, j'ai appris à rester invisible. Si on se marie, Ame, tu vas devenir invisible, toi aussi.

— Aspen, on en a déjà parlé. Je sais que tout va changer pour moi et je suis prête. Est-ce que c'est assez clair ? Si tu me demandes en mariage, je réponds oui tout de suite.

— Non.

— Quoi ?

— Non.

J'ai l'impression d'avoir reçu une gifle.

— Aspen ?

— Je ne comprends pas comment j'ai pu croire une seule seconde que ça allait marcher entre nous.

— Mais tu viens de dire que tu m'aimes !

— C'est vrai, Ame. Justement. Je ne peux pas t'imposer ça. La faim, le froid, l'angoisse. Je ne peux pas te condamner au destin d'une Six.

Je sens les larmes me monter aux yeux. Aspen n'a pas pu dire ce que j'ai entendu. Impossible. Sans me laisser le temps de me défendre, il s'apprête à quitter la cabane.

— Mais… où vas-tu ?

— Je rentre chez moi. Excuse-moi, America. C'est fini entre nous.

— Fini ?

— Oui, fini. Je ne reviendrai pas. Pas de cette façon.

— Aspen, s'il te plaît, ne pars pas comme ça. Tu es énervé, c'est tout.

Là, je pleure pour de bon.

— Plus énervé que tu ne l'imagines. Mais pas à cause de toi. Je ne peux pas faire ça, Ame. Tu m'en demandes trop.

— Aspen, attends…

Je le serre contre moi et nous échangeons un baiser fougueux – un baiser d'adieu. Et parce que Illeá est enlisé dans des lois injustes, parce que nous avons dû vivre notre amour dans la clandestinité, je ne peux même pas crier son nom. Ni lui lancer une dernière fois que je l'aime.

Les jours qui suivent notre rupture, je les passe dans un état second qui n'échappe pas à mes parents. Ils doivent mettre ma nervosité sur le compte de la Sélection. Je ravale mes larmes une centaine de fois, en espérant que la situation reviendra à la normale après le bulletin du vendredi, quand les noms des candidates retenues seront rendus publics.

Je visualise la scène dans ma tête. Gavril Fadaye claironne le nom de Celia ou de Kamber, ma mère se ronge les ongles de dépit, papa et May sautent partout dans le salon, surexcités, car ils se réjouissent pour les jumelles. Je parie qu'Aspen débarquera à la maison avant la fin de l'émission afin de quémander mon pardon et de faire sa demande dans la foulée. Sa réaction serait un peu prématurée mais personne ne lui en tiendrait rigueur. Et cela réglerait de très nombreux problèmes.

Dans mon imagination, tout se déroule sans accroc. Dans mon imagination, tout le monde est heureux…

Le bulletin ne commence pas avant dix minutes et pourtant, nous sommes déjà postés devant l'écran.

Maman prépare du pop-corn, comme au cinéma. La soirée s'annonce mémorable.

—Je me souviens du jour où la reine Amberly a été choisie par le roi ! J'avais prédit dès le départ que ce serait elle, la gagnante.

— Tu as participé au tirage au sort, maman ? demande Gerad.

— Non, mon cœur. J'étais trop jeune à l'époque. Mais j'ai eu de la chance, cela m'a permis de rencontrer ton père, répond ma mère avec un clin d'œil.

Elle doit être d'excellente humeur car cela fait des lustres qu'elle n'a pas eu un mot tendre à l'intention de papa.

— La reine Amberly est la meilleure reine du monde, soupire May. Elle est trop belle et trop intelligente. Chaque fois que je la vois à la télé, j'ai envie d'être pareille qu'elle.

Ce n'est pas moi qui vais la contredire.

— Oui, c'est une très bonne reine.

L'emblème national apparaît à l'écran tandis que l'hymne retentit. Mais je tremble, on dirait ? J'ai hâte que toute cette histoire se termine.

Aussitôt, le roi se poste sur l'estrade et expose brièvement, comme chaque fois, nos avancées militaires. Les allocutions suivantes sont elles aussi expédiées. Le ministre des Événements prend la parole en dernier et cède très vite le micro à Gavril, qui s'en va interviewer la famille royale. Il y a de l'euphorie dans l'air.

— Bonsoir, Votre Majesté.

— Gavril, c'est un plaisir de vous retrouver.

— Alors, nerveux ?

— Et comment ! J'ai assisté hier à une partie du tirage au sort. Le hasard a bien voulu désigner de très jolies jeunes filles.

— Vous connaissez déjà l'identité des heureuses élues, alors ?

— Quelques-unes, oui.

Le présentateur se tourne vers le prince.

— Votre père vous a-t-il confié quelques secrets, prince Maxon ?

— Pas du tout. Je ferai la connaissance de ces demoiselles en même temps que le peuple d'Illeá.

Maxon s'évertue à camoufler sa nervosité, cela saute aux yeux. Quant à moi, j'ai les mains moites.

Gavril s'adresse ensuite à la reine Amberly :

— Votre Majesté, un conseil pour les jeunes candidates ?

— Profitez de votre dernière nuit en tant que jeune fille normale, si je puis m'exprimer ainsi, répond-elle avec un sourire gracieux. Demain, votre vie va basculer à tout jamais. Et j'ajouterai un conseil qui peut sembler éculé, mais qui m'apparaît toujours d'actualité : soyez vous-mêmes, mesdemoiselles.

— Sages paroles, Votre Majesté, très sages paroles. L'heure est venue de révéler l'identité des trente-cinq candidates tirées au sort pour la Sélection. Mesdames et messieurs, je vous demande de féliciter avec chaleur nos chères filles d'Illeá !

L'emblème national surgit soudain. Tout en haut de l'écran, le visage de Maxon s'inscrit dans une fenêtre, ce qui permet aux spectateurs d'apprécier ses réactions en direct. Gavril tient dans sa main les fiches qui portent le nom des trente-cinq chanceuses dont la vie, pour citer la reine, va basculer à tout jamais. La Sélection démarre enfin.

— Mlle Elayna Stoles, de Newport, grade Trois.

Le portrait d'une jeune fille frêle au teint de porcelaine apparaît à l'écran. Elle a quelque chose d'aristocratique dans le port de tête et Maxon ne dissimule pas sa satisfaction.

— Mlle Tuesday Keeper, de Waverley, grade Quatre.

Celle-là a le visage constellé de taches de rousseur. Plus âgée que moi, plus mûre. Maxon chuchote quelques mots à l'oreille de son père.

— Mlle Fiona Castley, de Paloma, grade Trois.

Une brune au regard de braise, ce coup-ci. Le même âge que moi, à peu près, mais à l'évidence plus… expérimentée.

Je pivote vers maman et vers May :

— Elle ne vous fait pas penser à une…

— Mlle America Singer, de Caroline, grade Cinq.

Je me retourne brusquement et mes yeux s'écarquillent. Oui, c'est bien moi, mon portrait s'affiche à l'écran. Cette photo… Je venais d'apprendre qu'Aspen comptait se marier avec moi et je rayonne de bonheur… en un mot comme en cent, je suis belle. Et amoureuse. Et un crétin quelconque a cru que cet amour était destiné au prince.

Maman pousse un cri perçant, May saute sur le canapé et projette du pop-corn aux quatre coins de la pièce. Gerad, gagné par la frénésie ambiante, se trémousse comme un petit fou. Quant à papa… je n'en jurerais pas, mais je crois bien qu'il sourit, caché derrière son livre.

Soudain, la sonnerie de notre téléphone retentit.

Et elle retentira sans cesse tout au long de la semaine.

6.

Les jours suivants, des représentants officiels prennent la maison d'assaut. Il y a d'abord une bonne femme odieuse, manifestement convaincue que j'ai menti dans la moitié de mes réponses au formulaire d'inscription, puis un garde du palais qui vient passer la maison au peigne fin et organiser des rondes avec des soldats de la province. Il veut s'assurer que je ne représente pas une proie facile pour les renégats.

Une femme prénommée Silvia nous appelle à deux reprises pour prendre de mes nouvelles et m'offrir ses services. Au téléphone, elle me paraît à la fois guillerette et professionnelle. Le visiteur que j'accueille à bras ouverts est un monsieur très mince à barbichette qui vient prendre mes mesures. Il a pour tâche de concevoir ma nouvelle garde-robe. J'ai hâte de découvrir ce qu'il me réserve, même si je ne suis pas encore prête à troquer mes jeans contre des robes de soirée.

Le dernier sonne à la porte le mercredi après-midi, deux jours avant mon départ. Celui-là est chargé de m'initier au règlement officiel. Maigre comme un clou, les cheveux gras et noirs, il souffre d'un gros problème de transpiration. À peine le seuil de la maison franchi, il demande à maman de le conduire dans un endroit plus tranquille et je comprends aussitôt qu'il y a anguille sous roche.

— La cuisine, si cela vous convient, suggère maman, surprise.

L'homme se tamponne le front à l'aide d'un mouchoir, le regard fixé sur May.

— La cuisine ou ailleurs, vous savez… Si vous le permettez, je vais vous demander d'inviter la petite sœur à quitter la pièce.

Ma curiosité est piquée au vif. Qu'a-t-il à nous dire de si confidentiel ? En attendant, le visage de May se décompose.

— Maman ? pleurniche-t-elle.

— Ma puce, il y a un tableau qui t'attend dans l'atelier de papa. Tu as négligé ton travail ces dernières semaines.

— Mais…

Je m'interpose :

— Viens, May. Je t'accompagne.

Une fois sûre que les adultes ne peuvent pas nous entendre, je la prends dans mes bras et je lui chuchote :

— Ne t'inquiète pas. Je te raconte tout ce soir, promis juré.

Cette fois-ci, May a l'intelligence de ne pas dévoiler notre petite manigance en sautant partout, comme elle sait si bien le faire. Elle se contente de hocher la tête, maussade, et s'éloigne à petits pas.

Dans la cuisine, maman prépare du thé pour celui que j'ai surnommé Sac d'Os et nous prenons place à la table. Sac d'Os tire de sa serviette une liasse volumineuse de papiers, un stylo et un dossier à mon nom qu'il dispose avec un soin maniaque avant de briser enfin le silence.

— Navré pour ces précautions qui peuvent vous sembler inutiles, mais certains des points qu'il nous faut aborder aujourd'hui ne sont pas destinés aux oreilles innocentes.

Maman et moi échangeons un regard suspicieux.

— Mademoiselle Singer, la réalité va vous paraître cruelle mais depuis vendredi dernier, vous êtes considérée comme propriété d'Illeá. Et vous devez vous plier à ce nouveau statut. J'ai ici plusieurs questionnaires que nous allons remplir ensemble. Je vous demanderai de faire preuve de la plus grande franchise. Si vous refusez de collaborer, vous serez radiée définitivement de la Sélection. Suis-je assez clair ?

— Très clair.

— Excellent. Commençons par le plus facile. Voici des vitamines. Je suppose que vous ne devez pas manger à votre faim tous les jours. Vous êtes une Cinq, après tout. Je vous encourage donc à avaler une pilule chaque jour. Au palais, vous serez secondée par des domestiques qui seront chargées de vous rappeler cette besogne.

Prendre des vitamines, une besogne ? Il me tend un flacon aux dimensions impressionnantes et me fait signer un reçu.

— J'ai ici les résultats de votre bilan médical, poursuit-il. Rien d'inquiétant à signaler. Vous semblez jouir d'une santé excellente. Le médecin m'a tout de même signalé que vous souffrez d'insomnies ces derniers temps ?

— Euh, oui… avec toutes ces émotions, j'ai du mal à dormir.

— Je peux vous faire livrer des somnifères avant ce soir, vous n'avez qu'à le demander. Il est capital que vous soyez parfaitement reposée avant d'intégrer la Sélection.

— Non, merci…

— Mais si, m'interrompt maman. Excuse-moi, mon cœur, mais tu as l'air épuisée. N'hésitez surtout pas, monsieur, à nous envoyer ces pilules.

— Je n'y manquerai pas, madame. Passons au point suivant. Je sais que j'empiète sur un territoire très intime, mais j'aborde ce sujet avec chaque candidate. Je dois vous demander de me donner l'assurance que vous êtes vierge.

Maman écarquille les yeux. Voilà qui explique pourquoi May a dû quitter la cuisine. J'ai du mal à croire qu'ils aient mandaté quelqu'un pour me poser des questions aussi humiliantes. Un homme, qui plus est. Un guignol.

— Vous plaisantez ?

— Non, j'en ai bien peur. Si vous n'êtes plus vierge, il faut nous le signaler séance tenante.

— Je connais la loi, monsieur. Bien sûr que je suis vierge.

— Pour votre gouverne, mademoiselle, si nous découvrons que vous avez menti…

— On marche sur la tête ! s'exclame maman. America n'a jamais eu de petit ami !

— Je confirme.

— Dans ce cas, je vais vous demander de signer ce document, afin de valider vos déclarations. Nous allons maintenant, si vous le voulez bien, prendre connaissance du règlement officiel de la Sélection. Ce sont des règles d'une simplicité enfantine que vous n'aurez aucun mal, à mon avis, à intégrer. N'hésitez pas à me soumettre vos questions, le cas échéant.

— Compris.

— Interdiction de quitter le palais de votre propre chef. Seul le prince est habilité à vous congédier. Le roi et la reine eux-mêmes ne peuvent vous renvoyer chez vous. Ils peuvent, certes, donner leur avis au prince, mais Son Altesse a toujours le dernier mot.

« Vous n'avez pas voix au chapitre quant aux audiences que vous consentira le prince. S'il souhaite vous voir en tête à tête, il en prendra seul l'initiative. Il vous est interdit de le solliciter de vous-même.

« Personne ne peut vous obliger à sympathiser avec les autres candidates, mais il vous est formellement interdit de leur porter préjudice sur le plan physique ou moral. S'il s'avère que vous avez porté la main sur une concurrente, que vous l'importunez, que vous avez tenté de ternir la relation qu'elle entretient avec le prince, Son Altesse décidera si vous êtes digne ou non de poursuivre la compétition.

« Sentimentalement, vous serez liée au prince Maxon, et à lui seul. Si l'on vous surprend à correspondre avec un jeune homme à l'extérieur du palais, ou en conversation intime avec quelqu'un d'autre, ce comportement sera considéré comme une haute trahison – et passible de la peine de mort.

« Si vous enfreignez l'une des lois en vigueur à Illeá, quelle qu'elle soit, vous subirez le châtiment envisagé par les tribunaux. N'oubliez jamais : votre nouveau statut ne vous place pas au-dessus des lois.

« Vous porterez les vêtements et consommerez la nourriture fournis par le palais. C'est une mesure de sécurité sur laquelle nous sommes très stricts.

« Le vendredi, vous assisterez au tournage du bulletin du Capitole. Il pourra arriver que des équipes de télévision et des photographes soient admis à l'intérieur du palais. Vous serez tenue de rester courtoise et coopérative. Nous vous préviendrons à l'avance.

« Pour chaque semaine que vous passerez au palais, votre famille recevra un dédommagement. Je vais vous laisser le premier chèque avant de partir. Par ailleurs, si d'aventure vous deviez quitter la Sélection en cours de route, des intermédiaires vous aideront à négocier le retour à une vie normale.

« Si vous accédez aux dix dernières places, vous intégrez automatiquement les rangs de l'Élite et une formation spéciale vous apprendra en quoi consistent le quotidien et les responsabilités d'une Altesse royale. Ce sont des informations confidentielles qui vous seront transmises en temps utile.

« À partir de maintenant, vous accédez au rang de Trois.

— Je suis une Trois ?

— Oui. La Sélection achevée, certaines jeunes filles peinent à se refondre dans le moule de leur ancienne vie. Les Deux et les Trois y parviennent sans mal, mais les castes inférieures souffrent de retourner à l'anonymat. Donc, vous devenez une Trois, et le reste de votre famille demeure au niveau actuel. En revanche, si le prince vous désigne comme sa future épouse, vous devenez, vous et vos proches, membres de la famille royale à part entière. Des Premiers.

— Des Premiers…, souffle maman, ébahie.

— Vous épouserez le prince Maxon et serez sacrée princesse d'Illeá, ce qui implique d'accepter les devoirs et les charges liés à ce titre. Me suis-je bien fait comprendre ?

— Oui.

— Parfait. Si vous voulez bien signer ce document attestant que vous avez pris connaissance du règlement. Mademoiselle Singer, je vais vous demander d'apposer également votre signature sur ce récépissé, qui prouvera que je vous ai remis le premier chèque.

Je ne regarde pas la somme inscrite sur le chèque, mais les yeux de maman se voilent de larmes. Ce chèque nous rendra la vie plus facile au moins une année durant, même si je suis éjectée de la Sélection dès les premiers jours, et cela atténue un peu ma tristesse. Sans compter qu'à mon retour, tout le monde voudra m'embaucher. Je signerai contrat sur contrat et je chanterai jusqu'à épuisement de mes cordes vocales. Et si je dois tirer un trait sur ma carrière et choisir l'une des professions réservées aux Trois, je me tournerai vers l'enseignement. Devenir professeur de musique, pourquoi pas ?

Sans un mot, Sac d'Os ramasse tous ses papiers, puis nous remercie pour notre accueil et s'apprête à partir. Dans deux jours, un garde du corps sonnera à notre porte et me conduira à l'aéroport. Et ensuite… ensuite, je serai livrée à mon sort.

L'homme me demande de le reconduire à l'entrée. Maman, qui veut commencer à préparer le dîner, reste dans la cuisine et le salue avec révérence.

— Une dernière chose, ajoute-t-il avant de s'éclipser. C'est une règle officieuse, dirons-nous, mais je dois vous en toucher un mot. Lorsque vous serez invitée à partager une activité avec le prince Maxon, vous devez accepter. Quelle que soit la nature de l'activité en question. Dîner, promenade, baisers – voire plus. Ne le repoussez pas, sous aucun prétexte.

— Vous êtes sérieux ?

— Je sais que cela peut paraître… malséant. Mais il ne vous appartient pas d'éconduire le prince, peu importent les circonstances. Bonne soirée, mademoiselle Singer.

J'oscille entre dégoût et révolte. La loi, la loi d'Illeá, oblige chaque couple à attendre le mariage. C'est une politique efficace qui permet d'éviter la propagation de maladies sexuellement transmissibles et de préserver les barrières entre castes. Les enfants nés hors mariage sont jetés à la rue, ce qui les condamne à devenir des Huit, et la sanction pour ceux qui contreviennent à cette loi est la prison à vie. Le moindre soupçon, ou la moindre dénonciation (même fantaisiste), peut vous envoyer croupir une bonne semaine en cellule. Cette loi m'a empêchée de vivre des moments merveilleux avec le garçon que j'aimais et, sur le moment, j'ai eu du mal à l'accepter. Maintenant que nous avons rompu, je suis ravie d'avoir gardé ma virginité.

La question n'est pas là : n'ai-je pas signé, il y a quelques minutes, un papier dans lequel je m'engage à respecter la loi d'Illeá ? Je ne suis pas au-dessus des lois, c'est ce que Sac d'Os vient de suggérer. Au contraire du prince… Et je me sens comme souillée.

— America, c'est pour toi ! crie maman.

J'ai entendu la sonnette, mais je ne me suis pas précipitée pour autant. Si on me réclame un énième autographe, je hurle.

Je remonte à contrecœur le couloir de l'entrée. Là, dissimulé derrière une gerbe de fleurs sauvages, se tient Aspen.

— Bonjour, America.

— Bonjour, Aspen.

— Je t'apporte ces fleurs de la part de Kamber et de Celia. Elles te souhaitent bonne chance.

Il s'approche de moi et me présente le bouquet. Un bouquet que m'offrent ses sœurs, pas lui.

— Quelle gentille attention ! s'exclame maman, dont j'avais presque oublié la présence.

— Aspen, tu tombes pile au bon moment. J'ai mis ma chambre sens dessus dessous en préparant mes valises. Tu peux m'aider à ranger ?

Je m'efforce de paraître aussi froide que possible. En présence de ma mère, Aspen est obligé d'accepter mon offre. En règle générale, les Six ne refusent aucun travail rémunéré. C'est ce qui les rapproche des Cinq.

Aspen me suit à distance respectueuse. J'ouvre la porte de ma chambre et il éclate d'un rire franc.

— Il y a une tornade qui est passée ici ? se moque-t-il.

— Très drôle. J'ai eu du mal à faire le tri…

Il se retrousse les manches et commence à plier des T-shirts. Je fais de même.

— Tu ne prends aucun de ces habits ? chuchote-t-il.

— Non. Ce sont eux qui me fournissent mes vêtements à partir de demain.

— Pas mal.

— Est-ce que tes sœurs sont déçues ?

— Non, pas vraiment. À la seconde où on a vu ton visage s'afficher, tout le monde s'est mis à hurler. Elles t'adorent. Surtout ma mère.

— Moi aussi, je l'adore. Elle est toujours délicieuse avec moi.

Quelques minutes s'écoulent dans un silence pesant.

— Ta photo… tu étais magnifique dessus.

— Grâce à toi.

— Moi ?

— En fait… au moment où on l'a prise, je croyais que tu allais me demander en mariage.

— J'y ai pensé, mais ça n'a plus aucune importance à présent.

— Bien sûr que si. Pourquoi tu ne m'en as pas parlé ?

— J'ai préféré attendre.

— Attendre quoi ?

— La convocation.

Le service militaire est une véritable source d'angoisse à Illeá. Chaque garçon est susceptible d'être appelé sous les drapeaux lorsqu'il atteint ses dix-neuf ans. Les nouvelles recrues sont tirées au sort deux fois par an, à six mois d'intervalle, pour que personne ne puisse échapper à la conscription. Ils servent leur pays de dix-neuf à vingt-trois ans. Et le dix-neuvième anniversaire d'Aspen approche à grands pas…

L'armée, cela peut être une bénédiction, dans le sens où devenir militaire, c'est accéder automatiquement au statut de Deux. Par ailleurs, le gouvernement assure votre formation et vous verse une solde jusqu'à la fin de votre vie. Le revers de la médaille, c'est qu'il peut vous expédier n'importe où. Loin de votre province, bien évidemment, de peur que vous n'ayez pas la main assez ferme avec vos compatriotes. Vous pouvez devenir garde royal à Angeles, policier dans une région éloignée ou simple soldat qui servira de chair à canon au-delà de nos frontières. Ils sont rares, les militaires sains et saufs qui retrouvent leur famille et leur pays natal.

— C'est juste que… que je ne voulais pas t'imposer ça, murmure Aspen.

— Je comprends.

— Alors, qu'est-ce que tu mets dans ta valise ?

— Des vêtements de rechange, pour le jour où ils me mettront à la porte. Des photos, des livres. Je n'ai pas besoin de prendre mes instruments. Tout ce dont j'ai besoin sera à ma disposition, paraît-il. Ce petit sac-là, c'est ce que j'emporte.

Le bouquet de fleurs sauvages apporte une touche de lumière et de couleur qui tranche avec la grisaille de ma chambre. Soudain, tout me semble plus terne… peut-être parce que la rupture est consommée.

— Tu n'emportes pas grand-chose, remarque Aspen.

— C'est qu'il ne me faut pas grand-chose pour être heureuse… Je pensais que tu le savais.

— Arrête, America. J'ai pris la bonne décision.

— Quelle décision ? Aspen, tu m'as fait croire qu'on serait heureux ensemble. Je suis tombée amoureuse de toi. Ensuite, tu m'as forcée à participer à ce foutu concours. Tu sais que je vais intégrer le harem de Maxon ?

Aspen blêmit et serre les poings. J'enfonce le clou :

— Je n'ai pas le droit de le repousser. Même si ses intentions ne sont pas très honnêtes.

— Même si… même s'il n'a pas l'intention de se marier avec toi… il a le droit de… ?

— Oui.

— C'est révoltant ! Mais s'il te choisit… ce serait génial. Tu mérites d'être heureuse.

Sa remarque, c'est la goutte d'eau qui fait déborder le vase. Sans réfléchir, je lui flanque une gifle.

— Espèce d'imbécile ! Je le déteste ! C'est toi que j'aimais ! C'est avec toi que je voulais faire ma vie, fonder une famille !

— Il vaut mieux que je m'en aille, déclare Aspen d'une voix chevrotante.

Les yeux voilés de larmes, il s'éloigne déjà vers la porte.

— Attends ! Je ne t'ai pas payé.

— America, rien ne t'oblige à me donner de l'argent.

— Aspen Leger, je t'interdis de quitter cette chambre !

Je ne plaisante plus. Il se fige sur place, enfin attentif.

— Tu t'entraînes pour le jour où tu vas faire partie de l'Élite ? ricane-t-il.

En guise de réponse, je vais chercher dans un tiroir l'argent que j'ai gagné par moi-même ces derniers jours. Toutes mes économies. Je fourre les billets et les pièces dans ses mains.

— America, je ne veux pas de ton argent.

— Je m'en fous. Je n'en ai pas besoin, toi si. Prends-le, en souvenir de notre amour. Ton orgueil mal placé nous a déjà fait assez de mal comme ça, tu ne trouves pas ?

— D'accord.

Je m'accroupis par terre, je farfouille à l'aveugle sous le lit et j'en sors mon petit bocal de pièces, que je vide dans les paumes d'Aspen.

— Tiens, ça aussi. Elles sont à toi depuis toujours. Fais-en bon usage.

Le chagrin me submerge mais je m'applique coûte que coûte à garder contenance.

— Moi aussi, Ame, je suis triste… Bonne chance.

Aspen remplit ses poches à la va-vite et quitte brusquement la chambre.

Je m'attendais à être secouée de sanglots, à être dévastée par le désespoir, pas à verser ces petites larmes silencieuses. Je m'approche d'une étagère sur laquelle je compte ranger le bocal désormais vide, quand je remarque une petite pièce fixée au fond. Je la décolle d'un coup d'ongle et elle roule sur elle-même en produisant un son mat qui résonne dans ma poitrine. Je sais que le souvenir d'Aspen me trottera longtemps dans la tête. Peut-être ne l'oublierai-je jamais, d'ailleurs. J'ouvre mon sac à dos, j'y case le bocal et fais glisser la fermeture Éclair.

Une heure plus tard, May se faufile dans ma chambre et j'avale un de ces stupides somnifères. Je m'endors en serrant ma petite sœur fort contre moi, le cœur anesthésié.

7.

Le lendemain matin, j'enfile l'uniforme des Sélectionnées (pantalon noir, chemise blanche et, dans les cheveux, la fleur qui symbolise ma province : un lis). J'opte aussi pour une paire de ballerines aux talons élimés. J'espère montrer dès le début de la compétition que je n'ai pas l'étoffe d'une princesse.

La journée commence mal. Kenna, exténuée par sa grossesse, et son mari James sont venus me dire au revoir. Kota a fait lui aussi le déplacement, même s'il se moque de mon sort comme de sa première sculpture. Lorsque nous remontons le trottoir vers la limousine avec chauffeur qui nous a été fournie pour des raisons de sécurité, Kota se pavane devant les photographes et les badauds. Papa secoue la tête, dépité, et le trajet se déroule dans un silence de mort. Mon seul réconfort vient de May. Elle ne me lâche pas d'une semelle et elle s'évertue, au prix de mille efforts, à me remonter le moral. C'est avec sa main dans la mienne que je pose le pied sur une place noire de monde. La province de Caroline tout entière semble s'être donné rendez-vous pour assister à mon départ… ou pour me huer. Une fois plantée sur l'estrade, je vois en contrebas une véritable marée humaine, des centaines d'yeux fixés sur moi.

Et le fossé entre les castes me frappe de plein fouet. Margareta Stines, une Trois, m'adresse des regards sombres, comme si je lui avais volé quelque chose qui lui appartient de droit. Quant à Tenile Digger, une Sept, elle m'envoie une rafale de baisers. Les plus modestes m'acclament, moi, la fille normale qui a gravi les échelons de la réussite. Je comprends alors ce que je signifie pour eux, ce que je représente dans leur vie, et j'essaie de fixer mon attention sur ces visages tout en gardant la tête froide. Je suis déterminée à être à la hauteur de leurs attentes, de leurs espoirs. La meilleure des Sélectionnées, la patronne des déshérités. America Singer, championne des petites gens.

Le maire s'exclame en gesticulant :

— … et la province de Caroline va offrir un tonnerre d'applaudissements à la fille de Magda et de Shalom Singer, America Singer !

Un tonnerre de vivats et d'applaudissements salue sa déclaration. Certains membres du public lancent même des fleurs sur l'estrade. Je les remercie d'un sourire et d'un signe de la main, puis je balaie la foule du regard. Parce que je veux voir son visage une dernière fois. Je ne sais pas s'il va venir, mais je me répète qu'un garçon ne peut pas tourner le dos, du jour au lendemain, à la fille qu'il a aimée deux années durant.

Au bout d'un moment, je finis par le repérer. Aspen est bien là, main dans la main avec Brenna Butler, une Six du même âge que moi, à peu près. Jolie à sa façon, sans aucun point commun avec moi... Elle va mettre le grappin sur le mariage et la vie qu'Aspen me destinait. Service militaire ou pas, d'ailleurs. Brenna adresse un sourire à Aspen et rejoint sa famille.

Et s'il m'avait caché l'existence de Brenna depuis le début de notre relation ? Peut-être la voyait-il tous les jours, alors qu'il venait chercher sa dose de nourriture et de baisers auprès de moi une fois par semaine ? Sa vie devait être moins triste et moins monotone qu'il ne voulait me le faire croire...

Je suis trop en colère pour pleurer. De plus, mes nombreux admirateurs réclament mon attention pleine et entière. Sans montrer à Aspen que je l'ai aperçu, j'affiche mon plus beau sourire et je salue la foule. Il n'aura pas la satisfaction de me briser le cœur une seconde fois. Si je suis ici, c'est à cause de lui.

— Mesdames et messieurs, félicitons une dernière fois America Singer, la fille d'Illeá à laquelle nous enverrons tous nos encouragements ! s'écrie le maire.

Derrière moi, une fanfare locale joue l'hymne national. Nouveaux vivats, énièmes fleurs. Le maire me chuchote à l'oreille :

— Veux-tu prononcer quelques mots, ma petite ?

— Merci, mais je suis trop émue, c'est au-dessus de mes forces.

— Bien sûr, fillette. Ne t'inquiète pas, je m'occupe de tout. Ils vont t'apprendre à faire face à ce genre de situations au palais. Ce ne sera pas du luxe.

Le maire improvise alors un éloge enthousiaste face à un public acquis à sa cause et signale au passage que je suis très intelligente et très mignonne pour une Cinq. Même les plus sympathiques des Premiers ou des Deux ne parviennent pas à contenir leur mépris.

Le maire achève son laïus et la foule l'acclame comme s'il venait de prononcer le discours le plus inspiré de l'univers.

Soudain sonne l'heure des au revoir. Mitsy, ma garde du corps, m'ordonne de faire mes adieux le plus rapidement et le plus discrètement possible, sur l'estrade. Elle me conduira ensuite à la limousine.

Kota me prend dans ses bras et, à voix basse, me demande de faire sa publicité auprès du prince. Il n'a pas perdu le nord, le grand frère. Je m'éloigne de lui au plus vite.

Kenna, elle, pleure à chaudes larmes.

— Déjà qu'on se voit rarement, qu'est-ce que je vais faire quand tu seras partie ?

— Je serai rentrée plus vite que tu ne le crois.

— Tu racontes n'importe quoi ! Tu es la plus jolie fille d'Illeá. Il va se jeter à tes pieds !

Tout le monde semble croire que l'amour se résume à la beauté – à juste titre, peut-être. Vais-je découvrir que le prince Maxon cherche une potiche qui fera joli sur les photos officielles, pas son âme sœur ? Quelle perspective terrifiante, non ? Par chance, des dizaines de filles beaucoup plus jolies que moi participent à la Sélection.

J'ai du mal à prendre Kenna dans mes bras, à cause de son gros bidon, mais on finit par y arriver. James, un quasi-étranger pour moi, a l'air lui aussi très ému. Je me tourne ensuite vers Gerad.

— Sois sage, d'accord ? Et mets-toi au piano. Montre au monde entier que tu es un génie. Tu me feras écouter tout ça à mon retour.

— Je t'aime, America.

— Je t'aime aussi. Ne sois pas triste. Je vais rentrer très vite à la maison.

Il croise les bras et se met à bouder. Je ne pensais pas qu'il réagirait de cette façon. Quant à May, elle saute partout, surexcitée.

— Oh, America, tu vas devenir une princesse ! J'en suis sûre sûre sûre !

— Je préférerais mille fois rester avec toi, tu sais. Sois sage, et travaille dur. Papa !… Ne pleure pas !

Je tombe dans les bras de mon père.

— Écoute-moi, ma puce. Que tu gagnes ou que tu perdes, ça ne changera rien. Tu seras toujours ma princesse.

Sur ces bonnes paroles, je fonds en larmes. Elle suffit à provoquer peur, tristesse, inquiétude, nervosité, cette petite phrase qui remet la Sélection en perspective. Si je rentre bredouille, et rejetée de tous, cela ne l'empêchera pas d'être fier de moi. Le seul endroit où je me sens en sécurité, c'est dans les bras de mon père. Je me dégage de son étreinte et je me tourne vers maman.

— Fais bien tout ce qu'ils te disent. Ne râle pas trop et tâche de t'amuser. Sois sage. Souris. Donne-nous des nouvelles. Oh, je savais depuis le début que tu deviendrais quelqu'un d'exceptionnel.

Les conseils de ma mère partent d'une bonne intention, mais ce n'est pas ce que j'ai besoin d'entendre aujourd'hui. Elle aurait pu me dire qu'exceptionnelle, je le suis déjà à ses yeux – comme je le suis aux yeux de papa –, sauf que ses ambitions l'aveuglent : dans sa tête, je ne suis qu'un moyen, pas une fin. Peut-être que toutes les mères ont le même travers.

— Mademoiselle America, êtes-vous prête ? demande Mitsy.

— Oui. Prête.

J'essuie mes larmes d'un revers de main. Voilà, l'heure est venue. Je me dirige vers l'escalier qui longe l'estrade. Mon sac m'attend déjà dans la limousine blanche.

— Ame !

Je pivote sur mes talons. Je reconnaîtrais cette voix entre mille.

— America !

Aspen se fraye un chemin à coups de coude parmi la foule. Des protestations s'élèvent dans son sillage.

Nos regards se croisent.

Il se fige et me scrute, impassible. Angoisse ? Regrets ? De toute façon, c'est trop tard. Je secoue la tête, exaspérée par son petit jeu.

— Par ici, mademoiselle, m'appelle Mitsy en bas des marches.

— Au revoir, chérie ! s'écrie maman.

Et je m'engouffre dans la limousine.

8.

Je suis la première à arriver à l'aéroport et le plaisir grisant du bain de foule est remplacé par la terreur que m'inspire l'idée de devoir prendre l'avion. Je voyage avec trois autres filles et je ne veux surtout pas perdre mon calme, de peur d'être prise pour une hystérique par mes rivales officielles.

J'ai appris par cœur les noms et les castes de toutes les Sélectionnées en mémorisant leur visage. Ce qui était au départ un exercice thérapeutique – un peu comme réciter les gammes, ou les tables de multiplication – s'est transformé en quête de visages amicaux, de personnes avec qui j'aimerais me lier d'amitié pendant la Sélection. Je n'ai jamais eu d'amie à proprement parler. J'ai passé la majeure partie de mon enfance collée aux basques de Kenna et de Kota. Ma mère s'est chargée de mon instruction, puis elle est devenue ma seule et unique collègue de travail. Lorsque mes aînés ont quitté le nid, je me suis consacrée à May et à Gerad. Et à Aspen, aussi…

Comment ai-je atterri ici, dans cet aéroport ? Il y a encore un mois, ma vie était toute tracée. Aujourd'hui, je n'ai plus aucun repère. Une nouvelle maison, une nouvelle caste, une nouvelle vie. À cause d'une simple lettre, et d'un portrait. Les autres filles sont-elles aussi tristes que moi ? J'imagine que je suis la seule à me morfondre. Il va falloir donner très vite le change et afficher un visage amène car les caméras seront braquées sur moi.

Je rassemble mes forces pour affronter tout ce qui m'attend, pour mon grand plongeon dans l'inconnu. Je décide de faire du palais mon sanctuaire et je me promets de ne jamais prononcer le nom d'Aspen, que ce soit à voix haute ou dans mon for intérieur. Il n'a pas le droit de me suivre dans cette aventure ; c'est terminé.

Au revoir, Aspen.

Une demi-heure plus tard, deux filles vêtues à l'identique – chemise blanche associée à un pantalon noir – franchissent les portes de l'aéroport, leur garde du corps chargé comme un mulet sur les talons. Leur sourire radieux confirme mes soupçons et mes craintes : je suis la seule des Sélectionnées à broyer du noir.

Après quelques claques mentales, je me mets debout et leur tends la main.

— Bonjour, je m'appelle America.

— Oui, je te reconnais ! s'écrie une blondinette aux yeux bruns (Marlee Tames, du Kent. Une Quatre).

Au lieu d'accepter ma main tendue, elle me prend dans ses bras. Cet accueil chaleureux inattendu me prend de court. Même si Marlee a un visage qui inspire confiance, cela fait plus d'une semaine que maman me conseille de me méfier des autres candidates et ses pensées négatives ont contaminé les miennes. Moi qui m'attendais à un échange cordial, au mieux, entre filles prêtes à s'entretuer pour arriver à leurs fins, je suis médusée.

— Je me présente : Marlee, et voici Ashley.

Oui, Ashley Brouillette, qui est originaire d'Allens. Une Trois. Les cheveux blonds, elle aussi, beaucoup plus clairs que ceux de Marlee, et des yeux d'un bleu sidérant dans un visage aux traits fins. On dirait un bibelot de porcelaine.

Elles viennent toutes les deux du Nord, ce qui explique leur arrivée groupée. Ashley m'adresse un petit signe de la main qu'elle agrémente d'un sourire. Timide, peut-être, ou méfiante. L'éducation qu'elle a reçue – c'est une Trois, rappelons-le – l'incite sûrement à la retenue.

— J'adore tes cheveux ! pépie Marlee. J'aurais trop aimé avoir les cheveux roux. Ça donne tellement d'énergie au visage. Il paraît que les roux ont mauvais caractère, tu confirmes ?

— C'est une réputation un peu exagérée. Il m'arrive d'être de mauvaise humeur, oui, mais ma sœur est rousse elle aussi et elle est supergentille.

Marlee adore aller au cinéma, et moi aussi, même si c'est un luxe que je ne peux pas me permettre. Nous dressons la liste des acteurs « beaux gosses », ce qui me semble surréaliste vu les circonstances. Ashley lâche un gloussement de temps à autre. Quand je lui pose une question sans passer par Marlee, elle répond en quelques mots et retrouve son sourire mi-figue mi-raisin.

Je m'entends bien avec Marlee, ce qui me donne bon espoir pour l'avenir. Nous papotons une bonne demi-heure, le temps file et c'est un bruit de talons claquant sur le carrelage qui interrompt notre conversation. Nous tournons toutes la tête en même temps et Marlee reste bouche bée de stupeur.

Une brune s'approche de nous, le regard masqué derrière des lunettes de soleil. Dans ses cheveux, une fleur aux pétales écarlates, assortis à son rouge à lèvres. Elle tortille des hanches et ses talons aiguilles lui donnent une démarche assurée. Contrairement à Marlee et à Ashley, elle affiche un visage fermé. Pas parce qu'elle est malheureuse, non. Parce que son entrée théâtrale est censée inspirer crainte et admiration. Et le but est atteint, en partie du moins, car j'entends la pauvre Ashley chuchoter « Oh non » à l'approche de cette redoutable concurrente.

La concurrente en question, que j'identifie immédiatement comme Celeste Newsome (une Deux), ne me fait pas peur.

Ladite Celeste se rattache à notre petit groupe et Marlee, toujours polie, glapit un petit bonjour. La nouvelle venue la toise des pieds à la tête et pousse un soupir.

— Quand est-ce qu'on part ? demande-t-elle d'un ton méprisant.

— Aucune idée. C'est toi qu'on attendait…

Elle me fusille du regard. Je ne l'impressionne pas, de toute évidence.

— Excuse-moi, il y a pas mal de gens qui voulaient me dire au revoir. C'est à eux que tu dois te plaindre, rétorque-t-elle, manifestement habituée à déclencher l'admiration des foules.

Et c'est ce genre de filles que je vais côtoyer. Ô joie, ô bonheur !

Comme s'il venait de recevoir un signal, un homme se matérialise sur notre gauche.

— Il paraît que nos quatre Sélectionnées sont là ?

— Mais oui, cher monsieur, lui répond Celeste d'une voix angélique qui le fait fondre sur place.

Ah. Elle vient d'abattre ses cartes.

— Mesdemoiselles, si vous voulez bien me suivre jusqu'à votre jet privé…

Le vol, qui me réserve des émotions fortes au décollage et à l'atterrissage, ne dure que quelques heures. Nous sommes installées toutes les quatre à l'avant du petit avion, dans des fauteuils ultraconfortables. Les hôtesses nous proposent des films et une collation, mais je me contente de peu : je regarde mon pays défiler sous mes yeux de l'autre côté du hublot, ébahie par son immensité.

Celeste dort durant tout le trajet (un répit de courte durée, mais bienvenu pour nous trois). Ashley rabat son plateau et s'attelle à la rédaction de plusieurs lettres. Pas bête. J'aurais dû moi aussi penser à apporter du papier et un stylo.

— Elle est tellement élégante, chuchote Marlee en désignant Ashley d'un mouvement de tête. Depuis qu'on a fait connaissance, elle n'a commis aucun faux pas. Ça va être une rivale dangereuse.

— Tu prends la Sélection par le mauvais bout, Marlee. Tu dois essayer de gagner, mais pas au détriment d'une autre fille. Il suffit que tu sois toi-même. Peut-être que Maxon cherche quelqu'un de moins crispé qu'Ashley.

— Oui, tu as raison. C'est difficile de ne pas l'aimer, en plus. Elle est supergentille. Et si jolie… Celeste, en revanche…

— Ne m'en parle pas ! Cela fait à peine une heure qu'on la connaît et j'ai déjà hâte qu'elle soit renvoyée chez elle.

— Ce n'est pas mon genre de critiquer, mais elle est drôlement menaçante. Et Maxon n'est même pas encore là. Elle me rend nerveuse.

— Ne t'inquiète pas. Les filles dans son style, elles finissent toujours par se tirer une balle dans le pied.

— J'espère que tu as raison. Parfois je me dis…

— Quoi ?

— … que ce serait bien que les Deux aient une petite idée de la façon dont ils nous traitent.

Je ne me suis jamais considérée au même niveau qu'une Trois, mais Marlee n'a pas tort de nous mettre dans le même sac. Une Deux ou une Trois n'a pas les mêmes problèmes que nous autres, la piétaille d'Illeá.

— Merci de m'adresser la parole, déclare-t-elle. J'avais peur que toutes les filles soient odieuses, mais toi et Ashley, vous avez été adorables. Peut-être que ça va être amusant, finalement.

Je réponds à Marlee par un sourire. Je n'ai aucune raison de la snober, ni d'agresser Ashley, mais rien ne garantit que les autres filles seront sur la même longueur d'onde.

L'avion atterrit et notre petite troupe franchit le tarmac dans un silence total, entourée d'une armée de gardes du corps. Lorsque les portes s'ouvrent, nous nous engouffrons à l'intérieur de l'aéroport et notre arrivée est saluée par un vacarme assourdissant.

Une foule grouillante qui hurle et tape du pied envahit le terminal. Un passage a été dégagé grâce à un tapis doré délimité par des cordages assortis. À intervalles réguliers sont postés des vigiles qui parcourent la cohue d'un regard inquiet, prêts à frapper au premier signe de danger. J'écarquille les yeux. Ils n'ont personne de plus important à protéger ?

Celeste, qui ouvre la marche, se met à saluer le public. Je comprends illico que c'est la réaction la plus intelligente, alors que je comptais il y a moins de deux secondes me recroqueviller sur moi-même. Les caméras enregistrent le moindre de nos mouvements et je me félicite d'avoir laissé Celeste passer devant.

Des dizaines de personnes en délire crient mon nom et je me dévisse le cou pour les remercier d'un regard. Certains brandissent des pancartes qui portent des messages d'encouragement. Je n'en crois pas mes yeux. Il y a ici des gens – n'appartenant ni à ma caste ni à ma province – qui me soutiennent et me voient déjà gagnante. Mon estomac se noue : je vais les décevoir, et je me sens coupable d'avance.

Baissant la tête, je croise le regard d'une fillette appuyée sur la corde qui nous sépare de la foule. Pas plus de douze ans, à vue de nez. Dans ses mains, un écriteau qui proclame : « Les rousses, c'est les meilleures ! », avec une petite couronne et une pluie d'étoiles. Je suis la seule rousse de la compétition et ma petite fan a les mêmes cheveux que moi. Coïncidence !

Juliette – c'est son nom – me réclame un autographe, derrière elle quelqu'un veut me prendre en photo, un autre me serrer la main… Résultat, je me retrouve à prendre un bain de foule en essayant de ne pas négliger les curieux qui trépignent de l'autre côté du tapis.

Je suis la dernière à quitter le terminal, une vingtaine de minutes après les autres filles. J'avoue en toute honnêteté que j'aurais pu rester beaucoup plus longtemps, mais l'avion des candidates suivantes était annoncé sur le tarmac et j'aurais eu honte de leur voler la vedette.

En m'installant sur la banquette, je vois Celeste lever les yeux au ciel. Grand bien lui fasse. Dire au revoir à ma famille, rencontrer les premières concurrentes, prendre l'avion pour la première fois, établir le dialogue avec nos admirateurs… j'ai assuré sur tous les plans. Et sans me mettre une seule fois dans l'embarras.

Je pense aux caméras qui m'ont suivie dans le terminal et j'imagine mes parents en train de regarder mon arrivée à Angeles à la télévision. J'espère qu'ils seront fiers de moi.

9.

Après le comité d'accueil chaleureux à l'aéroport, des centaines de badauds se bousculent au bord des routes pour nous souhaiter bonne chance. Interdiction formelle, malheureusement, de baisser les vitres et de les saluer. L'un des gardes du corps nous suggère de nous considérer comme une extension de la famille royale. La majorité nous adore, c'est vrai, mais une minorité n'aurait aucun scrupule à nous faire du mal, ou à frapper le prince à travers nous. Voire la monarchie.

Dans la voiture (une limousine aux vitres teintées affrétée spécialement pour nous), je me retrouve coincée à côté de Celeste. Marlee est au septième ciel et je la comprends. Son nom est inscrit sur une multitude de panneaux. Impossible de compter ses admirateurs, ils sont trop nombreux.

Ashley et Celeste ont elles aussi leurs fans – moins que Marlee, mais beaucoup plus que moi. Ashley accepte cette situation sans se troubler alors que Celeste est mauvaise perdante.

— Qu'est-ce qu'elle a fait, à ton avis ? chuchote-t-elle au creux de mon oreille.

— Comment ça, qu'est-ce qu'elle a fait ?

— Pour être aussi populaire. Tu crois qu'elle a soudoyé quelqu'un ?

Elle jauge Marlee d'un regard froid, comme si elle calculait sa valeur.

— C'est une Trois. Elle n'a pas les moyens de verser des pots-de-vin à droite et à gauche.

— Ne sois pas naïve. Une fille a plusieurs moyens à sa disposition pour obtenir ce qu'elle veut, conclut Celeste avant de retourner à la vitre.

Il me faut quelques instants avant de comprendre ce qu'elle insinue, et j'ai du mal à le digérer. Difficile d'imaginer qu'une fille aussi innocente que Marlee puisse envisager la promotion canapé pour monter en grade – et enfreindre une loi d'Illeá dans la foulée. Ce n'est pas le seul problème : plus le temps passe et plus il devient clair qu'avec Celeste, la vie au palais ne va pas être de tout repos.

À l'approche de ma nouvelle maison, ce que je remarque en premier lieu ce sont les murs en stuc jaune pâle qui s'élèvent jusqu'au ciel. Des sentinelles sont postées de part et d'autre d'un immense portail. Une longue allée bordée de pelouses qui s'étendent à perte de vue longe une fontaine et nous dépose au pied d'un escalier, où nous attendent des représentants officiels.

Marmonnant un bonjour inaudible, deux femmes m'attrapent par le bras et m'entraînent à l'intérieur. Cet accueil précipité n'apaise pas ma nervosité.

— Désolée de vous mettre la pression, mademoiselle, mais votre groupe a pris du retard, m'explique l'une des deux accompagnatrices.

— C'est de ma faute. J'ai trop bavardé à l'aéroport.

— Bavardé avec les gens ?

Elles échangent un regard dont la signification m'échappe et me font visiter le palais en accéléré. La salle de réception est sur la gauche, la salle de bal à droite. J'aperçois un jardin immense derrière une baie vitrée. Pas le temps de respirer, elles me poussent dans une pièce bondée où s'affairent des dizaines de personnes. Devant une rangée de miroirs une armée de coiffeurs et de manucures joue des ciseaux et de la lime à ongles. Des vêtements sont suspendus à des portants, des répliques étranges fusent : « J'ai trouvé le flacon de teinture ! » ou : « Ça la grossit. »

— Vous voilà, enfin ! s'exclame une autre femme, de toute évidence la responsable. Je suis Silvia, on s'est parlé au téléphone. Tout d'abord, il nous faut des photos « avant ». Par ici, ordonne-t-elle en montrant un tabouret placé devant un drap. Ne faites pas attention aux caméras, mesdemoiselles.

On prépare une émission spéciale sur votre relooking, toutes les filles d'Illeá voudront vous ressembler une fois que vous sortirez d'ici.

Je suis cernée de toutes parts. Des équipes de tournage sillonnent la pièce, des journalistes interrogent les candidates tandis que des photographes mitraillent leurs chaussures. Silvia aboie des ordres :

— Mlle Celeste au poste quatre, Mlle Ashley au cinq… et on dirait bien que le poste dix est libre. Mlle Marlee au dix, donc, et Mlle America au six.

Un brun court sur pattes m'interpelle et me pousse dans un fauteuil.

— Bon, que je vous explique, il faut qu'on parle de votre image.

— Mon image ?

— Quel message avez-vous envie de transmettre au public avec vos cheveux roux ? On peut vous transformer en femme fatale mais si vous préférez la sobriété, ça peut s'arranger, précise-t-il sur un ton neutre, professionnel jusqu'au bout des ongles.

— Je ne vais pas me métamorphoser pour faire plaisir à un garçon que je ne connais même pas.

— Caramba ! Une personnalité volcanique, pas vrai ? fredonne-t-il, comme s'il s'adressait à une petite fille.

— Comme tout le monde, non ?

— Très bien. On ne touchera pas à votre image, on va juste vous mettre en valeur. Vous polir comme une pierre précieuse, en quelque sorte, et votre dégoût pour tout ce qui est artificiel peut être votre principal atout. Accrochez-vous à ça, ma belle.

Il m'assène quelques petites tapes sur l'épaule et s'éloigne avec un air satisfait tandis qu'un essaim d'esthéticiennes s'abat sur moi.

Je découvre que le petit brun a utilisé le mot « polir » au sens littéral. Les esthéticiennes me font un gommage sur les bras et les jambes (il faut croire que je suis trop maladroite pour me débrouiller seule), puis elles me badigeonnent de crèmes et d'onguents qui embaument la vanille – l'un des parfums préférés de Maxon, m'expliquent-elles. Ensuite elles fixent leur attention sur mes ongles qu'elles coupent, lustrent et débarrassent, comme par magie, de leurs petites peaux disgracieuses. Lorsque je refuse toute trace de vernis, elles ont l'air si déçues que je me ravise. Je les autorise à me peindre les orteils, et l'une d'elles choisit une teinte neutre que j'arrive à trouver jolie.

L'équipe m'abandonne pour bichonner une autre Sélectionnée et j'attends l'étape suivante assise dans mon fauteuil. Une caméra zoome sur mes mains.

— Ne bougez pas, m'ordonne une voix féminine. Vous avez quelque chose sur les ongles ?

— Non.

La journaliste pousse un soupir et me délaisse.

Je soupire à mon tour. Du coin de l'œil, je perçois un mouvement sur ma droite. Une fille engoncée dans une cape protectrice a le regard perdu dans le vague. Sa jambe est agitée de secousses nerveuses.

— Tout va bien ?

Ma question la tire de sa rêverie.

— Ils veulent me teindre en blonde. Ils trouvent que ça irait mieux avec mon teint. Je suis un peu nerveuse, avoue-t-elle avec un sourire forcé.

— Tu t'appelles Sosie, je crois ?

La fille s'anime.

— Oui. Et toi, America ? On m'a dit que tu es arrivée dans le même groupe que Celeste. Quelle peste !

Je lève les yeux au plafond. Depuis notre arrivée, Celeste passe son temps à hurler et à houspiller les domestiques.

— Elle est encore pire que ce que tu crois. Et si tu veux mon avis, je trouve tes cheveux très jolis comme ça.

— Merci.

— Si tu n'as pas envie de changer de couleur, ne te force pas.

Sosie m'adresse un vague sourire, mais je la sens sur la défensive. Elle se demande si elle doit me faire confiance ou si j'essaie de lui planter un couteau dans le dos. Soudain, deux nouvelles équipes nous encerclent et s'activent autour de nous avec un vacarme de tous les diables. Impossible de finir notre conversation.

Mes cheveux sont lavés, démêlés, peignés, lissés. Une fois que le coiffeur en a fini avec moi, ma tignasse s'est raccourcie de plusieurs centimètres. L'effet ? Plutôt réussi : mon auburn sculpté en dégradé capte parfaitement la lumière. Décidément, maman n'a pas le coup de ciseaux d'un « artiste capillaire ». Certaines filles se font faire des mèches et d'autres, à l'instar de Sosie, changent radicalement de tête. Mais mon coiffeur est d'avis, et moi avec lui, que je peux très bien me passer de ce genre de révolution.

Une très jolie fille se charge de me maquiller. Je lui demande de faire dans la discrétion et le résultat me plaît. La plupart des candidates quittent les mains de leur maquilleuse métamorphosées : elles paraissent plus âgées, plus jeunes, ou tout simplement plus belles. Moi, j'ai la chance de me reconnaître quand j'observe mon reflet dans le miroir. L'heure est venue de quitter mon peignoir. On me conduit vers un portant où sont présentées plusieurs robes. Mon nom est griffonné sur une pancarte. Pas de pantalons en vue ? Dommage pour les apprenties princesses.

Je choisis une robe de couleur crème qui dégage mes épaules et m'enserre la taille. Une robe de cocktail, m'explique la petite bonne qui m'aide à l'enfiler. Elle ajoute que mes robes de soirée m'attendent déjà dans ma chambre. Celles qui restent sur le portant me seront livrées un peu plus tard. Elle pique ensuite une broche à mon nom près du décolleté, remplace mes ballerines abîmées par des chaussures à talon (« des escarpins, mademoiselle ») et, sa tâche achevée, me demande de prendre place dans l'une des quatre cabines installées le long du mur. Chaque cabine est équipée de deux tabourets, d'une caméra et d'une toile de fond. Un mini-studio, en quelque sorte.

Assise sur l'un des tabourets, j'attends les instructions. Une femme s'installe face à moi, un bloc-notes à la main, et me demande de patienter pendant qu'elle cherche mon dossier.

— C'est pour l'émission spécial relooking. Nous allons diffuser un programme exceptionnel sur votre arrivée ce soir, celle du relooking le mercredi, et ensuite, le vendredi, vous assisterez à votre premier bulletin du Capitole. Le public a vu votre photo et vous connaît un peu grâce aux formulaires. Notre objectif, c'est que vous remportiez tous les suffrages. Il faut que les téléspectateurs apprennent à vous connaître. D'où cette petite interview, et les questions qui vous seront posées pendant le bulletin. Ne soyez surtout pas timide quand vous nous verrez circuler dans les couloirs du palais. Cela arrivera assez régulièrement.

— Très bien.

Je fais tout pour paraître docile, mais vivre sous l'œil des caméras me dégoûte. J'ai la sensation que cela viole mon intimité. Soudain une petite diode rouge s'allume sur la caméra.

— America Singer, c'est ça ? me demande la journaliste.

— Oui...

— Soyons franches, vous n'avez pas l'air si changée que ça. Pouvez-vous nous raconter ce qui s'est passé pendant votre relooking aujourd'hui ?

— Ils m'ont coupé les cheveux, ma nouvelle coupe me plaît. Et ils m'ont tartinée de crème parfumée à la vanille. Je sens aussi bon qu'un gâteau.

La journaliste éclate de rire.

— Formidable ! Et cette robe vous va très bien.

— Merci. En règle générale je porte assez peu de robes, alors je vais devoir m'y habituer.

— C'est vrai. Vous êtes l'une des trois Cinq qui participent à la Sélection. Comment jugez-vous l'expérience pour l'instant ?

Je me torture les méninges afin de trouver un mot qui résumerait le tourbillon de sensations éprouvées depuis ce matin. La déception des adieux, l'avion, le réconfort que m'a procuré Marlee...

— Pleine de surprises.

— Il y aura encore beaucoup de surprises dans les jours à venir, vous vous en doutez ?

— J'espère que ce sera un peu plus calme qu'aujourd'hui.

— Que pensez-vous de vos concurrentes ?

— Elles sont toutes très gentilles.

Toutes, à une exception près. La journaliste ne se laisse pas berner par mon mensonge.

— Mais bien sûr. Dites-moi, êtes-vous satisfaite de votre relooking ? Vous n'avez pas peur que les autres soient plus jolies que vous ?

Je flaire la question piège et je tente une sortie diplomatique :

— Je crois que l'équipe du relooking a réussi à mettre en valeur la beauté de chaque candidate.

— Parfait, on va arrêter là, rétorque la femme avec un grand sourire forcé.

— C'est tout ?

— On doit caser trente-cinq interviews dans une émission d'une demi-heure, cela suffit amplement.

— Tant mieux.

— Merci de nous avoir consacré ces quelques minutes. Allez vous asseoir là-bas, sur le canapé, on viendra vous chercher.

Soulagée, je quitte mon tabouret et je me dirige vers un sofa rond placé dans un coin de la pièce. Deux filles que je ne connais pas l'occupent déjà et discutent à voix basse. Quelqu'un annonce l'arrivée imminente du dernier groupe, ce qui provoque le branle-bas général. Concentrée sur ce remue-ménage, je ne me rends pas compte tout de suite que Marlee s'est assise à côté de moi.

— Marlee ! Tes cheveux !

— Oui, ils ont mis des extensions. Tu crois que ça va plaire à Maxon ?

— Bien sûr ! Les hommes adorent les blondes sculpturales, non ?

— America, tu es si gentille. Tout le monde à l'aéroport t'a adorée.

— Oh, j'ai essayé de leur faire plaisir. Tu es allée voir des gens, toi aussi.

— Oui, mais pas autant que toi.

Je baisse la tête, embarrassée de recevoir un compliment pour une démarche qui m'a paru évidente, et je me tourne vers mes voisines, Emmica Brass et Samantha Lowell. Il n'y a pas eu de présentations en bonne et due forme mais je les reconnais sans problème. Elles me lancent un regard bizarre que je ne peux pas décrypter car, entre-temps, Silvia nous a rejointes.

— Alors les filles, prêtes ? Je vais vous faire visiter le palais, sans trop m'attarder, et vous conduire jusqu'à vos chambres respectives.

Marlee tape dans ses mains et nous nous mettons debout. Silvia nous apprend que nous avons été chouchoutées dans une salle baptisée le Boudoir, une pièce réservée aux amusements de la reine, de ses dames de compagnie et des membres féminins de la famille royale.

— Observez bien cet endroit, vous allez y rester beaucoup de temps. Nous sommes passées en entrant ici devant la Salle d'Apparat, où sont organisés les réceptions et les banquets. La Salle de Réception sera bien assez grande pour toutes vous accueillir à l'occasion des déjeuners et des dîners.

Notre guide nous montre la table à laquelle les membres de la famille royale prennent leurs repas. Nous, nous occuperons deux longues tables de part et d'autre de la leur. Les places nous sont déjà attribuées, désignées par d'élégants porte-noms. Je suis assise entre Ashley et Tiny Lee, que j'ai croisée dans le Boudoir tout à l'heure, et en face de Kriss Ambers.

Nous quittons l'impressionnante salle à manger, descendons un escalier et découvrons le studio où sont tournés les bulletins du Capitole. De retour à l'étage, Silvia désigne un couloir qui mène aux bureaux du roi et de Maxon. L'accès à cette zone nous est strictement interdit.

— Un autre endroit vous est inaccessible : le deuxième étage. C'est là que la famille royale a ses appartements, et aucune intrusion ne saurait être tolérée. Vos chambres sont toutes situées au premier. Vous occuperez une large portion des chambres d'invités. Ne vous inquiétez pas : il nous reste beaucoup de place, et beaucoup de chambres. Quant à ces portes que vous voyez, elles donnent sur le jardin à l'arrière du palais. Bonjour Hector, bonjour Markson !

Les deux gardes qui encadrent la porte principale, laconiques, saluent Silvia d'un bref signe de tête. Je me rends compte très vite que le passage voûté sur notre droite communique avec le Salon d'Apparat, ce qui signifie que le Boudoir n'est qu'à quelques pas. Je ne suis pas peu fière d'avoir réussi à me situer aussi vite dans ce somptueux labyrinthe.

— Vous n'avez pas le droit de sortir. En aucun cas. À certaines périodes, toutefois, vous pourrez vous promener dans le jardin, non sans autorisation expresse. C'est une mesure de sécurité, tout simplement. Malgré nos efforts, des renégats ont réussi à pénétrer dans le parc.

Un frisson me parcourt l'échine.

Nous gravissons un escalier massif qui nous emmène au premier étage. Les talons de mes escarpins s'enfoncent dans des tapis moelleux, comme si je marchais dans du sable, ou dans la neige. La lumière se déverse par les hautes fenêtres et un parfum fleuri flotte dans l'air. Aux murs sont suspendus de gigantesques tableaux représentant les rois des siècles passés et des portraits de présidents américains et canadiens (qui, eux, ne portent pas de couronne).

— Vos bagages ont été portés dans vos chambres. Si le décor n'est pas à votre goût, signalez-le à vos bonnes. Vous avez à votre service trois domestiques qui attendent déjà vos ordres. Elles vous aideront à vous préparer pour ce soir.

« Avant le dîner, vous avez rendez-vous dans le Boudoir où est organisée une projection spéciale du bulletin du Capitole. La semaine prochaine, vous y assisterez en direct mais, ce soir, vous avez le privilège de découvrir quelques séquences qui montreront votre voyage, depuis vos adieux jusqu'à votre arrivée. Cela promet des moments inoubliables. Notez que le prince Maxon n'a encore rien vu aujourd'hui. Il découvrira ces images en même temps que le reste du pays et vous le rencontrerez officiellement demain.

« Vous dînerez ensemble ce soir afin de faire connaissance et, dès demain, le coup d'envoi de la compétition sera donné !

Trop de règles, trop de contraintes, trop de gens. Je n'ai qu'une envie : être seule avec mon violon.

Épuisées, nous parcourons l'étage au ralenti et chaque fille découvre son nouveau logement. Ma chambre à moi est un peu à l'écart, blottie au fond d'un couloir que je partage avec Bariel, Tiny et Asha. Je n'aimerais pas être à la place de Marlee qui a obtenu une chambre au beau milieu de l'étage. Avec un peu de chance, j'arriverai à préserver mon intimité.

Silvia nous fausse compagnie. Lorsque j'ouvre la porte de ma chambre, je suis accueillie par les piaillements de trois jeunes domestiques. L'une fait de la couture dans un coin tandis que ses camarades astiquent des meubles d'une propreté étincelante. Elles accourent vers moi et se présentent à tour de rôle : Lucy, Anne, Mary. À peine ont-elles prononcé leur nom que j'oublie qui est qui. J'ai toutes les peines du monde à les convaincre de me laisser seule, mais elles finissent par accepter. J'espère que je ne les ai pas vexées : elles ont l'air trop enthousiastes pour être honnêtes.

— Il faut juste que je fasse une petite sieste, mesdemoiselles. Vous avez dû avoir une rude journée, vous aussi, très occupée. Laissez-moi me reposer un peu, et reposez-vous aussi. Venez me réveiller, s'il vous plaît, lorsqu'il sera l'heure de descendre dîner.

S'ensuit un raz de marée de remerciements et de courbettes, que je tâche de contenir, puis je me retrouve enfin seule. Impossible de fermer l'œil. J'essaie de m'étirer sur le lit, de décontracter mes muscles douloureux, mais mon corps refuse de m'obéir dans cet endroit inconnu.

Je remarque un violon dans un coin de la chambre, ainsi qu'une guitare et un piano, néanmoins je ne trouve même pas le courage de les examiner de plus près. Mon sac m'attend au pied du lit ; il risque d'attendre encore longtemps. Je sais que mes tiroirs et mes armoires débordent de trésors qui me sont destinés, mais je n'ai pas envie de les explorer. Je reste allongée, immobile, et les heures s'égrènent ainsi, dans une immobilité totale. Pourtant, lorsque mes trois femmes de chambre viennent frapper à la porte, j'ai l'impression que se sont écoulées à peine plus de quelques minutes. Elles s'empressent à nouveau autour de moi, ravies de m'être utiles. Je n'ai pas le cœur de les renvoyer.

Elles relèvent mes cheveux et rafraîchissent mon maquillage. La robe d'un beau vert profond qu'elles ont confectionnée de leurs propres mains, comme le reste de ma garde-robe, traîne par terre. Sans les escarpins, je me prendrais sans cesse les pieds dedans. Ponctuelle, Silvia vient me chercher à six heures, comme prévu, et elle nous entraîne, moi et mes trois voisines, dans le couloir. Nous attendons les retardataires dans le vestibule, près de l'escalier d'honneur, puis la petite troupe se dirige vers le Boudoir. Marlee se rapproche de moi.

La musique de trente-cinq paires de talons qui martèlent les marches en marbre m'évoque un mille-pattes très chic qui fait des claquettes. Quelques murmures s'élèvent de temps à autre, mais les filles n'osent pas parler ouvertement. Nous passons devant la salle à manger, dont les portes restent closes. La famille royale serait-elle en train de dîner ? De prendre son dernier repas en petit comité avant le lancement officiel de la Sélection ?

Le Boudoir a bien changé depuis la dernière fois où nous y avons mis les pieds. Envolés, miroirs, cintres et portemanteaux ; à leur place, nous trouvons des tables, des chaises et des canapés qui paraissent très douillets. D'un signe de tête, Marlee m'invite à m'asseoir à côté d'elle.

Une fois toutes les filles confortablement installées, le grand écran de télévision est allumé et le bulletin s'ouvre sur la litanie habituelle : une rubrique consacrée au budget de l'État, des informations sur nos troupes au front et, enfin, une autre attaque de renégats dans l'Est. Gavril prend le relais durant la dernière demi-heure et commente des séquences consacrées aux Sélectionnées.

— Voici Mlle Celeste Newsome qui salue la foule de ses admirateurs à Clermont. Il a fallu à cette charmante jeune femme plus d'une heure pour se séparer de ses fans !

Face à un portrait aussi flatteur, Celeste affiche un sourire suffisant. Sa voisine, Bariel Pratt, a les cheveux blond platine, aussi raides que des baguettes de tambour. Et les seins aussi gros que des pastèques. Ils jaillissent de sa robe-bustier comme s'ils manquaient d'air. Bariel est très belle, d'une beauté stéréotypée qui rappelle celle de Celeste. En les observant assises côte à côte, je repense à un adage populaire : « Garde tes ennemis près de toi. » Chacune a dû identifier celle qu'elle considère comme sa rivale la plus dangereuse et elles se sont alliées de peur d'avoir à s'affronter.

— Les autres jeunes filles originaires du Moyen-Orient sont tout aussi populaires. Le raffinement d'Ashley Brouillette la fait immédiatement sortir du lot. Tandis qu'elle fend la foule, son port de tête et l'humilité qu'expriment ses traits ne sont pas sans rappeler notre reine bien-aimée.

« Quant à Marlee Tames, elle nous a montré le visage de la bonne humeur aujourd'hui, en chantant l'hymne national avec l'orchestre qui lui a adressé ses adieux. Elle a su ravir le cœur de très nombreuses personnes, comme nous l'a prouvé un micro-trottoir.

Nous voyons se succéder à l'écran des images de Marlee qui salue, tout sourire, des habitants de sa province. Émue, elle me serre la main et je prends la décision de la soutenir de toutes mes forces.

— Mlle Tames a fait le voyage en compagnie, entre autres, d'America Singer, l'une des trois Cinq qui ont été tirées au sort.

Le réalisateur a trouvé le moyen de me montrer sous un bon jour. Pourtant, à part parcourir la foule d'un regard triste, je n'ai pas fait grand-chose d'intéressant. Dans l'émission, j'apparais comme une personne réfléchie, qui déborde de bienveillance. Lorsque je prends mon père dans mes bras, l'image est belle et touchante.

Mais le choc se produit lors de la séquence qui me montre à l'aéroport.

— Cependant, nous savons que les castes ne jouent aucun rôle dans la Sélection et il semblerait que Mlle America soit une concurrente à prendre très au sérieux. À l'aéroport d'Angeles, elle a conquis les foules : elle a pris le temps de poser pour les photographes amateurs, signer des autographes et échanger quelques mots avec les anonymes. America Singer n'a pas peur de plonger les mains dans le cambouis, une qualité nécessaire à notre prochaine princesse.

Toutes les têtes se tournent aussitôt vers moi et les filles me lancent le même regard noir que m'ont adressé Emmica et Samantha quelques heures plus tôt. Elles ignorent que je ne suis pas intéressée par la compétition. Je représente une menace, voilà tout. Une menace à éliminer.

10.

Pendant le dîner, je me fais toute petite. Prise en sandwich entre des filles qui suintent la haine et m'envoient de mauvaises ondes, la lâcheté finit par me gagner. Lorsque j'ose lever le nez de mon assiette, je vois Kriss Ambers faire tournoyer sa fourchette d'un air menaçant, et la très distinguée Ashley esquisser une moue dégoûtée. Elle ne m'adresse pas la parole une seule fois. Le seul refuge possible : ma chambre.

Pour le moment, je concentre toute mon attention sur les plats qui nous sont servis. La dernière fois que j'ai mangé un steak, c'était il y a plusieurs années, à Noël. Là, on touche à la perfection. La viande est tendre et savoureuse. Si Marlee était à côté de moi, je lui aurais demandé s'il s'agit bien, comme je le pense, du meilleur steak qu'elle a mangé de sa vie. Je lui jette un coup d'œil hésitant. Marlee discute à voix basse avec ses voisines.

Comment fait-elle ? Le bulletin du Capitole l'a présentée, elle aussi, comme l'une des favorites du public ! Et malgré cela, elle réussit à lier conversation avec les autres ! Incroyable.

Au dessert nous est servie une salade de fruits nappée d'une glace à la vanille. J'ai l'impression de redécouvrir l'usage de mes papilles engourdies par des années de nourriture de mauvaise qualité. Je pense à May et à sa passion pour tout ce qui est sucré. Elle aurait adoré ce dessert. Et tout le monde l'aurait adoré, d'ailleurs.

Nous n'avons pas le droit de sortir de table tant que toutes les Sélectionnées n'ont pas fini, mais bientôt l'ordre nous est donné d'aller nous coucher sans nous attarder.

— Vous rencontrez le prince Maxon demain matin, vous devez être à votre avantage, ajoute Silvia. C'est le futur mari de l'une d'entre vous, ne l'oubliez pas.

En écho, quelques filles poussent un énorme soupir.

Les talons cliquettent sur le marbre, plus discrètement cette fois-ci. Il me tarde d'enlever mes escarpins. Et ma robe, dans la foulée. Pour la remplacer par mes vêtements à moi, que j'ai glissés dans mon sac à dos – afin de redevenir moi-même quelques instants.

Nous nous dispersons au sommet de l'escalier et Marlee me prend à l'écart.

— Tout va bien, America ?

— Oui. C'est juste que certaines filles m'ont regardée bizarrement pendant le dîner.

— Elles sont un peu nerveuses parce que tu es la chouchoute d'Illeá.

— Mais toi aussi, les gens t'aiment beaucoup. J'ai vu les pancartes. Pourquoi elles t'ont épargné les regards noirs ?

— Tu n'as pas côtoyé beaucoup de filles dans ta vie, je me trompe ? me demande-t-elle avec un sourire rusé.

— Non. Mes sœurs, pour l'essentiel.

— Scolarisée à la maison ?

— Oui.

— Moi, je suivais des cours particuliers avec un groupe d'autres Quatre, toutes des filles, et je sais qu'elles s'arrangent pour taper sur les nerfs des gens, chacune à leur manière. Elles cernent la personne qu'elles ont en face d'elle, elles cherchent son point faible et elles passent à l'attaque. Beaucoup me font des compliments équivoques, des petites remarques méchantes, des choses de ce genre. Je sais que je passe pour quelqu'un de joyeux mais, en réalité, je suis très timide et elles croient qu'elles peuvent me miner en me critiquant. Toi qui es quelqu'un de secret, d'énigmatique…

— Je ne suis pas énigmatique.

— Si, un peu. Souvent, les gens se demandent s'ils doivent interpréter le silence comme une marque d'assurance ou, au contraire, de peur. Elles te regardent de travers pour te mettre mal à l'aise.

Oui, c'est une piste à creuser. À croire que je ravive les angoisses de certaines, sans le savoir.

— Je comprends. Et comment ça se passe ? Quand tu veux qu'elles arrêtent ?

— Je les ignore. Chez moi, il y a une fille qui s'énerve tellement quand je la snobe qu'elle va bouder dans son coin. Ne t'inquiète pas. Tout ce que tu as à faire, c'est de montrer qu'elles n'ont aucune prise sur toi.

— Je vais essayer.

— Je te crois… mais pas tout à fait, pouffe Marlee avant de passer à un sujet plus important à ses yeux. Dire qu'on va rencontrer le prince demain matin ! J'ai du mal à le croire, pas toi ?

— Si, moi aussi j'ai du mal.

Maxon m'évoque un fantôme qui hanterait le palais royal – omniprésent, mais toujours à l'arrière-plan.

— En tout cas, bonne chance.

— Bonne chance à toi, Marlee. Je suis sûre que le prince Maxon sera plus que ravi de faire ta connaissance.

Elle m'adresse un dernier sourire de biche effarouchée et disparaît dans le couloir.

Sans surprise, mes trois bonnes m'attendent, impatientes d'ôter mes vêtements et de m'aider à procéder à ma toilette. Ma chemise de nuit, une nuisette verte à l'étoffe très fine, est étalée sur le lit. Personne n'a touché à mon sac à dos qui reste dans son coin, délaissé. Tant mieux.

Efficaces et déterminées, elles maîtrisent le rituel du soir sur le bout des doigts. Moi, je n'ai qu'une envie : qu'elles me fichent la paix. Elles me lavent les mains, retirent ma robe, piquent la broche sur ma nuisette en soie. Et, tout en s'affairant, elles me harcèlent de questions. Je m'attache à satisfaire leur curiosité sans être malpolie.

Oui, j'ai fini par voir les autres candidates. Non, elles ne sont pas très bavardes. Oui, le dîner était fantastique. Oui, je vais rencontrer le prince demain matin ; non, pas avant. Et, oui, je suis fatiguée.

— Et je pourrais me détendre si vous me laissiez seule un instant ! Je ne dis pas ça pour vous vexer. Vous m'êtes d'une aide très précieuse. Je suis habituée à passer du temps seule, c'est tout. Et aujourd'hui, je n'ai pas eu un moment à moi.

— Mademoiselle Singer, nous sommes à votre service. C'est notre travail, s'échauffe la responsable.

Anne, je crois. Anne semble être la tête pensante. Mary est plus facile à vivre ; quant à Lucy, elle me paraît d'une timidité maladive.

— Je vous trouve toutes adorables et j'aurai besoin de votre aide demain matin, c'est sûr. Pour l'instant, j'ai juste besoin de me détendre. Si vous voulez me rendre service, allez vous coucher. Vous serez en pleine forme au réveil et cela rendra les choses plus faciles.

— Oui, pourquoi pas…, tente Anne.

— L'une de nous est censée rester à vos côtés la nuit. Au cas où vous auriez besoin de quelque chose, ajoute Lucy, fébrile, comme angoissée par la décision que je risque de prendre.

— Si j'ai besoin de quoi que ce soit, j'appuie sur la sonnette. Ça suffira. Je n'arriverai pas à fermer l'œil si je me sens observée.

Mes trois suivantes échangent un regard, toujours sceptiques. Alors, aux grands maux les grands remèdes.

— Vous êtes censées obéir à tous mes ordres sans exception, non ? Dans ce cas, je vous donne l'ordre d'aller vous coucher ! Et de revenir m'aider demain matin. Voilà.

— Très bien, mademoiselle Singer. À demain matin.

Elles exécutent une rapide révérence et quittent la chambre, résignées. Anne me lance un dernier regard. J'ai l'impression de ne pas correspondre à ses attentes, mais elle n'a pas l'air de s'en formaliser.

Enfin seule. Je retire mes escarpins et je plonge mes orteils dans les mèches moelleuses du tapis. Je me sens bien, pieds nus ; cela me paraît tout naturel. Je déballe mes affaires, ce qui ne me prend que quelques minutes, je laisse mes vêtements de rechange au fond de ma besace, que je range à l'intérieur de la penderie, puis je passe en revue mes robes. Elles ne sont pas très nombreuses, à peine de quoi tenir une semaine. Je suppose que toutes les Sélectionnées sont logées à la même enseigne. Quel intérêt de confectionner des dizaines de robes pour une fille qui peut être chassée du palais dès le lendemain ?

Je glisse quelques photos dans le cadre du miroir et je pose sur ma coiffeuse un coffret contenant mes rares effets personnels – des babioles, boucles d'oreilles, rubans, élastiques, un peu minables par rapport au décor somptueux, dont je ne peux me séparer. Les trois ou quatre livres que j'ai emportés trouvent leur place sur l'étagère près de la porte-fenêtre.

Je me glisse sur le balcon de ma chambre et j'observe le jardin en contrebas, un labyrinthe d'allées agrémenté de fontaines, de bancs et de plates-bandes multicolores. Chaque haie est taillée à la façon d'une sculpture. Derrière ce petit bijou de verdure s'étend un champ assez étroit que longe une forêt massive. Elle me semble si vaste. Est-elle délimitée par l'enceinte du palais ? Je me pose la question dans le silence de mon cœur en inspectant le dernier souvenir apporté de la maison… le bocal à la pièce solitaire. Je le secoue à plusieurs reprises et j'écoute la petite monnaie rouler sur les parois en verre. Pourquoi me suis-je encombrée de cet objet ? Pour garder une relique de ma vie d'avant ?

Pensive, j'éteins la lumière et je m'allonge sur le luxueux couvre-lit. J'étudie le bocal. Bientôt, une vague de chagrin m'engloutit. Difficile d'accepter qu'en moins d'une journée j'ai perdu ce qu'une autre mettrait plusieurs années à perdre : ma famille, ma maison, l'amour de ma vie. La situation me paraît surréaliste. Je tente d'effacer mes doutes. Je dois haïr Aspen, et tout de suite. La colère va me servir de carburant. Malgré tout, l'espoir palpite en moi. Et avec l'espoir, la nostalgie. May n'est pas là pour se glisser dans mon lit, comme elle le faisait parfois. La peur aussi, celle d'attiser la haine des autres filles, de devenir leur bouc émissaire. La nervosité de passer à la télé, de me présenter à la nation tout entière. Et la terreur d'être assassinée par des renégats qui ont un message politique à faire passer. Le vertige me gagne, ma vision se trouble et je me mets à suffoquer en tremblant de tous mes membres. Je saute hors du lit et je me précipite sur le balcon, prise de panique. Je croyais qu'un peu d'air frais me ferait du bien, mais non, j'ai la gorge irrémédiablement nouée et l'impression d'étouffer.

Adieu, liberté. La balustrade du balcon m'isole aussi sûrement que les barreaux d'une cage. De ma chambre, je distingue les remparts qui ceinturent le palais, les sentinelles qui arpentent le chemin de ronde. Je suis coincée ici, pieds et poings liés. Le désespoir m'affaiblit encore plus. J'observe la forêt qui s'étend jusqu'à l'horizon.

Je cours vers la porte de ma chambre, aveuglée par mes larmes, et je file à travers le couloir à toutes jambes sans accorder la moindre attention aux gardes. Je ne sais pas encore m'orienter dans le palais, mais je sais qu'en empruntant l'escalier d'honneur et en tournant au bon moment, je vais tomber sur l'immense baie vitrée – et le jardin, mon objectif.

Je dévale les marches, foulant le marbre de mes pieds nus. Deux soldats montent la garde de chaque côté de la sortie. Lorsque je tente de m'échapper, l'un d'eux me barre le passage à l'aide d'une sorte de harpon.

— Veuillez m'excuser, mademoiselle, mais vous devez regagner votre chambre, lance-t-il avec autorité.

Je m'étrangle à moitié :

— Non… non. Il faut que j'aille… dehors.

— Je vous demande de regagner votre chambre sur-le-champ, aboie le second garde en esquissant quelques pas dans ma direction.

— Je vous en supplie.

Si je ne sors pas d'ici quelques secondes, je vais m'évanouir.

— Navré, mais… mademoiselle… America. C'est bien ce qu'indique votre broche ? Regagnez votre chambre immédiatement.

— Je… je n'arrive plus à respirer.

Et je m'effondre dans les bras du soldat, qui laisse tomber son arme.

— Lâchez-la ! lance une voix impérieuse.

Je laisse rouler ma tête sur le côté. Le prince Maxon se tient devant nous. Reconnaissable entre mille.

— Elle s'est écroulée, Votre Majesté, balbutie le garde. Elle réclamait d'aller dans le jardin.

Il est dans ses petits souliers car un terrible châtiment l'attend si le prince pense qu'il m'a fait du mal. J'appartiens à Illeá désormais, corps et âme.

— Ouvrez la baie vitrée.

— Mais… Votre Majesté…

— Ouvrez et laissez-la sortir !

— Tout de suite, Votre Majesté.

Le premier garde s'empare d'un trousseau massif. Toujours hébétée, j'entends le cliquetis des clefs qui s'entrechoquent avant de glisser dans la serrure. J'essaie de me mettre debout, tant bien que mal, sous l'œil attentif du prince. Soudain un souffle d'air parfumé me chatouille les narines et réveille ma motivation. Je me détache du soldat et me précipite dans le jardin, comme ivre, en titubant. Une brise tiède caresse ma peau, l'herbe chatouille mes orteils. J'ai l'intention de gagner la lisière de la forêt mais mes jambes me lâchent au bout de quelques mètres. Je me laisse tomber au pied d'un petit banc en pierre et je m'enracine là, ma nuisette maculée de terre, la tête blottie au creux de mes bras, sur la dalle.

À bout de forces, je verse quelques larmes silencieuses sur mon sort. Un tourbillon de questions tournoie sous mon crâne. Comment ai-je pu atterrir ici, comment ai-je pu tomber dans ce piège ? Que vais-je devenir ? Ai-je une chance, même infime, de retrouver ma vie d'antan ?

Perdue dans mes pensées, je n'ai pas remarqué que le prince est venu me rejoindre.

— Vous sentez-vous mieux, ma chère ? me demande-t-il.

— Ne m'appelez pas « ma chère » !

Non contente de l'agresser verbalement, je le fusille du regard.

— En quoi ai-je pu vous offenser ? N'ai-je pas accédé à votre requête ? proteste Maxon, choqué par ma réaction.

Il doit croire que je le mets sur un piédestal, que je remercie ma bonne étoile d'avoir pu intégrer la Sélection. L'imbécile. Je le fixe, intrépide, les joues striées de larmes.

— Pardon, ma chère, mais vous pensez pleurer encore longtemps ? s'impatiente-t-il, visiblement dégoûté par cette perspective.

— Arrêtez de jouer la comédie ! Je suis une étrangère pour vous, tout comme les trente-quatre autres prisonnières que vous gardez dans votre cage.

Maxon s'approche de moi, l'air pensif, comme détaché de mon insolence. Il a une démarche gracieuse pour un garçon, et pleine d'assurance tout à la fois. Les forces sont déséquilibrées : il porte un costume luxueux quand je suis recroquevillée sur la pelouse, à moitié nue. C'est le prince, je ne suis qu'une petite Cinq anonyme. Mon courage vacille.

— Vos accusations sont profondément injustes, dit-il. Vous m'êtes toutes très chères, chacune à sa façon. La Sélection me permettra de découvrir laquelle sera la plus chère à mon cœur, tout simplement.

— Vous parlez comme un livre poussiéreux.

— Je plaide coupable. Je suis un pur produit de mon éducation, et je vous prie de m'en excuser.

— L'éducation. Ridicule.

— Excusez-moi ?

— C'est ridicule !

— De quoi parlez-vous ?

— La Sélection ! Toute cette mascarade ! Vous n'êtes jamais tombé amoureux ? C'est comme ça que vous voulez choisir une femme ? Vous êtes vraiment superficiel à ce point ?

— Je comprends et respecte votre point de vue, croyez-moi. Dans mon monde, pourtant, le moindre de mes gestes est surveillé, je n'ai pas l'occasion de faire beaucoup de rencontres. Les jeunes femmes que je croise sont filles de diplomates et nos sujets de conversation limités, à tout le moins. Quand nous avons la chance de parler la même langue...

Maxon lâche un petit rire. Moi, ça ne m'amuse pas. Il s'éclaircit la voix.

— Les circonstances étant ce qu'elles sont, je n'ai pas eu l'opportunité de tomber amoureux, ajoute-t-il. Et vous ?

— Moi, si.

À peine cet aveu a-t-il franchi mes lèvres que je le regrette. Ma vie sentimentale ne le concerne pas.

— Dans ce cas, je vous envie, rétorque le prince, soudain jaloux. Mes parents se sont rencontrés grâce à la Sélection et ils ne se sont pas quittés depuis. J'espère trouver le bonheur, moi aussi. Trouver une femme qui captera l'affection de tous mes sujets, qui sera ma compagne et charmera les dirigeants des autres nations. L'amie de mes amis, et ma confidente.

Je suis frappée par un détail : dans la voix de Maxon, pas la plus petite trace de sarcasme. Ce qui m'apparaît comme un minable jeu télévisé est pour lui l'occasion de trouver l'amour, le vrai, l'authentique. Il ne pourra pas retenter sa chance avec trente-cinq autres candidates, sinon au prix d'une humiliation internationale. Son enthousiasme m'impressionne et je me résigne à me montrer un peu plus indulgente. Un peu seulement.

— Vous avez vraiment la sensation d'être dans une cage ? souffle le prince avec empathie.

— Oui… Votre Majesté.

— J'ai moi-même éprouvé cette sensation plus d'une fois. Mais c'est une très belle cage, convenez-en.

— Je n'en suis pas si sûre. Faites cohabiter dans votre cage dorée trente-cinq furies prêtes à s'entretuer pour obtenir ce qu'elles veulent, vous verrez le résultat.

— Des furies ? Vous n'avez pas compris que c'est moi qui désigne celle qui deviendra ma femme ?

— J'exagère, OK. Les candidates se bagarrent soit pour vous, soit pour le trône. Et chacune pense avoir trouvé la recette miracle pour vous faire tourner la tête.

— Ah oui. L'homme ou la couronne. Certaines n'arrivent pas à faire la distinction, j'en ai bien peur.

— Je vous souhaite bonne chance, alors…

S'ensuit un silence interminable. Observant le prince du coin de l'œil, j'attends sa réponse. Le regard fixe, il est hypnotisé par quelques brins d'herbe. J'ai l'impression que ce problème le taraude depuis longtemps. Il revient enfin à la réalité et se tourne vers moi.

— Et vous, mademoiselle, qu'est-ce qui vous a poussée à participer à la Sélection ? L'homme ou le trône ?

— En fait, je suis arrivée ici par erreur.

— Par erreur ?

— Oui. Plus ou moins. C'est une longue histoire. Et maintenant... me voilà. Je ne me bats pour rien du tout. Le but ultime, c'est de me remplir l'estomac jusqu'à ce que vous me montriez la porte.

Le prince éclate de rire. Il se plie en deux, à vrai dire, et se tape la cuisse. Mélange surprenant de détente et de raideur.

— Ma chère, mais qu'êtes-vous donc ?

— Pardon ?

— Une Deux ? Une Trois ?

— Une Cinq.

— Oui, je vous comprends, manger à sa faim, cela motive. Excusez-moi, je n'arrive pas à déchiffrer votre broche dans l'obscurité.

— America.

— On ne pourrait rêver prénom plus approprié. America, ma chère, j'espère que vous trouverez dans cette cage une cause qui vous donnera envie d'en découdre. Après cet échange, j'ai hâte de vous voir passer à l'action.

Le prince s'accroupit près de moi. Trop près. J'ai du mal à mettre de l'ordre dans mes idées. Impressionnée par sa personne, sans doute, ou ébranlée par ma crise de larmes. Encore sous le choc. Il me prend la main et mon corps se fige.

— America, voulez-vous que je demande aux gardes de vous laisser le libre accès au jardin ? Ainsi, vous pourrez vous promener le soir sans être importunée. Même si je préférerais qu'un garde ne vous quitte pas des yeux.

— Merci… je crois que je peux me passer de cette liberté.

Je réussis à me dégager de sa poigne. Il en demeure sans voix et je m'en veux de l'avoir contrarié. Ce n'est pas parce que je ne l'aime pas que je dois lui empoisonner l'existence.

— À votre guise. Quand pensez-vous retourner à l'intérieur ?

— Bientôt.

— Dans ce cas, je vais vous laisser avec vos pensées. Un garde vous attendra près de la porte.

— Merci… Votre Majesté.

— Ma chère America, auriez-vous l'obligeance de me rendre un service ? demande-t-il en me serrant à nouveau la main.

— Cela dépend.

— J'aimerais que ce petit tête-à-tête reste entre nous. Je suis censé vous rencontrer demain, pas avant, et je ne veux surtout pas attiser les rivalités. En même temps, notre empoignade n'avait rien d'un rendez-vous galant… Vous m'avez drôlement remonté les bretelles, si vous me permettez cette expression.

— Bien sûr ! Je n'en dirai rien à personne.

Nous échangeons un regard complice.

— Merci. Et bonne nuit.

Sur ce, il esquisse un baisemain et s'éloigne, m'abandonnant à cette solitude que j'ai tant désirée. La peau marquée par ce contact brûlant, je reste médusée.

11.

Le lendemain matin, ce qui me réveille, ce n'est pas le glouglou de l'eau dans la baignoire mais la lumière qui se déverse dans la chambre à l'instant où Anne ouvre les lourds rideaux tout en chantonnant, ravie de son sort.

J'ai beaucoup de mal à émerger. Je me suis endormie tard hier soir parce que le choc de mon tête-à-tête avec le prince m'a poursuivie très longtemps. J'espère que j'aurai la possibilité de lui présenter mes excuses. J'ai bien peur que les libertés que je me suis permises avec lui dans le jardin ne réduisent toutes mes chances à néant.

— Mademoiselle ? Vous êtes réveillée ?

— Noooon.

Je gémis dans mon oreiller. Il me manque plusieurs heures de sommeil et le lit est mortellement confortable. Anne, Mary et Lucy éclatent de rire quand elles me voient imiter l'ours bougon, ce qui me met de bonne humeur et m'encourage à quitter mon nid douillet.

Ces trois-là doivent être les filles les plus sympathiques du palais. Ont-elles le droit de devenir mes confidentes, ou le protocole leur interdit-il formellement de partager ne serait-ce qu'une tasse de thé avec moi ? Au-delà de mon origine modeste, je suis une Trois à présent et mon nouveau statut les intimide forcément.

Je me traîne à pas lourds dans la salle de bains monumentale, une bulle de marbre et de verre qui résonne de mille bruits. Grâce aux innombrables miroirs qui tapissent les murs, je surprends Lucy en train d'examiner les taches de boue qui constellent ma chemise de nuit. Anne l'imite, puis Mary. Heureusement, aucune ne pose de question. Leur rôle ne consiste pas à m'espionner, mais à assurer mon bien-être, c'est une nuance de taille, et il ne leur viendrait pas à l'esprit de me soutirer des informations sur la façon dont j'occupe mes nuits. Elles se bornent à me déshabiller et à me guider vers la baignoire.

Il n'entre pas dans mes habitudes de me balader toute nue mais on dirait bien qu'au palais, je n'ai pas d'autre option. Autant m'y faire tout de suite. Je me demande ce qu'il adviendra de mes trois bonnes quand je quitterai la Sélection. Seront-elles affectées au service d'une autre Sélectionnée à mesure que se déroulera la compétition ? Ont-elles d'autres fonctions qu'elles ont dû abandonner ?

Autant de questions que je préfère garder pour moi. Je ne veux pas passer pour une fouine.

Je sors de la baignoire et Anne me sèche les cheveux avant de les coiffer à l'aide des rubans que j'ai apportés de la maison. Bleus, assortis aux fleurs qui décorent la robe qu'elle a choisie pour moi. Le hasard fait parfois bien les choses. Mary me maquille avec subtilité et Lucy enduit mes bras et mes jambes de crème hydratante.

J'ai à ma disposition un choix étourdissant de bijoux mais je préfère puiser dans mon coffret un cadeau que m'a offert mon cher papa : une chaîne en argent ornée d'un pendentif en forme de rossignol. Je sélectionne quand même des boucles d'oreilles dans le trésor royal, sûrement les moins clinquantes du lot.

Mes trois assistantes me toisent et sourient, convaincues par le résultat. J'y vois la preuve que je peux me présenter au petit déjeuner sans raser les murs. Elles me souhaitent bonne chance avec force courbettes et sourires lorsque je quitte la chambre.

Je me rends dans le vestibule qui nous a servi de point de rendez-vous hier et, comme j'arrive en avance, je m'installe sur un petit canapé. Les autres candidates me rejoignent au compte-gouttes. Elles affichent toutes une allure phénoménale avec une coiffure sophistiquée, un maquillage impeccable, une robe sublime. Moi, j'ai choisi la plus passe-partout de ma penderie. Pas de luxe ni d'ostentation, contrairement aux autres. Chacune a voulu se démarquer de ses concurrentes en rivalisant d'élégance. D'un côté, des princesses en puissance ; de l'autre, une Cinq engoncée dans sa jolie robe.

Une fois tout ce petit monde rassemblé, nous nous apprêtons à descendre l'escalier, non sans inspecter une dernière fois notre reflet dans le cadre doré fixé au mur. À côté de Marlee ou d'Ashley, j'ai l'air d'une souillon. Ma seule consolation : je suis toujours moi, sans déguisement et sans masque.

Moi qui pensais avoir pris un temps fou dans mes préparatifs, je découvre que j'ai été plus que raisonnable. Lorsque Silvia nous rejoint pour nous escorter au rez-de-chaussée, il manque encore Celeste et Tiny (laquelle, paraît-il, a un problème de fermeture Éclair).

Au lieu de nous ouvrir les portes de la Salle de Réception, où doit être servi le petit déjeuner, Silvia nous entraîne dans la Salle d'Apparat. Autour de nous, des dizaines de chaises et de tables individuelles sur lesquelles sont disposés assiettes, verres et couverts en argent. Pas de petit déjeuner en vue, par contre. Pas même une odeur qui ouvrirait l'appétit. Éparpillés dans un coin obscur, je remarque quelques sofas moelleux. Plusieurs caméramans filment notre arrivée.

Nous entrons en file indienne et nous prenons place un peu au hasard. Marlee s'installe devant moi et Ashley s'assied à ma droite. J'ai la sensation que des clans se sont déjà formés : plusieurs filles semblent avoir trouvé une amie – ou, à défaut, une alliée. J'ai moi-même trouvé un soutien en Marlee. Ashley continue à rechercher ma compagnie ; elle prend place à côté de moi, même si elle s'obstine à rester muette. Elle n'aurait toujours pas digéré le bulletin d'hier soir ? Je décide de lui adresser la parole pour en avoir le cœur net.

— Ashley, tu es jolie comme un cœur.

— Merci, America.

D'un regard, nous nous assurons qu'aucun caméraman ne traîne dans les parages.

— Tu ne trouves pas ça drôle de porter tous ces bijoux ? poursuit-elle. Tu n'as pas mis les tiens ?

— Non, je les trouvais trop lourds. J'ai décidé de voyager léger.

— C'est vrai que c'est lourd ! J'ai l'impression d'avoir dix kilos sur la tête. Mais je ne pouvais pas laisser filer une occasion pareille. Ce sera peut-être la première et la dernière fois.

Je ne m'attendais pas à ce genre d'aveu de la part d'Ashley, qui semble sûre d'elle depuis le début de la Sélection. Avec son physique et sa distinction naturelle, elle a tout d'une princesse. Qu'elle se mette soudain à douter d'elle-même, je trouve cela étonnant.

— Tu crois que tu ne vas pas gagner, Ashley ?

— Bien sûr que si, chuchote-t-elle, mais c'est malpoli de le dire tout haut !

Son clin d'œil m'arrache un petit rire nerveux.

Nouvelle erreur. Mon gloussement attire l'attention de Silvia, qui vient d'apparaître sur le seuil.

— Allons, allons. Une dame de qualité n'élève jamais la voix plus haut qu'un murmure.

Tout le monde se tait. Je me demande si les caméras ont enregistré ce moment embarrassant et je rougis jusqu'au blanc des yeux.

— Bonjour à nouveau, mesdemoiselles. J'espère que votre première nuit au palais vous aura apporté un sommeil réparateur. Aujourd'hui, les choses sérieuses commencent. Je vais vous enseigner les règles de l'étiquette et de la bienséance, et ce jusqu'à la fin de votre séjour. Je suis également chargée de signaler vos faux pas, si faux pas il y a, à la famille royale.

« Je sais que cela peut vous sembler strict, mais il ne s'agit pas d'un jeu à prendre à la légère. N'oubliez pas que l'une d'entre vous sera couronnée princesse d'Illeá. Une lourde tâche. Vous devez vous appliquer à hausser votre niveau, quel que soit votre statut d'origine. Nous allons vous transformer en authentiques aristocrates. Et, ce matin, vous allez recevoir votre première leçon.

« Les bonnes manières à table sont primordiales, vous devez vous plier à une certaine étiquette. Plus vite vous retiendrez cette leçon et plus vite on vous servira de petit déjeuner. Un peu d'attention, merci.

Elle entreprend de nous initier à quelques règles élémentaires. Le service s'effectue par la droite, tel verre est destiné à telle boisson, interdiction formelle de saisir un gâteau avec les doigts. Toujours se servir de la pince, en toutes circonstances. Les mains ? Elles restent sur les genoux, la serviette sagement pliée par-dessous. On parle quand on nous adresse la parole, point. Bien entendu, il nous est autorisé de discuter avec nos voisines de table, à voix basse, comme toute personne bien élevée. J'ai droit à un regard sévère lorsque Silvia aborde ce chapitre.

Elle poursuit son laïus et mon estomac se met à gargouiller. Discrètement mais sûrement. À la maison, j'ai pour habitude de manger trois repas – frugaux, certes – par jour. Il me faut ma ration, et vite, autrement je vais devenir ronchon. Soudain, quelqu'un frappe à la porte. Deux gardes s'en écartent et laissent entrer un invité d'exception, le prince Maxon.

— Bien le bonjour, mesdemoiselles, lance-t-il à la cantonade.

Aussitôt les demoiselles en question se ressaisissent. Certaines se tiennent plus droit, d'autres se recoiffent à la va-vite, d'autres encore rajustent leur robe. J'observe Ashley, qui paraît au bord de l'asphyxie. J'en suis presque gênée pour elle.

— Votre Majesté, salue Silvia.

— Bonjour, Silvia. Si cela ne vous dérange pas, j'aimerais me présenter à ces jeunes filles.

— Mais je vous en prie.

Maxon balaie la pièce du regard et nos yeux se croisent une fraction de seconde. Il m'adresse un sourire discret, ce qui me prend de court. Je pensais qu'il allait dénoncer mon comportement et me réprimander devant toute la Sélection réunie. Peut-être a-t-il passé l'éponge sur mes insolences, en fin de compte. Peut-être me juge-t-il amusante. Il doit s'ennuyer à mourir dans ce palais. Quoi qu'il en soit, ce sourire furtif m'incite à garder espoir. Si j'osais, je dirais qu'il va accepter mes excuses sans sourciller.

— Mesdemoiselles, je vais vous appeler une par une pour échanger quelques mots avec vous. Je parie que votre estomac crie famine, et le mien tout autant, donc je ne vous retiendrai pas très longtemps. Pardonnez-moi si je ne mémorise pas tout de suite votre prénom ; vous êtes assez nombreuses…

Une cacophonie de petits rires idiots ponctue sa tirade. Il s'approche de la fille assise au premier rang, tout à droite, et l'escorte jusqu'à l'un des canapés. Ils échangent quelques mots, une révérence de part et d'autre, puis la fille va chercher sa voisine, et l'opération se répète. Ces conversations ne durent jamais très longtemps et se font sur un ton de conspirateurs. Le prince cherche à jauger chaque concurrente en moins de cinq minutes.

— Je me demande quelles questions il pose, chuchote Marlee.

— Il veut savoir quels acteurs te font craquer. Souviens-toi de la liste qu'on a faite à l'aéroport.

Marlee et Ashley pouffent de concert. Nous ne sommes pas les seules à bavarder. Autour de nous, la rumeur confuse des conversations nous engloutit. Sans parler des caméramans qui slaloment entre les tables et nous posent des questions sur notre première journée au palais, sur nos domestiques, ce genre de futilités. Lorsqu'ils viennent nous interviewer, Ashley et moi, je laisse ma voisine répondre à leurs questions ineptes.

Mon regard passe d'une Sélectionnée à l'autre. Certaines restent parfaitement calmes et conservent toute leur distinction quand d'autres n'arrivent pas à contenir leur nervosité. Marlee rougit au moment de rejoindre le prince et rayonne de bonheur au retour. Ashley lisse des plis imaginaires sur sa jupe et je sue à grosses gouttes. Lorsque vient mon tour, je prends une profonde inspiration. Je m'apprête à solliciter auprès du prince une immense faveur.

— America, si je ne m'abuse ? demande Maxon, un sourire dansant au coin des lèvres, après un coup d'œil rapide à ma broche.

— En effet. Je sais que j'ai déjà entendu votre nom quelque part, Votre Altesse, mais pouvez-vous me rafraîchir la mémoire ?

Je risque gros si Maxon n'apprécie pas la plaisanterie. Heureusement, il éclate de rire et m'invite à prendre place sur le sofa.

— Avez-vous bien dormi, ma chère ? murmure-t-il, les yeux pétillant d'une malice mal contenue.

— Je ne suis pas plus votre « chère » aujourd'hui qu'hier, mais oui, merci. Une fois calmée, j'ai dormi comme un bébé. Mes femmes de chambre ont dû me tirer de force du lit.

— Je suis ravi de l'apprendre, ma ch… America.

— Écoutez, Votre Altesse, je souhaiterais faire amende honorable pour mon comportement d'hier soir. Avant de m'endormir et après mûre réflexion, j'ai compris que vous n'êtes pas responsable de cette situation, aussi exceptionnelle soit-elle pour moi. Ce n'est pas vous qui m'avez entraînée là-dedans, le concept même de la Sélection ne vient pas de vous. Par ailleurs, vous avez été adorable alors que je me suis montrée, on peut le dire, odieuse. Vous auriez pu m'expulser hier soir, et vous ne l'avez pas fait. Je vous en remercie.

— America, depuis le début vous avez joué avec moi franc jeu. C'est une qualité que j'admire profondément, et je vais vous demander d'être assez aimable pour répondre à une question, une seule.

J'acquiesce, un peu inquiète. Il se rapproche de moi et chuchote :

— Vous dites que vous êtes ici par erreur, j'en déduis que vous n'avez pas envie de prendre part à la Sélection. Existe-t-il une chance, même infime, que vous développiez, à l'avenir, des… sentiments envers moi ?

— Vous êtes très gentil, Votre Majesté, et séduisant, et attentionné. Mais pour des raisons qui m'appartiennent, j'ai bien peur que ce ne soit impossible.

— Pouvez-vous être plus claire ?

Il arrive à masquer sa déception mais sa voix le trahit. Il ne doit pas avoir l'habitude d'être éconduit aussi brutalement. Je n'ai pas envie de dévoiler mon intimité, pourtant c'est la seule façon de lui ouvrir les yeux. Je sens les larmes monter.

— Je… je crains que mon cœur ne soit déjà pris.

— Oh non, pas de larmes ! proteste Maxon, au bord de la panique. Je suis désarmé devant une femme qui pleure !

Sa remarque m'amuse, mes larmes s'évaporent aussitôt.

— Souhaitez-vous que je vous renvoie chez vous, afin que vous puissiez retrouver au plus vite celui qui a gagné votre amour ?

— Là est le problème… je ne veux pas rentrer chez moi.

— Tiens donc ?

— Puis-je être honnête avec vous ? Il faut que je reste ici. C'est une nécessité pour ma famille. Si vous m'autorisez à rester ici une semaine, mes proches profiteraient d'une manne…

— Une manne financière, vous voulez dire ?

— Oui. Et il y a… certaines personnes que je ne peux pas supporter de revoir… Si vous m'autorisez à rester au palais, même quelques jours, je vous propose un marché.

— Un marché ?

— Si je reste... Bon, très bien, écoutez. En tant qu'Altesse Royale, vous n'avez pas une minute à vous, avec notre pays à gouverner. Vous êtes censé trouver le temps de passer au crible trente-cinq, enfin, trente-quatre prétendantes ? C'est beaucoup vous demander, vous ne trouvez pas ?

Les épaules du prince s'affaissent, comme s'il évaluait dans sa tête l'immensité de la tâche qui se présente à lui.

— Cela ne vous arrangerait pas d'avoir une alliée dans la place ? Un soutien ? Une amie, en quelque sorte ?

— Une amie ?

— Oui. Laissez-moi rester au palais, et je vous apporterai mon aide. Je serai votre amie. Vous n'aurez pas à me faire la cour, c'est un souci en moins. Vous savez déjà que je ne vous considère pas comme un mari potentiel, mais vous pourrez me parler à tout moment, comme bon vous plaira, et je vous épaulerai du mieux possible. Vous m'avez dit hier soir que vous recherchiez une confidente. Je pourrais tenir ce rôle et ensuite, je passerai le relais à votre future épouse. Si c'est ce que vous souhaitez.

— J'ai discuté avec toutes les jeunes filles présentes dans cette pièce ou presque et aucune ne vous arriverait à la cheville. Je serais ravi de vous garder auprès de moi. Pensez-vous que je pourrais un jour vous appeler « ma chère » ?

— N'y comptez pas trop.

— Ce n'est que partie remise. Je ne suis pas du genre à baisser les bras.

— Vous avez aussi donné un petit nom affectueux à chacune d'entre elles ?

— Oui, et elles n'avaient pas l'air de s'en plaindre.

— Et c'est pour cette raison, justement, qu'à moi ça ne me plaît pas.

Sur ce, je me mets debout sans son invitation. Maxon m'imite en lâchant un petit rire. J'aurais pu lui jeter un regard mauvais, mais je ne veux pas passer pour une rabat-joie. Nous échangeons une révérence et je regagne ma place.

L'estomac dans les talons, j'ai l'impression que plusieurs siècles s'écoulent avant que la dernière fille ne soit interrogée. J'attends avec une impatience fiévreuse mon premier petit déjeuner au palais royal.

Enfin Maxon se poste au centre de la pièce et déclare :

— À toutes celles à qui j'ai demandé de rester ici, ne bougez pas de votre siège. Quant aux autres, veuillez suivre Silvia dans la Salle de Réception. Je vous rejoins sous peu.

Il a demandé à certaines de rester dans la Salle d'Apparat ? Est-ce une bonne ou une mauvaise nouvelle ?

La plupart des Sélectionnées – moi y compris – quittent leur table et se dirigent vers la porte. Ashley fait partie de celles qui restent dans la pièce. Les autres, je ne les connais pas. Et elles n'ont d'ailleurs pas cherché à me connaître. Les caméras s'attardent pour immortaliser l'événement exceptionnel qui va se produire sans nous.

Lorsque nous pénétrons à l'intérieur de la Salle de Réception, la surprise est de taille : le roi Clarkson et la reine Amberly sont déjà là, encore plus impressionnants en chair et en os qu'à l'écran. Une autre équipe de télévision braque l'objectif de ses caméras sur notre entrée collective. J'hésite un instant sur le seuil. L'étiquette n'exigerait-elle pas, dans cette situation, d'attendre l'autorisation du couple royal avant de poser le pied dans la salle ? Les autres avancent d'un pas hésitant ; je décide de suivre leur exemple et je gagne ma place aussi vite et aussi discrètement que possible.

Silvia arrive deux secondes plus tard, à peine, et comprend d'un seul regard l'étendue de la catastrophe.

— Mesdemoiselles, j'ai bien peur que nous n'ayons pas encore abordé ce sujet. Chaque fois que vous pénétrez dans une pièce où se trouvent déjà les Altesses Royales, le geste de rigueur, c'est la révérence. Et si le roi ou la reine vous fait l'honneur de vous adresser la parole, vous avez le droit de vous rasseoir. Toutes ensemble, vous voulez bien ?

Sur son signal, nous exécutons une révérence dirigée vers la table principale.

— Bienvenue, mes petites, annonce la reine d'une voix égale, très mélodieuse. Prenez place, je vous en prie, et bienvenue au palais. Nous sommes ravis de vous accueillir.

Silvia ne nous a pas menti, les serveurs se postent à notre droite pour verser du jus d'orange dans les verres destinés à cet usage. Les assiettes arrivent sur de gigantesques plateaux, des majordomes gantés de blanc soulèvent les couvre-plats dans un geste parfaitement synchrone. Une vapeur parfumée s'élève en volutes de mes crêpes et me chatouille les narines. Mon amour-propre est sauvé par les murmures qui résonnent aux quatre coins de la salle et rendent inaudibles les gargouillis de mon estomac.

Le roi Clarkson nous souhaite bon appétit et nous nous armons de nos couverts. Quelques minutes plus tard, le prince nous rejoint.

— Restez assises, mesdemoiselles. Ne vous dérangez pas pour moi.

Il plante un baiser sur la joue de sa mère, porte une tape amicale dans le dos de son père, prend place dans le fauteuil qui lui est réservé, à la gauche du roi, échange quelques mots avec le majordome qui rit sous cape et s'attaque enfin à son assiette.

Où est passée Ashley ? Et où sont les autres ? Balayant les tables du regard, je fais le compte. Huit. Il manque huit filles. Incompréhensible.

Assise en face de moi, Kriss répond à ma question muette.

— Elles sont parties, chuchote-t-elle.

Parties ? Oh. Parties…

J'ignore ce qu'elles ont pu dire, en moins de cinq minutes, qui a déplu à Maxon, mais je me félicite d'avoir joué la carte de la sincérité.

De trente-cinq candidates, nous sommes passées à vingt-sept. En un claquement de doigts.

12.

Les caméras parcourent la grande salle à toute vitesse puis nous laissent savourer notre petit déjeuner en paix, zoomant une dernière fois sur le prince.

Je suis un peu ébranlée par cette élimination expresse mais Maxon, de son côté, mange avec appétit, sans aucun état d'âme. Je ferais mieux de l'imiter avant que les plats ne refroidissent. Et je tombe presque de ma chaise. Le jus d'orange est si parfumé que je le déguste à petites gorgées ; l'omelette au bacon me donne un avant-goût du paradis ; quant aux pancakes, ils sont parfaits, ni trop épais ni trop fins. Un régal.

De nombreux soupirs de bonheur s'élèvent autour de moi, je ne suis pas la seule à me lécher les babines. À l'aide d'une pince (je n'ai pas oublié la leçon de Silvia), je pêche une tartelette aux fraises dans un petit panier placé au centre de la table et je lève les yeux pour observer l'attitude des autres Cinq. C'est à cet instant seulement que je comprends que je suis la dernière Cinq en lice.

Maxon m'aurait-il écartée de la Sélection moi aussi si nous n'avions pas discuté dans le jardin hier soir ? Je retourne cette question dans ma tête tout en attaquant la tartelette. Les fruits sont si savoureux, la pâte si légère, que je concentre toute mon attention dessus, sourde et aveugle au reste. Jamais je n'ai planté les dents dans quelque chose d'aussi bon et je décide de lui régler son sort en quelques bouchées.

— Mademoiselle America ?

Dans un sursaut collectif, toutes les filles se tournent vers celui qui m'a adressé la parole : le prince Maxon. Je suis abasourdie qu'il interpelle l'une d'entre nous avec autant de désinvolture, sans s'en cacher.

La bouche encore pleine de fraises, je mastique aussi vite que le permettent mes mâchoires. Cela me semble durer une éternité. Celeste m'observe ; un rictus suffisant déforme ses traits.

Je m'étrangle à moitié.

— Oui… Votre Majesté ?

— Le petit déjeuner est-il à votre convenance ?

— Tout est excellent, Votre Majesté. La tarte aux fraises… J'ai une sœur qui raffole des pâtisseries encore plus que moi. Je crois qu'elle verserait quelques larmes si elle mangeait cette tarte. Parfaite, tout simplement.

— Vous croyez vraiment qu'elle en pleurerait ?

À cette perspective, il paraît jubiler. Je me demande ce qui le fascine tant chez les femmes qui pleurent.

— Oui, j'en suis certaine. Elle extériorise facilement ses émotions.

— Vous voulez parier ?

— Si j'avais de l'argent à ma disposition, oui, sans hésiter.

Les autres filles suivent notre échange en se dévissant le cou, comme si elles assistaient à un match de tennis.

— À défaut d'argent, seriez-vous prête à procéder à un échange ? Vous semblez très avisée.

À l'évidence, Maxon s'amuse avec moi. S'il veut jouer, alors très bien. Nous serons deux.

— Que voulez-vous de moi ?

— Et vous, que voulez-vous ? rétorque-t-il, du tac au tac.

Voilà une question qui me plonge dans un abîme de perplexité. Il a le monde à ses pieds. Dans ces conditions, que puis-je lui demander ?

Je ne suis pas un membre de l'Élite, mais je vis dans le luxe. Mon assiette est désormais remplie à ras bord, mon lit est si confortable que cela dépasse mon imagination, des gens m'obéissent au doigt et à l'œil. Mes moindres désirs sont exaucés.

— Si ma sœur pleure, je revendique le droit de porter des pantalons une semaine durant.

Mon offre est accueillie par des rires polis. Même le couple royal semble trouver ma requête hautement comique. La reine pose sur moi un regard bienveillant.

— Marché conclu, réplique Maxon. Et si elle ne pleure pas, vous me devez une promenade dans le jardin demain après-midi.

Une promenade dans le jardin ? C'est tout ? Je m'attendais à pire. À côté de moi, une fille émet un petit bruit désapprobateur. Je comprends que si je perds mon pari, je serai la première fille à décrocher un tête-à-tête officiel avec le prince et cela va faire des mécontentes. J'envisage, un instant, de renégocier les termes du contrat.

— Vous êtes dur en affaires, Votre Altesse, mais j'accepte.

— Justin ? Allez donc emballer quelques-unes de ces tartelettes et envoyez le paquet à la famille d'America Singer. Que quelqu'un soit présent au moment où la sœur de mademoiselle goûtera l'une des pâtisseries et qu'il nous fasse savoir si elle pleure, oui ou non. Cela m'intrigue.

Le majordome hoche la tête et se volatilise aussitôt.

— Je vais vous demander d'écrire un petit mot qui sera joint au paquet, pour rassurer votre famille. En fait, tout le monde devrait en faire autant. Après le petit déjeuner, mesdemoiselles, écrivez une lettre à vos proches, je m'engage à ce qu'ils la reçoivent aujourd'hui même.

Sourires tout autour de la table ; le prince n'oublie personne. Nous finissons nos assiettes en silence, puis regagnons nos chambres respectives. Anne trouve du papier et un stylo, et je me plonge dans la rédaction de ma lettre. Je m'applique à garder un ton enjoué, pour ne pas les alarmer inutilement.

Chers maman, papa, May et Gerad,

Vous me manquez tellement ! Le prince nous a demandé de vous donner de nos nouvelles. Moi, je vais bien. Je n'étais pas rassurée avant de prendre l'avion mais j'ai passé un bon moment. Le monde paraît si petit vu d'en haut !

J'ai reçu tout un tas de vêtements hallucinants, et j'ai trois femmes de chambre qui m'aident à m'habiller et qui font le ménage pour moi. Elles sont adorables, toujours prêtes à m'aider. Même quand je suis totalement désorientée, elles connaissent mon emploi du temps par cœur et elles s'assurent que je n'arrive en retard nulle part.

Les autres filles sont assez timides, mais je crois que je me suis fait une amie. Vous vous rappelez Marlee, de la ville de Kent ? J'ai fait sa rencontre à l'aéroport, avant le départ à Angeles. Elle est très intelligente et supergentille. Si je dois rentrer à la maison avant la fin, j'espère que c'est elle qui remportera la Sélection.

J'ai rencontré le prince. Le roi et la reine, aussi. Ils sont encore plus impressionnants en vrai. Je ne leur ai pas encore adressé la parole, mais j'ai discuté avec Maxon. C'est quelqu'un de très généreux… enfin, j'ai l'impression.
Il faut que j'y aille. Je vous aime et je pense à vous, et je vous écrirai à nouveau dès que possible.
Bisous,

America

Je ne vois rien d'inconvenant dans ces quelques lignes mais je décide d'employer la ruse. J'imagine May les lire et les relire des dizaines de fois, les éplucher à la recherche d'informations codées. Je me demande si elle va lire ma lettre avant de se jeter sur les pâtisseries.

P.-S. : May, ces délicieuses tartelettes aux fraises ne te donnent pas envie de verser quelques larmichettes ?

Voilà. Je ne peux pas mieux faire.

Apparemment, mon plan est tombé à l'eau. Un majordome frappe à ma porte dans le courant de la soirée, muni d'une enveloppe.

— Elle n'a pas pleuré, mademoiselle. Elle aurait pu, elle l'a avoué d'elle-même volontiers, car elle les a trouvées délicieuses – vous l'aviez vous-même suggéré. Mais non, hélas. Sa Majesté viendra vous chercher dans votre chambre autour de cinq heures demain après-midi. Soyez prête.

Cela ne me dérange pas d'avoir perdu ; ce qui m'embête, c'est d'avoir raté l'occasion de mettre un pantalon. Le lot de consolation, ce sont les lettres. C'est la première fois que je suis séparée de ma famille plus de quelques heures. Nous ne pouvons pas nous permettre de prendre des vacances ni de partir en voyage, et je n'ai jamais eu d'amie à proprement parler, de copine avec qui organiser des soirées pyjama. Si seulement il y avait un moyen de recevoir du courrier tous les jours...

Je lis la lettre de papa en premier. Il s'extasie sur ma beauté qui a prétendument éclaté aux yeux du monde entier à la télévision et il répète combien il est fier de moi. Et je n'aurais pas dû envoyer trois boîtes de tartelettes, car May va se mettre à faire des caprices d'enfant gâté. Trois boîtes ? Le prince ne fait pas les choses à moitié. D'ailleurs Aspen, qui est venu aider papa à trier la paperasse, est reparti avec une boîte. Pour le coup, je ne sais plus quoi penser.

Papa termine sa lettre en me félicitant de m'être trouvé une amie, moi qui n'ai jamais été très « copines ». Je replie le papier et j'effleure du doigt sa signature.

Le petit mot de Gerad va droit au but. Je lui manque, il m'aime, est-ce que je peux envoyer encore tout plein de gâteaux... J'éclate de rire.

Maman fait le gendarme, comme à son habitude. Avec cette autorité qu'elle distille entre les lignes, elle me félicite d'avoir gagné les faveurs du prince aussi vite – Justin a dû lui dire que les tartelettes sont un privilège accordé à moi seule – et elle me conseille fermement de continuer sur ma lancée. D'accord, maman, je ne vais pas me priver de dire au prince qu'il n'a aucune chance avec moi et le vexer aussi souvent que possible. La recette miracle.

Je suis contente d'avoir gardé la bafouille de May pour la fin. Elle a du mal à contenir son excitation. Elle se plaint aussi de maman, qui passe son temps à lui donner des ordres. Je compatis. Pour le reste, elle me matraque de questions. Est-ce que Maxon est aussi mignon en vrai qu'à la télé ? Est-ce que je porte des robes de princesse ? Est-ce qu'elle aura le droit de visiter le palais ? Et Maxon, il n'aurait pas un frère secret qui aurait envie de l'épouser un jour ?

J'éclate de rire, je serre les lettres sur mon cœur et je me couche avec la certitude rassurante que ma famille va bien. C'est cette paix intérieure qui me berce et m'endort. Le seul hic ? La pointe de nervosité qui vient me chatouiller quand je pense à la promenade prévue demain avec Maxon. J'espère que je m'inquiète pour rien.

— Afin de ménager les apparences, auriez-vous l'obligeance de vous appuyer à mon bras ? me demande Maxon le lendemain, lorsqu'il m'escorte vers le jardin.

J'obéis, un peu hésitante.

Mes trois bonnes m'ont aidée à enfiler ma tenue de soirée : une petite robe bleue taille Empire à manches bouffantes. Le tissu empesé de la veste de Maxon est en contact avec ma peau et cela me met mal à l'aise. Il a dû sentir ma gêne car il s'efforce de détourner mon attention.

— Je suis navré que votre sœur n'ait pas donné libre cours à son émotion.

— Vous, navré ? Menteur.

— C'est la première fois que je fais un pari.

— La chance du débutant.

— Peut-être. La prochaine fois, nous essaierons de la faire rire… Mais parlez-moi de votre famille.

— Cela vous intéresse ?

— Mais oui. Elle doit être aux antipodes de la mienne.

— Très juste. Déjà, personne ne porte de couronne au petit déjeuner.

— Au dîner, alors ? lance Maxon, un sourire au coin des lèvres.

— Bien sûr.

Il se met à pouffer ! Le prince Maxon, en personne ! Je me dis que je l'ai taxé de snobisme un peu trop vite et je révise mon jugement.

— Je suis la troisième d'une fratrie de cinq enfants.

— Cinq !

— Oui, cinq. Vous savez, la plupart des familles dans votre pays sont des familles nombreuses. Si cela ne tenait qu'à moi, j'aurais beaucoup d'enfants moi aussi.

— Vraiment ?

— Mais oui. Ma sœur aînée, Kenna, a épousé un Quatre. Maintenant elle travaille dans une usine. Ma mère veut que j'épouse un Quatre, moi aussi, mais je ne veux pas être obligée d'arrêter de chanter. Chanter, c'est ma passion. De toute façon, je suis devenue une Trois. Il faut que je m'y fasse. Je crois que je vais rester dans le domaine de la musique, s'il y a moyen… Après Kenna, il y a Kota. Un artiste. Il s'est éloigné de nous. Il est venu me dire au revoir, mais on ne le voit plus souvent. Et ensuite, il y a moi.

— America Singer, proclame le prince, ma meilleure amie.

Impossible que je devienne sa meilleure amie en si peu de temps. J'avoue pourtant qu'en dehors de ma famille ou d'Aspen, je ne me suis jamais autant livrée à quelqu'un. J'oublie Marlee, aussi. Peut-être Maxon est-il dans le même cas que moi. Il n'a pas eu beaucoup de confidents dans sa vie.

Nous remontons le couloir à pas lents. Maxon n'a pas l'air très pressé.

— May est ma petite sœur. Celle qui m'a trahie en oubliant de pleurer. C'est une artiste en herbe, et je l'adore. Le petit dernier, c'est Gerad. Vu qu'il n'a que sept ans, il n'a pas encore choisi sa spécialité, la musique ou les arts plastiques. Il préfère jouer au foot et étudier les insectes. Voilà, je crois que j'ai tout dit.

— Et vos parents ?

— Et vos parents à vous, Votre Altesse ?

— Vous les connaissez, mes parents.

— Pas vraiment. Je connais l'image qu'ils donnent en public. Comment sont-ils en réalité ?

Sous l'épaisseur de sa veste, je sens les muscles de Maxon se contracter. Il pousse un soupir chagriné. Ce doit être triste de grandir sans frère ni sœur.

Il est plongé dans ses pensées lorsque nous arrivons au niveau de la baie vitrée. Sur notre passage, les gardes s'autorisent un sourire rusé. Une équipe de télévision nous attend dehors. Il va sans dire que le tout premier rendez-vous du prince doit passer à la postérité. Sur un signe de Maxon, les caméramans retournent immédiatement à l'intérieur et j'entends l'un des techniciens lâcher un juron. Je n'avais pas forcément envie qu'une caméra nous suive à la trace, mais leur renvoi éveille mes soupçons.

— Vous semblez tendue, remarque Maxon.

— Vous êtes désarçonné par les femmes qui pleurent, moi par ce genre de promenades…

Maxon lâche un petit rire. Le soleil, qui se couche à l'horizon, s'enfonce dans la forêt impénétrable et l'ombre nous engloutit. Nous nous éloignons du palais.

— Que trouvez-vous de si déroutant en moi ?

— Votre personnalité. Vos intentions. Je ne sais pas quoi attendre de cette petite balade.

— Je crois que vous avez pu vous rendre compte que ce n'est pas ma politique de tourner autour du pot. Je vais vous dire ce que j'attends de vous exactement.

Nous sommes très proches, presque collés l'un contre l'autre et, malgré le souffle tiède de la brise, un frisson parcourt ma colonne vertébrale.

Maxon se rapproche encore et ma respiration se bloque dans ma gorge. Je suis tombée dans un traquenard. Pas de gardes, pas de caméras, personne pour l'arrêter.

Réflexe instinctif. Je donne un coup de genou dans la cuisse de Sa Majesté. Un coup violent.

Maxon pousse un cri et se plie en deux en massant sa jambe.

— Mais qu'est-ce qui vous prend ? grogne-t-il.

— Ne vous avisez pas de me toucher !

— Quoi ?

— J'ai dit…

— Non, espèce de psychopathe, j'ai compris ce que vous m'avez dit. Ce que je ne comprends pas, c'est ce qui vous a poussée à me frapper.

Je sens le sang me monter aux joues. En n'écoutant que ma paranoïa, j'ai tiré une conclusion aussi hâtive que monstrueuse.

Attirés par notre dispute, les gardes accourent. Plié en deux, Maxon leur fait signe de nous laisser seuls et, une fois la douleur passée, il se tourne vers moi.

— Quelle idée saugrenue vous a traversé l'esprit ?

Je baisse la tête, écarlate. Il a l'air énervé. Non, pas énervé. Blessé. Il a compris sans que j'aie besoin de prononcer un mot. Comme s'il avait lu dans mes pensées.

— America, qu'avez-vous cru ? Devant les gardes ? Vous avez pensé… Incroyable. Je sais me tenir, quand même !

Il s'apprête à regagner le palais, puis il pivote sur ses talons.

— Pourquoi m'avez-vous offert votre aide si vous m'estimez aussi peu ? Vous dînerez dans votre chambre ce soir. Je réglerai cette affaire demain matin.

Je reste quelque temps dans le jardin, pour éviter de croiser l'une des Sélectionnées dans le couloir. Anne, Mary et Lucy sont transportées de joie quand je pousse la porte de ma chambre. Je n'ai pas le cœur de leur dire que le prince vient de me jeter comme une vieille chaussette.

Mon repas m'attend sur une petite table. Mon humiliation ne résiste pas à ma faim. Mais si mes chambrières sont dans tous leurs états, c'est pour une autre raison : je remarque sur mon lit une très grosse boîte qui n'attend que d'être ouverte.

— On peut voir, mam'selle ? demande Lucy.

— Lucy, c'est malpoli ! gronde Anne.

— Ils l'ont livrée à l'instant où vous êtes partie ! On se demande ce que c'est depuis tout à l'heure ! s'exclame Mary.

— Mary ! Un peu de tenue !

— Bien sûr, mesdemoiselles. Je n'ai aucun secret pour personne.

Avec un sourire sans joie, je dénoue le gros ruban rouge qui orne la boîte. À l'intérieur, un petit trésor : trois pantalons. Un modèle en lin, un autre plus élégant dans un tissu rigide mais doux au toucher et un jean magnifique. Je lis le bristol orné des armes d'Illeá qui accompagne la livraison :

Vous réclamez des faveurs si modestes, difficile de vous les refuser. Mais, par égard pour moi, seulement le samedi, je vous en conjure.
Grand merci à vous.
Votre ami,

Maxon

13.

La nuit passe trop vite pour que j'aie le temps de me ronger les sangs. Le lendemain matin, le trio infernal m'habille comme à l'accoutumée et j'en déduis qu'on compte sur ma présence au petit déjeuner. Cela témoigne d'une gentillesse à laquelle je ne m'attendais pas de la part de Maxon : j'ai droit à un dernier repas, à un dernier moment de grâce avant mon expulsion.

Ce n'est pas avant d'avoir englouti la moitié de son omelette que Kriss trouve le courage de m'interroger.

— Alors, c'était comment, votre promenade ? chuchote-t-elle.

À ces mots, toutes les filles tendent l'oreille.

Je prends une grande inspiration.

— Indescriptible.

Mes voisines échangent un regard vide, frustrées par ma réponse. J'ai réussi à capter, à mon corps défendant, l'attention de toute la tablée.

— Comment s'est-il comporté ? demande Tiny.

— Euh… pas du tout comme je m'y attendais.

Des murmures exaspérés accueillent ma réponse.

— Tu le fais exprès, de rester floue ? s'énerve Zoe. Ce n'est pas très sympa de ta part.

— Non, c'est juste que…

Soudain, une bruyante clameur venue du couloir nous interrompt. Jusqu'ici régnait dans le palais une ambiance feutrée, où pas un mot n'était prononcé plus haut que l'autre. Une petite mélodie rythmée monte crescendo à l'arrière-plan : les bottes des gardes qui martèlent les dalles, la valse des lourdes portes en bois qui s'ouvrent et se referment, le cliquetis des couverts sur les assiettes. C'est bientôt le chaos total.

Les membres de la famille royale semblent avoir compris ce qui se passe.

— Mettez-vous vite au fond de la pièce, mesdemoiselles ! hurle le roi Clarkson.

Il nous montre l'exemple en se précipitant vers l'une des fenêtres. Les filles, perplexes mais dociles, s'approchent de la table principale, un peu à reculons. Le roi baisse à la hâte un volet métallique qui coulisse sur ses rails avec un bruit strident. Maxon fait de même un peu plus loin et la reine elle-même, si délicate et si distinguée, se charge de la troisième fenêtre.

C'est alors qu'une cohorte de soldats surexcités déboule dans la Salle de Réception. Juste avant que les portes se referment, j'en aperçois plusieurs postés dans le couloir. Les verrous sont tirés, les issues barricadées par de lourdes barres de fer.

— Ils ont pénétré dans l'enceinte, Votre Majesté, déclare l'un des militaires, mais nous contenons leur avance. Ces jeunes filles devraient partir, nous sommes si près du portail…

— Compris, Markson, lâche le roi d'une voix soudain brisée.

Je n'ai pas besoin d'en entendre plus. Des renégats ont réussi à s'infiltrer à l'intérieur du palais. Il fallait bien que cela arrive un jour, qu'un détail échappe à la vigilance d'un garde, que la surveillance se relâche. Et la Sélection, avec son ambiance survoltée, offre l'occasion idéale.

Je repousse ma chaise avec une violence telle qu'elle tombe par terre et je fonce vers une fenêtre pour abaisser le volet. Quelques filles, qui comprennent d'où vient le danger, suivent aussitôt mon exemple. Un vrai jeu d'enfant d'abaisser le panneau métallique. Ce qui pose problème, en revanche, c'est de le mettre correctement en place. À la seconde où je bloque le mécanisme, un projectile s'écrase sur le volet, de l'autre côté. Je pousse un hurlement, j'effectue un vol plané par-dessus ma chaise et je m'écroule par terre.

Maxon surgit à mon côté.

— Êtes-vous blessée ?

— Non, tout va bien.

J'en serai quitte pour quelques bleus sur la hanche et une bonne frayeur.

— Au fond de la pièce ! Tout de suite ! ordonne-t-il en m'aidant à me remettre d'aplomb.

Je rejoins les filles qui forment un petit groupe compact près du mur, blotties les unes contre les autres. Certaines sanglotent ; d'autres ont le regard atone. Tiny a tourné de l'œil. Je tente de me rassurer en regardant le roi Clarkson discuter avec un soldat, hors de portée de voix. Soucieux, il ceinture de son bras la taille de la reine qui se tient fièrement à ses côtés, comme pour mieux la protéger. À combien d'attaques a-t-elle survécu ? Le bulletin du Capitole rapporte que des agressions de ce type ont lieu plusieurs fois par an. L'étau se resserre à chaque raid. Un jour ou l'autre, les renégats finiront par les débusquer et les passeront tous par les armes. Et pourtant elle se tient là, le menton levé, sereine et confiante.

Avec attention, j'observe les candidates. Laquelle a le cuir assez épais pour prendre la relève de la reine ? Tiny n'a toujours pas repris connaissance. Celeste et Bariel bavardent dans un coin. Celeste donne l'impression d'être comme un poisson dans l'eau, mais son calme n'est qu'une façade. Elle sait dissimuler ses émotions, je dois le reconnaître, par rapport à celles qui flirtent avec la crise d'hystérie ou qui pleurnichent en se tordant les mains.

Marlee sanglote, un peu à l'écart du groupe. Sans ménagement, je l'attrape par le bras et je hurle dans son oreille :

— Sèche tes larmes et tiens-toi bien droite !

— Quoi ?

— Fais-moi confiance.

Marlee tamponne ses paupières à l'aide de l'ourlet de sa robe, se redresse et vérifie l'état de son maquillage avant de se tourner vers moi pour quêter mon approbation.

— Parfait. Excuse-moi de t'avoir un peu bousculée.

Je m'en veux d'avoir haussé le ton, mais il faut qu'elle apparaisse aussi sereine que la reine Amberly. C'est sûrement un trait de caractère que Maxon recherche chez sa future femme.

— Non, tu as raison. Tout le monde est en sécurité. Je ne devrais pas m'angoisser.

Des soldats défilent derrière la porte. Des objets massifs viennent s'écraser contre le mur et les volets. Le temps s'étire et l'angoisse monte d'un cran. Comment savoir si les assaillants ont réussi à pénétrer à l'intérieur du palais ? On attend qu'ils défoncent la porte ? Sont-ils déjà à l'intérieur ?

L'inquiétude aidant, je me plonge dans la contemplation d'un vase qui déborde de fleurs exotiques tout en me rongeant un ongle manucuré. Ce vase devient mon unique horizon.

Après avoir apporté son soutien aux autres filles, Maxon se poste près de moi et étudie les fleurs à son tour.

— Est-ce que tout va bien ? finit-il par demander.

— Oui.

— Vous paraissez nerveuse.

— Que va-t-il arriver à mes femmes de chambre ?

La voilà, la grande inconnue. Je sais que je suis en sécurité, mais elles ? Où sont-elles ? Et si l'un des renégats les avait surprises au détour d'un couloir ?

— Vos femmes de chambre ? répète-t-il, abasourdi.

À ses yeux, je suis une idiote finie.

— Oui, celles qui prennent soin de moi du matin au soir.

Et je vrille mon regard dans le sien, pour lui faire comprendre que seule une minorité des occupants du palais reçoivent une protection digne de ce nom. Une minorité de privilégiés. Il me rend mon regard et semble soudain saisir qu'un rien me sépare du statut de domestique. Il pousse un soupir.

— Elles doivent se cacher à l'heure qu'il est. Les domestiques ont leurs propres refuges. Les gardes savent circuler très vite dans les couloirs et sonner l'alerte. Elles sont sans aucun doute saines et sauves. Lors de leur dernière incursion, les renégats ont mis en pièces, littéralement, le système d'alarme. On a bien essayé de le réparer, mais…

J'essuie furtivement une larme qui m'a échappé.

— America. Elles sont saines et sauves ! Les renégats sont plutôt lents et tout le monde connaît la procédure à suivre en cas d'urgence.

Nous restons muets quelques instants. Je sens que Maxon s'apprête à me tourner le dos et je chuchote :

— Maxon. À propos d'hier soir. Laissez-moi vous expliquer. Avant mon arrivée au palais, un homme est venu me présenter chez moi le règlement de la Sélection. Il m'a dit que je ne devais jamais vous repousser. Sous aucun prétexte. Quelle que soit la nature de vos exigences.

— Je vous demande pardon ?

— Il m'a expliqué que vous pourriez réclamer certaines… choses. Et vous-même, vous avez avoué ne pas avoir fréquenté beaucoup de femmes dans votre vie… et vous avez renvoyé les caméras. J'ai pris peur quand vous vous êtes approché de moi, voilà tout.

Maxon s'efforce de digérer ces informations. Humiliation, colère, incrédulité, toutes ces émotions défilent sur son visage d'ordinaire placide.

— Est-ce que tout le monde a reçu la même consigne ?

— Aucune idée. En même temps, certaines n'attendent qu'une chose, vous sauter dessus.

— Mais pas vous. Vous, vous n'avez eu aucun scrupule à me balancer un coup de genou dans l'entrejambe.

— Objection ! Dans la cuisse.

— Ne dites pas d'absurdités. Dans la cuisse, ça ne fait pas aussi mal.

Maxon joint son rire au mien. Un énième projectile heurte l'un des volets métalliques et nous arrête aussitôt. L'espace d'un instant, j'avais oublié où nous nous trouvons. J'avais oublié la calamité qui nous est tombée dessus.

— Dites-moi, Votre Altesse, comment gérez-vous une pièce remplie de jeunes filles éplorées ?

— Je ne connais rien de plus déroutant ! chuchote-t-il, ses traits déformés en une expression de perplexité comique. Je n'ai pas la moindre idée de ce qu'il faut faire pour inverser la tendance.

Voici l'homme qui va prendre en main le destin de notre pays ; quelques larmes, et il est pris de court. À mourir de rire.

— Essayez de leur donner des petites tapes dans le dos ou sur l'épaule, dites-leur que tout va s'arranger. La plupart du temps, les filles pleurent quand elles veulent être consolées.

— Vraiment ?

— Grosso modo, oui.

— C'est beaucoup trop simple.

— J'ai dit la plupart du temps, pas systématiquement. Mais la plupart des candidates fonctionnent de cette manière.

— Je n'en jurerais pas. Deux d'entre elles m'ont déjà demandé l'autorisation de quitter le palais à la fin de l'attaque.

— Je croyais que pareille démarche était interdite. Qu'allez-vous faire ?

— Que voulez-vous que je fasse ? Je ne peux pas retenir quelqu'un contre sa volonté.

— Peut-être qu'elles vont changer d'avis.

— Peut-être. Et vous ? Vous n'avez pas envie de partir ?

— En toute franchise ? J'étais convaincue que vous alliez me renvoyer chez moi à la fin du petit déjeuner.

— Vous me permettez d'être franc moi aussi ? J'ai envisagé cette solution. Mais vous n'avez pas répondu à ma question. Comptez-vous quitter la Sélection ?

Soudain un objet non identifié frappe une fenêtre et, une fraction de seconde, je me dis que l'idée a du bon. La pire agression à laquelle j'ai dû faire face jusqu'ici, c'est ce petit coquin de Gerad qui s'employait à vider mon assiette en catimini. En même temps, les avantages sont pour l'instant plus nombreux que les inconvénients.

— Si vous ne me chassez pas, Maxon, je reste.

— Tant mieux. J'ai besoin de vos conseils avisés et de votre intuition féminine. Voulez-vous me rendre un autre service ? Si l'on vous interroge sur ce qui s'est passé entre nous hier après-midi, pouvez-vous répondre que je ne suis pas… que jamais je…

— Bien entendu. Et je suis vraiment désolée, je le répète.

— J'aurais dû me douter que vous seriez la moins docile de toutes.

— Qui nous attaque ? Qu'est-ce qu'ils veulent ?

— Qui ? Les renégats ? Cela dépend de quel groupe il s'agit...

— Vous voulez dire qu'il y en a plusieurs ?

Plusieurs fractions de renégats ? Il ne manquait plus que ça ! Le bulletin du Capitole s'est bien gardé d'en informer les braves citoyens d'Illeá. Surtout, ne pas céder à la panique.

— Il y a deux groupes, les Nordistes et les Sudistes. Les Nordistes sont beaucoup plus entreprenants car leurs campements sont plus proches du palais. Ils vivent dans la région pluvieuse de Likely, à Bellingham, un peu plus au nord. Un endroit déserté où tout ou presque est en ruine. Ils ont construit des baraquements de bric et de broc, même si ce sont des nomades. Ils pénètrent assez peu souvent dans le palais et les rares fois où ils y parviennent, ils sont presque... inoffensifs. Ce sont sûrement eux, en ce moment.

— Pourquoi ? Quelle différence avec les Sudistes ?

Maxon semble hésiter, comme s'il s'apprêtait à me confier une information top secrète. D'un coup d'œil circulaire, il s'assure que personne ne nous écoute. Je remarque que plusieurs personnes nous observent. En particulier Celeste, qui a envie de m'étriper, cela se lit dans son regard. Rassuré, Maxon me chuchote à l'oreille :

— Les attaques des Sudistes sont beaucoup plus… sanglantes.

Je frémis des pieds à la tête.

— Sanglantes ?

— Ils n'attaquent qu'une ou deux fois par an, à en juger par les dégâts et les cadavres qu'ils laissent dans leur sillage. Je crois que tout le monde ici s'évertue à me protéger de la réalité, mais je ne suis pas stupide. Le problème, c'est que les deux groupes se ressemblent – ils sont constitués d'hommes, en majorité, maigres mais forts, vêtus de haillons, sans drapeau ni emblème. Il est difficile de les différencier quand ils montent à l'assaut.

— Je n'ai toujours pas compris. Que veulent-ils ?

— Les Sudistes veulent nous détruire, j'ignore pour quelle raison. Mécontentement, lassitude de vivre en marge de la société, que sais-je. Ce ne sont même pas des Huit, en théorie, puisqu'ils ne jouent aucun rôle dans la société. Quant aux Nordistes, c'est une énigme. Père dit qu'ils ont pour objectif de nous mettre des bâtons dans les roues, de semer la confusion, mais je ne suis pas d'accord. J'ai une autre théorie sur le sujet.

— Me ferez-vous l'honneur de me l'apprendre ?

— Je crois qu'ils cherchent quelque chose.

— Quoi ?

— Cela, je l'ignore. Ils assomment les gardes, ils les blessent ou ils les ligotent, mais ils leur laissent la vie sauve. On dirait qu'ils n'ont pas envie d'être dérangés. Même si certaines personnes les soutiennent, et c'est assez inquiétant. Ils laissent le palais – les pièces dans lesquelles ils arrivent à entrer, en tout cas – dans un état déplorable. Les tiroirs sont arrachés, les étagères explorées, les tapis retournés. Beaucoup de casse, aussi. Vous n'avez pas idée du nombre d'appareils photo que j'ai dû remplacer ces dernières années.

— Des appareils photo ?

— Oui, je suis fan de photographie. Quoi qu'il en soit, ils n'emportent jamais grand-chose. Père n'accorde aucun crédit à ma théorie, bien entendu. Qu'est-ce qu'une meute de barbares illettrés pourrait bien chercher dans notre palais ? Pourtant, je m'interroge.

Oui, c'est très étrange. Si j'étais sans le sou, je crois que je raflerais tous les bijoux qui me tomberaient sous la main, tout ce qui pourrait se revendre au marché noir. Les Nordistes ont sûrement un autre objectif en tête lorsqu'ils s'introduisent ici, au-delà de leur survie au quotidien ou d'un simple message politique.

— Vous trouvez mon idée stupide ? demande Maxon, interrompant mes rêveries.

— Non, pas stupide. Intrigante.

Nous échangeons un sourire entendu.

— Bon, je ferais mieux de reprendre ma tournée.

— Oui, j'imagine que certaines se demandent ce qui vous retient si longtemps auprès de moi.

— Alors, ma chère America, qui me suggérez-vous d'aller voir ?

Je jette un coup d'œil par-dessus mon épaule, afin de m'assurer que ma candidate préférée tient toujours le coup.

— Vous voyez la petite blonde en rose, là-bas ? C'est Marlee. Mignonne, très gentille. Elle adore aller au cinéma. Allez donc lui parler.

Maxon ne se le fait pas répéter deux fois.

L'attaque dure à peine plus d'une heure. Nous apprenons plus tard que personne n'a réussi à franchir le seuil du palais ; les combats ont eu lieu dans le jardin. Les gardes ont sorti leur fusil lorsque les renégats sont montés à l'assaut du portail, après avoir lancé des briques arrachées aux remparts et des œufs pourris sur les murs et les volets des fenêtres. Deux assaillants ont voulu escalader le portail, des coups de feu ont été tirés et les renégats se sont dispersés. D'après la description de Maxon, c'est là l'œuvre de Nordistes.

Les soldats fouillent désormais le palais de fond en comble. Une fois tout danger écarté, nous avons le droit de quitter la Salle de Réception et de regagner nos chambres. Marlee m'accompagne, nous nous appuyons l'une sur l'autre. La tension m'a épuisée.

— Il t'a quand même donné des pantalons ? me demande-t-elle, curieuse.

— Oui. Il a été très généreux.

— C'est vraiment chou.

— Oui, il est très gentil. Et il reste même courtois quand on le maltraite un peu.

— Que veux-tu dire ?

— Rien. De quoi vous avez parlé aujourd'hui ?

— Il m'a demandé si je voulais le voir seul à seul cette semaine.

— Marlee ! C'est génial !

— Chut ! J'essaie de ne pas me faire un film… mais franchement, je suis tellement excitée que je ne tiens pas en place ! J'espère qu'il ne va pas trop tarder à fixer une date.

— S'il t'en a déjà parlé, je suis sûre qu'il ne va pas faire traîner les choses.

— J'ai du mal à y croire ! Je savais qu'il était beau mais j'avais peur qu'il soit… je ne sais pas, coincé.

— Moi aussi. Mais en fait il est… normal.

Maxon est-il aussi normal que je le prétends ? C'est vrai qu'il est « coincé », d'une façon moins rebutante que je ne le craignais d'ailleurs. Un prince, bien sûr, mais pas dans le mauvais sens du terme.

Marlee ne s'intéresse plus à moi, elle est perdue dans ses pensées. Elle place Maxon sur un piédestal, et j'espère qu'il sera à la hauteur de ses attentes. J'espère aussi qu'elle représente son idéal féminin. Pensive, je la laisse sur le seuil de sa chambre et me dirige vers la mienne.

J'ouvre la porte pour trouver Anne et Mary agenouillées auprès d'une Lucy qui m'a l'air bien mal en point. Son visage est ravagé de larmes et son corps secoué par des tremblements incontrôlables. Aussitôt, j'oublie Maxon et Marlee.

— Calme-toi, Lucy, tout va bien, murmure Anne tout en caressant les cheveux de sa camarade.

— C'est fini maintenant, renchérit Mary. Personne n'a été blessé. Tu es en sécurité, ma puce.

La scène me noue la langue. J'ai l'impression d'avoir violé l'intimité de Lucy et je m'apprête à tourner les talons quand elle m'arrête.

— Excusez… excusez-moi, mam'selle…, balbutie-t-elle, entre deux sanglots.

— Ne faites pas attention à moi. Est-ce que tout va bien ?

Je referme la porte derrière moi. Anne et Mary me présentent un visage inquiet. Lucy ouvre la bouche mais plus aucun son n'en sort. Les tremblements ont eu raison de son courage.

— Elle va s'en remettre, mademoiselle, m'assure Anne. Cela prend quelques heures, mais elle finit toujours par se calmer. Et le cas échéant, on peut l'emmener à l'infirmerie. Même si Lucy refuse d'y aller, de peur que le médecin ne la juge inapte au service et ne la relègue à la blanchisserie ou aux cuisines. Elle ne veut pas perdre sa place actuelle.

— S'il vous plaît, mam'selle. Je ne… je ne… je…, sanglote Lucy.

— Chut. Personne ne va te dénoncer. Aidez-moi à l'allonger sur le lit.

Lucy se tord dans des convulsions et se débat, si bien qu'à trois nous n'arrivons pas à la maintenir comme il faut. L'installer dans le lit nous demande des efforts surhumains. Nous la glissons sous les draps et le cocon de la couette semble l'apaiser plus efficacement que toutes nos paroles. Lucy fixe un regard absent sur le baldaquin. Mary se perche au bord du lit et fredonne une comptine tandis que j'emmène Anne à l'écart, loin des oreilles de Lucy.

— Que s'est-il passé ? Quelqu'un lui a fait du mal ?

— Non. Lucy a une peur bleue des renégats. Il suffit d'en parler devant elle pour qu'elle fonde en larmes. Et aussi…

Les yeux baissés, Anne étudie la pointe de ses chaussures noires. Elle prend une profonde inspiration et se lance :

— Certains d'entre nous sont nés ici, au palais. Mary, par exemple, ainsi que ses parents, toujours au service de la famille royale. Moi qui suis orpheline, j'ai trouvé une place parce qu'ils manquaient de personnel. Quant à Lucy… elle a été vendue.

— Vendue ? Comment est-ce possible ? L'esclavage a été aboli !

— En théorie, oui, mais c'est pourtant une méthode répandue. La famille de Lucy avait besoin d'argent pour financer l'opération de sa mère. Ils ont proposé leurs services à une famille de Trois. La santé de sa maman ne s'est pas arrangée, ils n'ont pas réussi non plus à rembourser leur dette. D'après ce que j'ai compris, Lucy et son père ont été traités comme des chiens au sein de cette famille des années durant.

« Le fils s'est pris d'affection pour Lucy. Je sais que parfois la caste n'a pas d'importance, mais entre un Trois et une Six, il y a un véritable fossé. Quand la mère du garçon a découvert ses intentions, elle les a vendus, Lucy et son père, au palais. Je me souviens du jour où elle est arrivée. Elle était inconsolable. Ils devaient être très amoureux…

Pauvre Lucy. On l'a arrachée de force à l'homme qu'elle aimait.

— Son père travaille aux écuries, poursuit Anne. Il n'est pas très rapide ni très vaillant, mais il se consacre corps et âme à ses besognes. Et Lucy est femme de chambre. C'est un honneur d'être domestique au palais royal. Nous sommes toujours en première ligne, considérées comme assez compétentes, assez intelligentes et assez jolies pour côtoyer les invités prestigieux de la famille royale. Nous prenons notre tâche très au sérieux. À la moindre erreur, on nous renvoie aux cuisines, où on travaille comme des forçats. Ou alors on coupe du bois et on ratisse les feuilles dans le jardin. C'est un honneur d'être femme de chambre.

Je me sens stupide. Pour moi, les domestiques sont tous des Six et je les mets dans le même sac. Mais je découvre qu'il y a des grades intermédiaires, des statuts auxquels je ne comprends rien.

— Il y a deux ans, les renégats ont attaqué le palais au beau milieu de la nuit. Ils ont volé des uniformes aux gardes. C'était la confusion la plus totale, on ne savait plus qui était qui et les renégats se déversaient par des brèches dans la ligne de défense… Terrifiant.

Je frémis intérieurement. L'obscurité, le désordre, l'immensité du palais… Mon imagination tourne à plein régime.

La voix d'Anne baisse d'un ton.

— L'un des rebelles s'est jeté sur Lucy. Je ne suis pas sûre qu'ils aient beaucoup de femmes avec eux, si vous voyez où je veux en venir.

— Oh.

— Je n'ai pas assisté à la scène, mais Lucy m'a dit que l'homme était couvert de crasse. Et qu'il lui léchait le visage.

Anne grince des dents et je réprime un haut-le-cœur. C'est absolument répugnant et je comprends la réaction de la pauvre Lucy, déjà marquée par les épreuves de la vie.

— Il l'entraînait dans un coin sombre et elle criait de toutes ses forces. Avec le vacarme ambiant, impossible de l'entendre. Un autre garde est enfin arrivé, un vrai garde royal qui a tiré sur le renégat.

L'homme a reçu une balle en pleine tête et s'est effondré sur Lucy. Elle était couverte de sang.

« Elle avait quelques blessures superficielles qu'on a soignées très vite, mais personne ne s'est intéressé à son traumatisme. Elle est nerveuse depuis ce jour-là, agitée. Elle le cache du mieux qu'elle peut. Pas seulement pour elle, mais aussi pour son père. Il est très fier de sa fille et Lucy ne veut pas le décevoir. À chaque incursion des renégats, elle s'imagine le pire. Elle a peur d'être blessée, voire tuée.

« Elle fait beaucoup d'efforts, mademoiselle, mais, un jour ou l'autre, elle va craquer.

J'observe Lucy du coin de l'œil. Elle a fini par s'endormir sur le lit alors que le soleil brille encore haut dans le ciel.

Le reste de ma journée, je la passe plongée dans un livre. Anne et Mary époussettent des meubles déjà époussetés. Nous restons aussi silencieuses que possible, de peur de réveiller Lucy. Et je me fais une promesse en mon for intérieur : c'est la dernière fois que Lucy endure pareil calvaire.

14.

Mes prédictions se sont réalisées : les filles qui ont demandé à rentrer chez elles se sont ravisées dès la fin de l'attaque. Personne ne sait qui elles sont exactement mais certaines candidates, Celeste en particulier, ont la ferme intention de découvrir leur identité. Pour l'instant nous sommes vingt-sept, et vingt-sept nous restons.

Le roi Clarkson prétend que les renégats n'ont fait aucun dégât notable, si bien que leur dernière opération ne mérite pas de publicité. Le problème, c'est que des caméras ont eu accès au palais ce matin et une partie de l'attaque a été diffusée en direct à la télévision. Depuis, il ne décolère pas. Du coup, je me demande combien d'attaques sont passées sous silence tous les ans. Ma sécurité est-elle vraiment assurée au palais ?

Sur le conseil de Silvia, je prends ma plume et j'écris à mes parents, pour les rassurer. Je leur demande de ne pas se faire de mauvais sang malgré les incursions des renégats et je leur envoie mille baisers avant de confier ma lettre à un valet.

Le lendemain, il n'y a aucun incident à signaler. J'avais pensé descendre au Boudoir mais je préfère rester dans ma chambre aux côtés de Lucy. Nous jouons aux cartes et mes bonnes profitent de ce moment d'intimité pour me confier les derniers commérages. Pour dix domestiques qui abattent de la besogne en pleine lumière, cent restent dans l'ombre. La seule et unique tâche de certains consiste à s'assurer que les vitres demeurent impeccables. Ces nettoyeurs très particuliers font le tour du palais en une semaine, le temps qu'il faut à la poussière pour se déposer à nouveau et ternir les carreaux ; ainsi, il faut tout reprendre à zéro à peine la besogne achevée. Des joailliers fabriquent les bijoux qui servent de parure à la famille royale et de cadeaux aux invités les plus prestigieux, une armée de couturières s'usent les yeux jour et nuit sur leur ouvrage.

Mes trois petites bonnes me parlent aussi des gardes qui font battre leur cœur, de la robe horrible qu'elles vont porter lors des fêtes de fin d'année à cause de la gouvernante en chef, des paris sur la gagnante de la Sélection (je compte parmi les dix favorites, paraît-il). Le bébé d'une cuisinière est tombé gravement malade et Anne a du mal à retenir ses larmes. Il s'avère que la pauvre maman est l'une de ses amies. L'atmosphère est à la fois détendue et joyeuse. Je doute que les autres s'amusent autant que moi dans le Boudoir.

Le lendemain, je décide de ne pas quitter ma chambre et je passe une nouvelle journée en compagnie d'Anne, de Mary et de Lucy. Cette fois-ci, nous laissons la porte et la fenêtre ouvertes et un air parfumé s'enroule autour de nous. Il semble avoir un effet miraculeux sur Lucy, qui retrouve son énergie. À un moment, Anne me fait remarquer que jouer aux cartes toutes portes ouvertes, sans distinction de castes, est contraire à l'étiquette en vigueur à la cour, mais elle abandonne très vite le sujet. Je crois qu'elle a compris que je n'ai pas l'étoffe d'une aristocrate.

C'est au beau milieu d'une partie palpitante que je distingue une silhouette postée sur le seuil de la chambre. Maxon. Nos regards se croisent, je lis dans le sien une incompréhension totale. Je me redresse, tout sourire, et je m'approche de lui.

— Oh, mon Dieu, marmonne Anne à l'instant où elle pose les yeux sur le prince.

Elle ramasse les cartes éparpillées au sol et les jette dans sa boîte à couture avant de se mettre debout. Ses collègues l'imitent aussitôt.

— Votre Majesté, dit-elle dans un bafouillis. C'est un honneur.

— Un honneur partagé, répond Maxon, avec simplicité.

— On allait justement partir, pépie Mary.

— Oui, tout à fait, ajoute Lucy. On allait… euh… justement…

Du regard, elle cherche le soutien de son aînée.

— … finir la robe que Mlle America va porter vendredi, conclut Anne.

— Oui. Le temps presse !

Les trois filles nous contournent avec mille précautions et quittent la pièce, un sourire béat plaqué sur le visage. Dans le couloir, elles exécutent une courbette maladroite et s'éloignent à petits pas pressés. J'entends le rire de Lucy exploser un peu plus loin, auquel font écho les remontrances d'Anne.

— Quelles curieuses créatures, déclare Maxon, comme fasciné par leur comportement.

— Mes aides me forcent à rester vigilante.

— Elles ont beaucoup d'affection pour vous, cela saute au visage. C'est très rare. Je ne m'imaginais pas votre chambre comme ça.

— Ce n'est pas vraiment ma chambre. Elle vous appartient, je ne fais que l'emprunter.

— Vous pouvez la personnaliser, vous savez ? Un nouveau lit, une peinture davantage à votre goût…

— Une nouvelle couche de peinture, cela ne changerait rien. Je ne vis pas d'ordinaire dans un palais en marbre.

— À quoi ressemble votre chambre ?

J'élude ouvertement sa question.

— Quel bon vent vous amène, Votre Altesse ?

— Je viens d'avoir une idée.

— Une idée ?

Il arpente la chambre, s'arrête devant le miroir et étudie les photos.

— Eh bien, comme je n'entretiens pas avec vous la même relation qu'avec les autres filles, peut-être que nous pourrions… mettre au point des moyens de communication alternatifs. Tiens, votre petite sœur vous ressemble comme deux gouttes d'eau !

— On nous le dit souvent. Vous pouvez approfondir le concept de « communication alternative » ?

— J'envisageais quelque chose d'un peu moins… académique que les traditionnels billets transmis par les femmes de chambre et les invitations plus formelles. C'est vous qui avez apporté ces partitions ?

— Non, elles étaient là à mon arrivée. Tout ce que j'ai envie de jouer, je peux le jouer de mémoire.

— Impressionnant.

— Vous voulez bien arrêter de fourrer votre nez partout et finir d'exprimer votre pensée ? Merci.

— Bien sûr. Ce que je me suis dit, c'est que vous et moi, nous pourrions mettre au point un signal, une façon de transmettre des messages connue de nous seuls, un code secret en quelque sorte. Pour signaler à l'autre qu'on a besoin de lui parler. Comme nous frotter le nez, par exemple.

Et il joint le geste à la parole.

— On dirait que vous avez le nez bouché. Pas très élégant.

— Ou se passer la main dans les cheveux, tout simplement ?

— J'ai presque toujours les cheveux relevés. Je ne vois pas comment je pourrais passer les doigts dedans. Et avec votre couronne sur la tête ? Vous allez la faire tomber.

— Excellente remarque.

Maxon réfléchit quelques secondes et se poste devant ma table de chevet.

— Et si on se tirait sur l'oreille ? lance-t-il, en souriant.

— Bonne idée. Simple et discret, mais original. L'oreille, alors.

— Je suis ravi que mon idée remporte votre adhésion. La prochaine fois que vous voulez me voir, tirez sur votre oreille et je réponds à votre convocation aussi vite que possible. Sûrement après le dîner.

Notre premier vendredi arrive et avec lui, nos débuts au bulletin du Capitole. Décalage horaire oblige, l'émission démarre à cinq heures et nous dînons ensuite.

Anne, Mary et Lucy me préparent avec le plus grand soin. Ma robe, d'un bleu profond aux reflets améthyste, est ajustée aux hanches et sa traîne en satin ondule dans mon sillage. Elles attachent une rangée de boutons dans mon dos et piquent des épingles ornées de perles dans mes cheveux. Mes boucles d'oreilles et mon collier sont eux aussi en perles. J'observe ma silhouette dans le miroir. Je suis toujours moi, en mille fois plus jolie.

Et, égale à moi-même, c'est les mains moites que je me rends au studio où se déroule l'enregistrement des bulletins officiels. Silvia nous a demandé de nous présenter avec dix minutes d'avance. Dix minutes, chez moi, cela donne un quart d'heure ; chez Celeste, les dix minutes se réduisent à trois.

Des nuées de techniciens s'agitent en tous sens et mettent la touche finale au plateau. Les conseillers royaux, que je reconnais sans peine, en fidèle spectatrice du bulletin du Capitole, relisent leurs notes et ajustent leur cravate. Les Sélectionnées auscultent leur maquillage dans des miroirs de poche et défroissent des robes extravagantes. Une véritable ruche.

Silvia s'approche de moi d'un pas décidé.

— Allez prendre place sur l'un des strapontins, mademoiselle America. Vous êtes libre de vous asseoir où vous le souhaitez. Pour votre gouverne, la plupart des candidates ont déjà réquisitionné le premier rang.

Elle affiche un air dépité. À croire qu'elle m'annonce une mauvaise nouvelle. Pour ma part, je suis soulagée de trouver refuge au dernier rang.

J'ai du mal à gravir l'escalier, à peine plus large qu'une échelle, avec ces sandales raffinées et cette robe moulante, mais je finis par y arriver. Marlee vient s'installer à côté de moi, loin des caméras, au lieu de briller au deuxième rang. Cela signifie beaucoup pour moi.

Elle porte une robe d'un jaune éclatant qui met en valeur sa blondeur et son frais minois. Un petit soleil ambulant.

— Marlee, j'adore ta robe. Tu es éblouissante !

— Merci. J'avais peur que ce soit un peu trop voyant.

— Au contraire ! Crois-moi, elle est parfaite.

— Je voulais te parler, mais tu étais introuvable. On peut se voir demain ?

— Bien sûr. Dans le Boudoir, d'accord ?

— D'accord.

Assise devant nous, Amy se retourne, nerveuse.

— Les filles, j'ai l'impression que mes barrettes sont en train de se faire la malle. Vous pouvez vérifier ?

Sans mot dire, Marlee glisse ses longs doigts dans les boucles d'Amy et rattrape les épingles qui se sont échappées.

— Ça va mieux ?

— Oui, merci.

— America, est-ce que j'ai du rouge à lèvres sur les dents ? me demande Zoe avec un sourire qui expose ses quenottes immaculées.

— Non, c'est parfait.

— Merci. Comment fait-il pour rester aussi calme ? s'étonne Zoe en désignant Maxon, qui bavarde avec l'un des membres de l'équipe technique.

Sans attendre ma réponse, elle se plie en deux et se force à respirer de manière égale.

Marlee et moi échangeons un regard, les yeux écarquillés. Le fou rire nous guette. Nous nous désintéressons de Zoe pour étudier les tenues des autres. Plusieurs filles portent du rouge ou du vert, Olivia a eu l'audace de choisir une robe orange. Je salue son courage mais je ne trouve pas son choix très judicieux, même si je n'y connais pas grand-chose. Cette couleur lui donne le teint verdâtre.

Deux minutes avant le début de l'émission, Olivia vomit dans la première poubelle qui lui tombe sous la main et s'écroule par terre. Silvia se précipite vers elle en poussant des cris d'orfraie, tamponne son front luisant de sueur avec un mouchoir et lui cherche une place plus discrète. Piteuse, Olivia déménage au dernier rang et pose une petite bassine sur ses genoux, en cas d'urgence. Bariel, sa voisine de devant, se retourne et lui chuchote quelques mots dont le sens m'échappe. Pas des mots doux, en tout cas.

Maxon pivote vers nous (on a dû lui dire qu'une catastrophe s'est produite au niveau des strapontins), plante son regard dans le mien et vite, si vite et si furtivement qu'il donne l'illusion de se gratter, il tire sur le lobe de son oreille. Je calque mon geste sur le sien.

L'hymne national retentit soudain et l'emblème d'Illeá s'affiche sur les petits écrans disposés aux quatre coins du studio. Je me redresse de toute ma hauteur. Je veux que ma famille soit fière de moi ce soir.

Planté derrière le pupitre, le roi Clarkson raconte l'attaque avortée des renégats. Les discours lénifiants se succèdent et je cherche à me concentrer, mais j'ai toutes les peines du monde à rester en place. D'habitude, je regarde le bulletin affalée dans un canapé confortable, un saladier de pop-corn à portée de main, entourée de ceux que j'aime.

La plupart des interventions accusent les renégats de tous les maux. Si le chantier routier de Sumner a pris du retard, c'est à cause de ces terroristes, si les effectifs des policiers en poste à Atlin ont diminué, c'est qu'ils ont été envoyés mater une émeute à St George… N'en jetez plus ! Entre tout ce que j'ai vu ou entendu durant mon enfance et ce que j'ai appris depuis mon arrivée au palais, je me demande ce qui reste caché au public. Et quel est le degré de propagande.

Surgi de nulle part, Gavril déboule sur le plateau.

— Mesdames et messieurs, bonsoir. Cela fait une semaine maintenant que la Sélection a démarré, huit jeunes filles ont retrouvé leur famille, et vingt-sept chanceuses ont retenu l'attention du prince Maxon. La semaine prochaine, nous consacrerons la quasi-intégralité du bulletin d'Illeá à ces jeunes filles et nous ferons plus ample connaissance avec elles. Mais avant de les saluer, je vais échanger quelques mots avec l'homme du jour. Comment allez-vous ce soir, prince Maxon ?

Maxon est tombé dans une embuscade. Il n'a pas de micro, il n'a pas préparé ses réponses. Un petit clin d'œil de ma part suffit à lui rendre le sourire.

— Fort bien, Gavril, merci.

— Est-ce que vous passez de bons moments ?

— Bien sûr ! Je suis ravi d'avoir rencontré ces jeunes demoiselles.

— Sont-elles… aussi charmantes que leur apparence le laisse supposer ? Ou cachent-elles leur jeu ?

— Eh bien… cela dépend, répond Maxon en me consultant du regard.

— Cela dépend ? Il y aurait donc une petite peste parmi ces visages angéliques ? s'exclame Gavril, faussement indigné.

Les filles gloussent en chœur et j'en fais autant. Le traître !

— Et qu'a-t-elle fait précisément, cette petite peste ?

Maxon croise les jambes. Je ne l'ai jamais vu aussi détendu. Il devrait montrer plus souvent cette facette de sa personnalité.

— L'une d'elles a eu le culot de me hurler dessus lors de notre première rencontre. Je me suis fait méchamment taper sur les doigts.

Le roi et la reine partagent un regard incrédule. Ils semblent entendre cette anecdote pour la première fois. Autour de moi, les filles sont déroutées. Marlee se penche vers moi :

— Il y a une candidate qui l'a enguirlandé dans la Salle d'Apparat ? Tu t'en souviens, toi ?

Enfer et damnation ! Maxon a oublié que notre premier tête-à-tête devait rester secret.

— Je crois qu'il force la dose pour rendre son anecdote plus drôle. Il parle de moi. C'est vrai, je lui ai dit des choses très graves.

— Taper sur les doigts ? répète Gavril. Que vous reprochait-elle ?

— En vérité, je l'ignore. Je pense qu'elle avait le mal du pays, tout simplement. Ce qui explique pourquoi je lui ai pardonné, bien volontiers.

— Donc elle est restée au palais ?

— Oui. Elle est restée. Et j'ai l'intention de la garder près de moi un petit moment.

15.

Le dîner ne se déroule pas comme prévu. La semaine prochaine, il faudra que je demande à mes bonnes d'élargir la taille de ma robe si je veux profiter au maximum de mon repas.

Dans ma chambre, Anne, Mary et Lucy m'attendent pour procéder à la toilette du soir. Je leur annonce que je préfère garder ma robe un peu plus longtemps. C'est un coup de tonnerre. Anne comprend aussitôt ce qui se trame car, le soir venu, j'ai plutôt tendance à me débarrasser en quatrième vitesse de tous ces vêtements qui me corsètent.

— Voulez-vous que nous restions plus longtemps ? me propose Mary. Cela ne nous pose aucun problème.

— Non, ne vous inquiétez pas. Si j'ai un souci avec la robe, je sonnerai.

Elles quittent la chambre la mort dans l'âme et me laissent enfin seule. Je ne sais pas à quelle heure

Maxon a prévu de venir me chercher et je n'ai pas envie de commencer un livre ou de m'installer au piano. Allongée sur le lit, je laisse mes pensées partir à la dérive. Je repense à Marlee et je me rends compte qu'elle reste pour moi une parfaite inconnue, hormis quelques détails insignifiants. Pourtant, elle respire l'honnêteté et la gentillesse. Je la compare aux Sélectionnées qui suintent l'hypocrisie. J'espère que Maxon est capable de faire le tri.

Il me semble que l'expérience du prince avec les femmes est à la fois riche et limitée. Sa galanterie n'arrive pas à prendre le pas sur sa timidité. Il sait se conduire face à une femme, pas face à une petite amie potentielle.

Rien à voir avec Aspen.

Aspen…

Son nom, son visage, son souvenir, tout me revient avec la force d'une vague déferlante. Aspen. Que fait-il en ce moment ? L'heure du couvre-feu approche en Caroline. Il doit encore être au travail. Ou peut-être passe-t-il la soirée en compagnie de Brenna, si c'est bien avec Brenna qu'il a décidé de refaire sa vie depuis notre rupture.

J'attrape mon bocal et je fais rouler la pièce solitaire en murmurant :

— Moi aussi. Moi aussi…

Je n'ai pas vraiment le temps de ressasser mes souvenirs, car Maxon frappe à la porte. Je cours lui ouvrir. Il paraît surpris de me voir.

— Où sont passées vos femmes de chambre ?

— Parties. Je les renvoie toujours après le dîner.

— Chaque soir ?

— Bien sûr. Je suis assez grande pour me déshabiller toute seule, merci.

Un sourcil relevé, Maxon ébauche un sourire d'incompréhension. Moi, je rougis jusqu'aux oreilles, mortifiée.

— Couvrez-vous, conseille-t-il. Le temps s'est rafraîchi.

Nous remontons le couloir. J'ai glissé mon bras sous le sien, presque par réflexe, rassurée par cette marque de familiarité.

— Si vous vous obstinez à passer la nuit sans vos femmes de chambre, déclare Maxon, je vais être obligé de poster un garde à votre porte…

— Surtout pas ! Je peux me débrouiller sans baby-sitter !

— Il restera à l'extérieur. Vous ne saurez même pas qu'il est là.

— Bien sûr que si. Je sentirai sa présence.

Trop occupée à contre-argumenter, je n'ai pas entendu les chuchotis qui s'approchent. Celeste, Emmica et Tiny passent à côté de nous, en route vers leur chambre.

— Mesdemoiselles, lance Maxon avec un discret hochement de tête.

Les filles exécutent une révérence et poursuivent leur chemin. Emmica et Tiny ont l'air très intriguées.

D'ici quelques minutes, la nouvelle de mon escapade avec le prince va se répandre comme une traînée de poudre dans l'étage tout entier. Celeste se contente de me lancer un regard meurtrier.

De nouveau seule avec Maxon je sors la première chose qui me vient à l'esprit :

— Je vous avais bien dit que les filles qui ont eu peur de l'attaque finiraient par changer d'avis.

— C'est un vrai soulagement, je vous l'assure.

— Ce doit être compliqué de choisir la perle rare parmi toutes ces prétendantes. Si les circonstances vous donnent un petit coup de pouce, pourquoi ne pas en profiter ?

— Oui, vous avez sûrement raison. Mais sur le moment, j'étais loin de m'en réjouir. Bonne soirée, messieurs.

Il salue les gardes qui ouvrent la baie vitrée sans la moindre trace d'hésitation. Je crois que je vais accepter son offre, en fin de compte, et demander un laissez-passer qui me permettra de profiter du jardin à n'importe quelle heure du jour et de la nuit. Ce genre de liberté m'enivre.

Maxon me conduit vers un banc et je m'assieds. Il s'installe face à moi, le dos tourné au palais illuminé. Il paraît hésiter quelques instants, puis il prend une profonde inspiration et se lance :

— Je ne comprends pas leur attitude. Je pensais mériter qu'on prenne quelques risques pour moi. Peut-être me flattais-je trop ? De mon côté, je prends aussi des risques innombrables. Ma déception est immense.

— Quels risques ? Vous êtes chez vous, épaulé par votre famille, et nous nous plions à votre emploi du temps. Notre existence a été chamboulée du jour au lendemain quand la vôtre n'a pas changé. De quoi parlez-vous précisément ?

— America, j'ai peut-être ma famille à mes côtés, mais vous n'imaginez pas combien il est fâcheux que vos parents assistent à vos premiers pas amoureux. Pas seulement vos parents – le pays tout entier !

« Et vous vous pliez à mon emploi du temps ? J'organise les troupes du pays, je rédige des lois, je prépare des budgets… sans aucune aide extérieure, et mon père se tient en retrait. Il se borne à corriger les erreurs que j'accumule par manque d'expérience. Et malgré toute cette charge de travail, je n'ai qu'une seule préoccupation, vous… la Sélection, je veux dire.

« Et vous avancez que ma vie est restée la même ? Vous avez calculé mes chances de rencontrer l'âme sœur ? Je dois m'estimer heureux si j'arrive à trouver une compagne qui sera capable de me supporter le restant de mes jours. Et si je l'avais déjà renvoyée chez elle parce que j'attendais une étincelle qui n'est pas venue ? Et si elle s'apprête à me quitter à la première épreuve que la vie nous réservera ? Et si je ne rencontre personne ? Quelle solution me proposez-vous, America ?

— Maxon, je crois fermement que vous allez trouver votre âme sœur parmi ces vingt-six jeunes femmes. En toute franchise.

— Vraiment ?

— Vraiment. D'après mon expérience, l'amour frappe toujours au moment où on s'y attend le moins.

Maxon semble ravi d'entendre ces quelques mots, qui me consolent moi aussi. Si je n'arrive pas à connaître l'amour, je peux au moins tout mettre en œuvre pour aider Maxon à dénicher le sien.

— J'espère que le courant est passé avec Marlee. Elle est adorable, non ?

— Oui, adorable, avance Maxon, le visage déformé par une grimace.

— Quoi ? Ce n'est pas un critère pour vous ?

— Si, bien sûr, ajoute-t-il sans entrer dans les détails. Qu'est-ce que vous regardez comme ça ?

— Pardon ?

— Je vois que vous m'accordez toute votre attention, mais vous semblez chercher quelque chose des yeux.

Il a raison. Tout au long de son monologue, j'ai inspecté le jardin, les fenêtres, et même les tourelles. Je me laisse peu à peu gagner par la paranoïa.

— Les gens… les caméras…

— Nous sommes seuls. Il n'y a que le garde.

Maxon désigne au loin la silhouette solitaire perdue dans une flaque de lumière. Personne ne nous a suivis, les fenêtres sont éclairées, c'est vrai, mais vides.

— Vous n'aimez pas être sous les projecteurs, j'ai l'impression, poursuit-il.

— Non, je l'avoue. Je préfère rester discrète.

— Vous allez devoir vous y faire. Quand vous quitterez le palais, les yeux du public seront braqués sur vous jusqu'au dernier jour. Ma mère a gardé contact avec certaines des femmes qui ont participé à la Sélection en même temps qu'elle. Elles sont toujours considérées comme des personnalités de premier plan. Après tout ce temps.

— Moi qui croyais retrouver la tranquillité en rentrant chez moi !

La mine contrite de Maxon me rappelle combien me coûte cette compétition, combien j'ai perdu dans le processus. Je peux dire adieu à l'anonymat et à la vie normale…

— America, me permettez-vous de vous poser une question indiscrète ?

— Je vous en prie.

— C'est que… j'ai constaté que vous n'êtes pas dans votre élément ici. Vous haïssez le règlement, la compétition, la place donnée à l'apparence, et aussi… non, s'il y a une chose que vous appréciez, ce sont les petits plats mitonnés par notre maître queux. Vous vous languissez terriblement de votre foyer, de votre famille… et de vos amis. Vous êtes toujours à fleur de peau.

— Oui. C'est vrai.

— Mais vous préférez être malheureuse ici plutôt que de rentrer chez vous, en Caroline. Pourquoi ?

— Je ne suis pas malheureuse... et vous connaissez mes raisons.

— Parfois, je vous vois sourire en discutant avec les autres Sélectionnées et vous semblez vous régaler au moment des repas, je le concède. À d'autres moments, vous me montrez une mine lugubre. Voulez-vous vous confier à moi ? Me raconter toute votre histoire ?

— C'est une banale histoire d'amour ratée, une de plus. Rien de trépidant.

— Je souhaiterais savoir comment se déroule une relation sincère, en dehors de ces murs, de ce règlement, de cette structure, qu'elle se finisse bien ou mal... S'il vous plaît, America ?

Le fait est que j'ai gardé mon secret enfoui beaucoup trop longtemps au fond de moi et je ne sais pas le mettre en mots. Suis-je même capable de prononcer le nom d'Aspen à voix haute ? Maxon est mon ami. Il fait beaucoup d'efforts pour être gentil. Et il s'est confié à moi à cœur ouvert... Je m'éclaircis la voix.

— Dans le monde qui s'étend au-delà de ces murs, les castes dépendent les unes des autres. Mon père, par exemple, est lié à trois familles très riches qui lui achètent au moins un tableau par an. Moi, je chante chez eux pendant les fêtes de fin d'année. Ce sont nos mécènes, vous comprenez ?

« La famille de ce garçon dépend de la nôtre, en quelque sorte. Ce sont des Six. Quand nous pouvons nous permettre d'embaucher une femme de ménage, c'est sa mère que nous appelons. Je le connais depuis ma plus tendre enfance, mais il est plus âgé que moi, plus proche de mon grand frère. Ils jouaient souvent à se bagarrer, alors je les évitais.

« Mon frère aîné, Kota, est artiste comme mon père. Il y a quelques années, une de ses sculptures s'est vendue pour une somme phénoménale. Vous avez peut-être entendu parler de lui.

— Kota Singer..., chuchote Maxon, et je vois le déclic se produire dans son regard.

— On était tous ravis pour lui ; il avait travaillé d'arrache-pied sur cette œuvre. Et cette rentrée d'argent était salutaire à l'époque. Toute la famille était transportée de joie. Mais Kota a choisi de garder une grosse partie de cette somme. Sa sculpture l'a catapulté sur le devant de la scène et les commandes ont commencé à affluer. À présent il a une liste d'attente d'un kilomètre de long et il pratique des prix hallucinants. Je crois qu'il est devenu accro à la célébrité. Les Cinq sont rarement médiatisés.

« Quoi qu'il en soit, Kota a décidé de se détacher de nous. Après avoir perdu le revenu de ma sœur aînée, qui venait de se marier, nous avons perdu le sien dans la foulée. Cela ne se fait pas, de quitter sa famille comme ça. On se serre les coudes… c'est la seule façon de survivre.

— Il a tout gardé pour lui, murmure Maxon. Pour grimper dans la hiérarchie sociale ?

— Il veut à tout prix devenir un Deux. Si le statut de Trois ou de Quatre lui avait suffi, il aurait pu acheter le titre et nous aider ensuite, mais c'est devenu une obsession. Une obsession grotesque. Il a un train de vie plus que confortable mais cela ne lui suffit pas.

— Changer de statut, cela peut prendre toute une vie.

— Tout ce qu'il veut, c'est avoir un Deux gravé sur sa pierre tombale. Le reste, il s'en fiche.

— Vous n'êtes plus en contact, alors ?

— Non. Au début, j'ai cru que j'avais compris la situation de travers. Je pensais que Kota s'installait ailleurs pour voler de ses propres ailes, pas pour mettre une distance entre lui et nous. Du coup, je prenais fait et cause pour lui. Quand Kota a aménagé son propre atelier, je suis allée l'aider. Il a fait appel à cette famille de Six. Le fils aîné était disponible. Il a travaillé avec Kota plusieurs jours de suite et l'a aidé à tout installer.

Je marque un temps d'arrêt et je me laisse entraîner dans le dédale de mes souvenirs, avant de poursuivre :

— J'étais donc là, à vider les cartons… et il était là aussi. Nos regards se croisaient, il m'impressionnait moins qu'avant. Nous ne nous étions pas vus depuis longtemps. Nous n'étions plus des enfants. Nous avons passé la journée à nous frôler, soi-disant par accident, entre deux cartons. Il m'adressait un regard, un sourire et, pour la première fois, j'avais l'impression d'être en vie. Je… je suis devenue folle de lui.

Ma voix se met à chevroter, les larmes tant attendues roulent sur mes joues. Je continue :

— Nous habitons le même quartier, à quelques rues de distance, et je me suis mise à faire des promenades. Parfois il accompagnait sa mère quand elle venait travailler chez nous. Et on se dévorait des yeux – c'est tout ce qu'on a le droit de faire. C'est un Six, et moi je suis une Cinq, il y a des lois… et ma mère ! Elle serait entrée dans une rage folle. Il ne fallait rien révéler à personne… Très vite, j'ai trouvé des petits mots scotchés à ma fenêtre : « Tu es belle », « Tu chantes comme un ange ». Je savais qu'ils étaient de lui.

« Le soir de mes quinze ans, ma mère a organisé une fête et invité toute sa famille. Il m'a alors prise à l'écart et il m'a donné sa carte d'anniversaire en me conseillant de la lire seule dans ma chambre. À l'intérieur de la carte, pas de « joyeux anniversaire », ni même de signature. Juste un lieu et une heure de rendez-vous : « La cabane. Minuit. »

— Minuit ? Mais…

— Je dois vous avouer qu'on ne respectait pas très scrupuleusement le couvre-feu.

— Vous auriez pu atterrir en prison, America.

— À l'époque, cela semblait sans importance. Je flottais sur un nuage. J'avais compris qu'il était assez malin pour tout organiser sans se faire prendre. En plus, je n'arrivais pas à croire qu'il voulait être seul avec moi.

« Ce soir-là j'ai observé, depuis ma fenêtre, la cabane au fond du jardin. Un peu avant minuit, j'ai vu quelqu'un monter dans l'arbre. Je me souviens que je suis retournée me brosser les dents, au cas où. Je me suis faufilée dehors par la porte de derrière et j'ai escaladé l'arbre. Il était là. Je ne… je n'en croyais pas mes yeux.

« Je ne sais plus comment tout a commencé, mais on a fini par s'avouer nos sentiments et on riait aux éclats. On nageait dans le bonheur. Et je me moquais bien d'enfreindre le couvre-feu ou de mentir à mes parents. Je ne me souciais pas non plus de l'avenir. Parce que rien ne comptait plus à mes yeux que son amour…

« On s'est fréquentés en secret pendant deux ans. Avec des hauts et des bas. Un jour il avait peur qu'on se fasse prendre, le lendemain il regrettait de ne pouvoir me combler de cadeaux. Quand j'ai reçu la lettre qui annonçait la Sélection, il a tenu à ce que je m'inscrive.

Maxon reste bouche bée.

— Je sais. Une idée stupide. Mais il aurait traîné ça comme un boulet si je n'avais pas posé ma candidature. Et en toute honnêteté, je pensais que je n'avais aucune chance. Aucune. J'ai appris, de la bouche de sa mère, qu'il mettait de l'argent de côté pour se marier avec une fille dont il cachait l'existence. Ce soir-là, j'étais surexcitée. Je lui ai préparé un dîner surprise en espérant qu'il allait faire sa demande.

« Quand il a vu le festin que j'avais préparé, il s'est braqué. Il était touché dans son orgueil. Alors il a rompu… Une semaine plus tard, j'ai appris que j'avais été retenue pour la Sélection… et la dernière fois que je l'ai vu, c'était le jour de mon départ. Il était avec une autre.

— Quoi ! s'exclame Maxon, incrédule.

— Le problème, c'est que je sais que d'autres filles lui courent après, et ça me rend dingue. Maintenant plus rien ne l'empêche d'aller voir à droite et à gauche. Peut-être même qu'il continue à sortir avec celle que j'ai vue le jour de mon départ. Et face à cela, je suis impuissante. La perspective de rentrer chez moi et d'assister à cette comédie… c'est au-dessus de mes forces, Maxon…

Je laisse libre cours à mes larmes. Une fois calmée, je retrouve l'usage de la parole.

— Maxon, je vous souhaite de trouver un jour quelqu'un dont vous ne pourrez pas vous passer. Je vous le souhaite de tout mon cœur. Et j'espère aussi que vous ne découvrirez jamais ce que cela signifie, d'être séparé de cette personne.

Le visage de Maxon reflète ma propre douleur. Il est accablé et, surtout, très en colère.

— Je suis navré, America. J'ignorais... Le moment est-il bien choisi pour vous tapoter l'épaule ?

— Oui. Le moment est très bien choisi.

Son indécision me fait sourire. Sans quitter son air sceptique, il se penche vers moi et me serre dans ses bras, tout timide.

— Il n'y a que ma mère que je prends dans mes bras. C'est comme ça qu'on fait ?

— Je ne vois pas comment on peut faire autrement. En dehors de ma famille, je ne prends presque personne dans mes bras, comme vous.

Après cette journée interminable, je suis épuisée. Maxon me serre contre lui et me caresse les cheveux. Il attend patiemment que ma respiration s'apaise.

— America, je vous promets de vous garder ici aussi longtemps que ce sera possible. Mon dernier choix doit se limiter à trois personnes. Je vous fais le serment de ne garder que deux Sélectionnées pour vous laisser une place jusqu'au bout. Vous ne partirez qu'au dernier moment, et seulement si je suis condamné à ce choix. Ou si vous êtes prête à retrouver le monde extérieur. À votre convenance. Je sais que nous ne nous connaissons que depuis peu, America, mais je vous trouve formidable. Et je refuse de vous voir souffrir. Si cet horrible personnage était face à moi... je ne répondrais plus de rien... Je suis désolé, America.

Maxon se tait lorsque je pose ma tête sur son épaule. Je sais qu'il va tenir sa promesse. Et qu'il va me réconforter.

16.

Le lendemain matin, au réveil, j'ai les paupières lourdes comme des cailloux. Tout en les massant, je repense à ma confession fleuve et je me félicite d'avoir dit toute la vérité à Maxon. J'ai beau vivre dans une cage – certes dorée –, je sais que je n'ai plus besoin, désormais, de cacher mes sentiments.

Mes paupières bouffies et mes cheveux en broussaille n'échappent pas à la vigilance du trio infernal, mais aucune ne me pose de question. Et je les en remercie. Leur sollicitude me prouve assez qu'elles s'apitoient sur mon sort et me soutiennent en leur for intérieur.

Au milieu de la matinée, je suis enfin prête. Le samedi, nous avons quartier libre, ce qui consiste en réalité à rester confinées dans le Boudoir. La famille royale accueille des invités prestigieux et ces derniers pourraient exprimer l'envie de faire la connaissance des Sélectionnées. Ce genre de rencontre me laisse complètement froide mais le bon côté des choses, c'est que je vais pouvoir étrenner mon jean. J'espère que Maxon va m'autoriser à le garder pour de bon, même après mon départ.

L'esprit un peu embrumé, je gagne le rez-de-chaussée à pas lents. Avant même d'atteindre le Boudoir, je distingue la rumeur des conversations et lorsque j'apparais sur le seuil Marlee m'attrape par le bras et me tire vers deux fauteuils blottis au fond de la pièce.

— Te voilà ! Je t'attendais !

— Excuse-moi, Marlee. J'ai fait la grasse matinée.

— Il te va super bien, remarque-t-elle en étudiant mon jean.

— C'est la première fois que je porte quelque chose d'aussi confortable. Excuse-moi de t'avoir fait attendre. De quoi voulais-tu me parler ?

Marlee se mord la lèvre, indécise. Elle doit avoir un secret qui la taraude.

— En fait, peut-être que je ferais mieux de ne rien te dire. J'oublie parfois que nous sommes rivales.

—Je comprends ton dilemme, Marlee. Si tu veux mon avis, je suis sûre que nous pourrions devenir amies. Je n'arrive pas à te considérer comme une concurrente.

— Oui. Je te trouve trop gentille. Et les gens t'adorent. C'est vrai, tout indique que tu vas gagner...

— Marlee, je peux te confier un secret ?

— Bien sûr, America. Je t'écoute.

— Je ne sais pas qui va remporter la Sélection. Ce pourrait être n'importe quelle candidate dans cette pièce. Chacune ne pense qu'à sa pomme mais moi, celle que je veux voir gagner, c'est toi. Parce que tu es généreuse, et juste. Je suis sûre que tu feras une princesse formidable. Sans mentir.

— Moi, je te trouve intelligente et avenante, chuchote-t-elle. Toi aussi, tu serais formidable sur le trône.

Je baisse la tête, gênée par ses louanges. Ce type de compliments me met toujours mal à l'aise. Maman, May, Mary… j'ai du mal à croire que tant de gens me tiennent en si haute estime. Suis-je la seule à avoir pleinement conscience de mes défauts ? Mal dégrossie. Incapable d'avoir un tant soit peu d'autorité, d'organisation. Égoïste, caractérielle, trop réservée. Et lâche. Or une princesse digne de ce nom ne doit pas manquer de courage. Car il s'agit d'occuper une fonction, une position sociale, pas seulement de vivre d'amour et d'eau fraîche.

— C'est l'opinion que j'ai de la plupart des filles, ajoute Marlee. J'ai l'impression qu'elles possèdent toutes des qualités qui sont absentes chez moi et que je ne leur arrive pas à la cheville.

— Justement, Marlee. Si on cherche bien, chacune a quelque chose de spécial. Mais qu'est-ce qui va séduire Maxon, à ton avis ?

— Aucune idée.

— Tu vois, tu t'inquiètes pour rien. Tu peux me faire confiance. Je garderai tes secrets, tu garderas les miens. Je t'offre mon soutien et tu peux me soutenir en retour, si tu le souhaites. C'est un soulagement d'avoir des alliées dans la place.

Marlee s'assure que nous sommes seules, se penche vers moi et chuchote au creux de mon oreille.

— Maxon et moi, on a passé une soirée ensemble.

— Vraiment ? Tu es sérieuse ?

— Il a fait parvenir une lettre à mes femmes de chambre, il me proposait de me voir jeudi. J'ai accepté. Bien sûr, jeudi, comme si j'allais l'envoyer balader ! Il est venu me chercher et on s'est promenés dans le palais. On a parlé de cinéma, et on a découvert qu'on avait beaucoup de goûts en commun. Alors on est allés au sous-sol. Tu as vu la salle de projection ?

— Non. Je n'ai jamais mis les pieds dans une salle de cinéma.

— C'est un endroit hallucinant ! Les sièges sont confortables, on peut les incliner et même manger du pop-corn ! Ils ont une machine spéciale. Maxon nous en a préparé une fournée, rien que pour nous ! C'était trop mignon. Il s'est trompé dans la dose d'huile et il a tout brûlé. Il a dû appeler quelqu'un pour nettoyer, et faire une nouvelle tentative.

Je lève les yeux au plafond. Bravo, Maxon. Bien joué. Marlee est sous le charme.

— Ensuite on a regardé un film et quand on est arrivés au moment romantique, à la fin, il m'a pris la main ! J'ai cru que j'allais m'évanouir. Quand on marchait dans les couloirs, j'étais accrochée à son bras, c'est ce que réclame le protocole. Là, il m'a à nouveau prise par la main…

Elle pousse un énorme soupir et se laisse tomber dans son fauteuil. Amoureuse. Mission accomplie !

— Je suis impatiente de le revoir, ajoute Marlee. Il est tellement beau, tu ne trouves pas ?

— Oui, pas mal.

— Arrête, America ! Tu n'as pas pu passer à côté de ces yeux, et cette voix…

— Sauf quand il rit !

Je repense aux gloussements de Maxon. À l'oreille, on dirait un vieux camion à l'agonie, ou une scie musicale. Insupportable et attendrissant tout à la fois.

— Oui, c'est vrai qu'il a un rire bizarre, mais je le trouve mignon, proteste Marlee.

— Mignon, ça ? On croirait qu'il fait une crise d'asthme chaque fois qu'on raconte une blague !

Marlee explose de rire.

— Il y a bien quelque chose que tu trouves attirant chez lui, quand même ?

Je m'apprête à lancer une nouvelle pique, mais je tourne ma langue sept fois dans ma bouche. Je ne dois pas présenter Maxon sous un éclairage trop critique, ce serait contre-productif.

— Eh bien, j'aime quand il baisse la garde. Quand il parle sans surveiller chacun de ses mots, ou quand il étudie un objet comme s'il… comme s'il cherchait la beauté que contient cet objet. Ce que j'aime aussi, c'est qu'il donne l'impression de se sentir réellement impliqué quand il discute avec toi. Il a beau avoir un pays à diriger et des dizaines de problèmes à régler, il fait passer ses soucis au second plan. Il se consacre à cent pour cent à la personne qu'il a en face de lui. Et… bon, garde-le pour toi, mais ses bras. J'aime ses bras.

— Oui ! On sent bien ses muscles sous le costume ! s'exclame Marlee. Je parie qu'il est superfort.

— Quel intérêt, pour un prince, d'être aussi fort ? Il n'est pas déménageur…

— Peut-être qu'il aime faire le beau devant la glace ? suggère Marlee en bandant ses petits muscles.

— Ha, ha ! Mais oui ! Je te mets au défi de lui poser la question !

— N'y pense même pas !

On dirait bien que Marlee a passé une soirée à la hauteur de ses attentes. Je ne comprends pas pourquoi Maxon n'avait pas l'air aussi enthousiaste qu'elle. Trop timide, peut-être ?

La tension est palpable dans l'air. Janelle a les traits déformés par l'angoisse, Zoe se ronge les ongles, Emmica se masse la nuque d'un air absent, comme si elle voulait apaiser un torticolis. Elles sont toutes trois suspendues aux lèvres de Kriss, qui papote avec animation. Assises un peu plus loin, Celeste et Anna sont plongées dans une discussion passionnée. Un couple improbable, vraiment. Celeste arbore ce rictus supérieur qu'elle affiche en toute circonstance.

— Celles qui ont le moral à zéro, Maxon ne les a pas encore vues en tête à tête, m'explique Marlee. Il m'a dit que j'étais son deuxième rendez-vous. Il tente de faire connaissance avec chacune d'entre nous.

— Vraiment ? Tu crois que c'est ça ?

— Oui. Regarde. Tout va bien pour nous parce qu'il nous a vues, toi comme moi, en privé. Nous savons qu'il nous apprécie assez pour faire l'effort de nous voir et nous garder auprès de lui après le tête-à-tête. Les informations circulent et elles ont peur qu'il ne s'intéresse pas à elles, ou qu'il choisisse de les renvoyer dans leurs familles le plus vite possible.

Pourquoi Maxon ne m'en a-t-il rien dit ? Nous sommes amis, aux dernières nouvelles. Et les amis n'ont aucun secret l'un pour l'autre. Nous avons passé beaucoup de temps ensemble hier soir et il s'est contenté de me faire pleurer. Ce n'est pas très honnête de garder ses secrets pour soi tout en soutirant ceux de ses amis.

Tuesday, qui a écouté Camille sans dissimuler sa détresse, explore le Boudoir du regard et s'approche de nous. Elle m'a dans le collimateur, visiblement.

— Qu'est-ce que vous avez fait pendant votre tête-à-tête ? me demande-t-elle à brûle-pourpoint.

— Bonjour Tuesday, pépie Marlee.

— La ferme, toi ! Crache le morceau, America.

— Je t'ai déjà tout dit.

— Non, hier soir !

— Comment…

— Tiny vous a vus ensemble et nous a tout raconté, m'explique Marlee. Tu es la seule qui a eu le privilège de le voir deux fois. Les autres se plaignent, elles trouvent ça injuste. Mais ce n'est pas ta faute s'il t'apprécie.

— C'est du favoritisme, geint Tuesday. Je ne l'ai pas vu une seule fois en dehors des repas, pas même en le croisant dans les couloirs. Qu'est-ce que vous avez fait ensemble ?

— Eh bien… euh… on s'est promenés dans le jardin. Il sait que j'aime bien être dehors. Et on a discuté.

— Discuté ? C'est tout ?

— Oui, c'est tout.

Tuesday se vexe et retourne voir Kriss, afin de lui tirer à nouveau les vers du nez. Pour ma part, je suis abasourdie.

— Ça va, America ? s'inquiète Marlee.

— Oui, pourquoi ?

— Tu as l'air… mal à l'aise.

— Non. Rassure-toi. Tout va bien.

Soudain, dans un mouvement aussi brusque que violent, Anna Farmer, une Quatre qui travaillait sur une exploitation agricole, quitte son fauteuil et gifle Celeste.

Plusieurs témoins ont le souffle coupé, moi y compris. Celles qui ont raté la scène nous harcèlent de questions, en particulier Tiny, dont la voix perçante brise le silence irréel qui s'est abattu sur nous.

— Oh, Anna, non, soupire Emmica.

À peine a-t-elle frappé Celeste qu'Anna semble mesurer la gravité de son geste. Elle va être renvoyée chez elle : toute marque d'agressivité est interdite au palais. Emmica fond en larmes tandis que son amie reste désespérément mutique. Elles sont toutes deux filles de ferme et ce statut les a forcément rapprochées. Anna, avec qui j'ai échangé quelques mots, m'a d'abord marquée par son tempérament volcanique. Je sais aussi qu'elle serait incapable de faire du mal à une mouche, encore moins de frapper quelqu'un. Lors de l'attaque des renégats, elle avait prié avec ferveur.

Je suis prête à parier que Celeste l'a provoquée, même si personne ne peut le prouver. Ce sera la parole d'Anna contre celle de Celeste. Un conseiller recommandera avec insistance à Maxon de chasser la délinquante, pour l'exemple.

Les larmes montent aux yeux d'Anna, lucide quant au sort qui l'attend. Celeste lui chuchote quelques mots et quitte la pièce en coup de vent.

Le renvoi d'Anna est annoncé avant le dîner.

17.

— Le nom du président des États-Unis en poste pendant la Troisième Guerre mondiale ? lance Silvia.

Comme je sèche, je détourne les yeux de peur que notre professeur ne m'interroge. Amy me sauve en levant la main.

— Le président Wallis.

Dans la Salle d'Apparat, Silvia nous inflige une leçon d'histoire. Une interrogation, plutôt. L'histoire, c'est un domaine où les connaissances varient d'une personne à l'autre, selon la formation que ces personnes ont reçue. Maman s'est chargée de nous enseigner l'histoire de notre pays par oral, alors que pour l'anglais et les mathématiques, nous avions des manuels et des fiches d'exercices à notre disposition. Elle nous transmettait les événements qui ont façonné Illéa et j'ai appris, grâce à elle, qu'il est parfois délicat de distinguer le vrai du faux.

— Exact, Amy. Le président Wallis a été élu avant l'attaque chinoise et il est resté à la tête des États-Unis tout au long du conflit.

Wallis, Wallis, Wallis. Je répète le nom en boucle afin de le graver dans ma mémoire et de l'apprendre à May et à Gerad à mon retour. Le problème, c'est que la pédagogie de Silvia se résume à du bourrage de crâne.

— Pour quelle raison nous ont-ils envahis ? poursuit-elle. Celeste ?

— Les Américains, qui devaient beaucoup d'argent aux Chinois, se sont retrouvés dans l'impossibilité de les rembourser.

— Excellent, Celeste, commente Silvia avec un sourire affectueux. (Comment une garce comme Celeste arrive-t-elle à tromper son monde ? La naïveté des gens me dépasse.) Quand ils ont découvert que les États-Unis étaient ruinés, les Chinois ont décidé de les envahir. Bien mal leur en a pris, puisque les caisses étaient vides et les États-Unis en faillite complète. En revanche, ils ont pu s'accaparer la main-d'œuvre américaine. Et quand les Chinois ont pris le pouvoir, comment ont-ils rebaptisé les États-Unis ? Oui, Jenna ?

— L'État américain de Chine.

— Tout à fait. L'État américain de Chine, l'EAC, avait gardé les frontières du pays originel. Les Chinois tiraient les ficelles dans les coulisses, en influant sur tous les événements politiques majeurs et sur les lois qui étaient votées.

Certaines filles affichent un air perplexe qui s'oppose à ma certitude que ces jalons historiques relèvent de la culture générale.

— Quelqu'un veut ajouter quelque chose ? demande Silvia.

Bariel prend la parole.

— L'invasion chinoise a incité plusieurs pays, en particulier les pays européens, à se liguer et à signer des pactes.

— Exactement. Pourtant, l'État américain de Chine n'avait pas d'alliés à l'époque. Il lui a fallu cinq ans pour se ressaisir, et il a traversé de multiples épreuves. Difficile, dans ces conditions, de forger des alliances. L'EAC avait l'intention de riposter, mais il a dû faire face à une autre invasion. Laquelle ?

De nombreuses mains se lèvent.

— La Russie, répond l'une des filles sans attendre le feu vert de Silvia.

— Oui, la Russie. Ce pays a tenté d'étendre son territoire, mais ses tentatives se sont soldées par un échec. Par contre, ses offensives ont donné l'occasion à l'EAC de riposter. Par quel moyen ?

— Les pays au nord et au sud de l'EAC ont fondé une coalition pour combattre la Russie, explique Kriss, alors que la Chine l'attaquait de son côté, afin de lui voler ses richesses.

— Tout à fait. Et qui a dirigé cette contre-attaque ?

Toutes les filles hurlent, d'une seule et même voix :

— Gregory Illeá !

— Ce qui nous amène à la création de notre beau pays. Les alliances qu'a forgées l'EAC ont présenté un front uni et la réputation des États-Unis était tellement compromise que personne n'a souhaité reprendre ce nom. Une nouvelle nation est sortie de terre, sous l'égide de Gregory Illeá. Il a sauvé ce pays.

Emmica lève la main, Silvia lui donne la parole.

— En un certain sens, nous sommes toutes des Gregory Illeá. Nous avons l'opportunité de servir notre pays comme lui, un simple citoyen qui a fait don de son argent et de son savoir.

— Voilà une remarque très juste. Et, tout comme lui, l'une d'entre vous deviendra une tête couronnée. Gregory Illeá a été sacré roi quand un membre de sa famille a intégré, par mariage, une autre famille royale. Quant à vous, vous épouserez l'un de ses descendants, conclut Silvia, un respect mêlé d'admiration dans la voix, avant de se tourner vers Tuesday qui s'impatiente.

— Silvia, pouvez-vous nous dire pourquoi on ne trouve pas ce que vous nous racontez dans les livres d'histoire ? Pour qu'on puisse l'étudier à notre rythme ?

— Mes chères petites, l'histoire, cela ne s'étudie pas. Cela se sait, tout simplement.

Marlee chuchote au creux de mon oreille :

— Pourtant, il y a tellement de choses que l'on ignore.

Tuesday a posé une question pertinente. Pourquoi reste-t-on dans le flou ? Pourquoi n'a-t-on pas de manuel sous la main ? Je n'arrive pas à me l'expliquer.

Il y a quelques années de cela, maman m'a autorisée à sélectionner un livre sur les étagères de la bibliothèque familiale. Je devais l'étudier dans le cadre du cours de littérature. En explorant la bibliothèque, j'ai repéré un épais volume à l'aspect miteux, abandonné dans un coin. Un manuel d'histoire. Papa est arrivé quelques minutes plus tard, il a vu ce que je lisais et il m'a demandé de n'en parler à personne.

Quand papa me demande de garder un secret, j'obéis, sans me poser de questions. J'adorais feuilleter les pages de ce livre poussiéreux. Celles que j'arrivais à déchiffrer, en tout cas. Beaucoup avaient été déchirées, la tranche du livre était brûlée, mais c'est dans ces pages que j'ai vu, pour la première fois, le bâtiment de la légendaire Maison-Blanche et la date des anciennes fêtes. J'ai vu la vérité, d'une certaine façon. Qui a intérêt à nous cacher cette vérité ?

Les flashes se déclenchent et immortalisent le sourire radieux de Maxon et de Natalie.

— Natalie, baissez un peu le menton, s'il vous plaît. Parfait.

Le photographe prend un nouveau cliché.

— Je crois que ça suffira. À qui le tour ?

Celeste débarque, un essaim de domestiques dans son sillage, tandis que le photographe prépare son matériel. Natalie discute quelques instants avec Maxon la jambe pliée par coquetterie, à la façon d'un flamant rose. Le prince lui répond d'un ton posé et elle pouffe bêtement avant de s'éloigner.

Silvia nous a expliqué que cette séance photo servira à divertir le public mais je ne la crois qu'à moitié. Un journaliste a écrit dans un éditorial que le physique est un élément à ne pas négliger chez la future princesse. Je n'ai pas lu l'article en question mais Emmica, et d'autres encore, l'ont vu passer. Selon les critères du journaliste, la jeune femme qui retiendra l'attention de Maxon doit être photogénique et avoir fière allure, même sur un timbre.

Nous voici donc en file indienne, vêtue de la même robe cousue en vingt-sept exemplaires – une tunique de couleur crème –, une lourde écharpe rouge en travers du buste, dans la Salle d'Apparat. Les clichés vont paraître dans un magazine, après avoir été soumis au jugement de l'équipe de rédaction. Le processus me met mal à l'aise. Je sais que Maxon cherche autre chose qu'un joli minois, mais je crains que certaines ne voient pas plus loin.

Un décor somptueux a été installé dans la pièce. Une immense tapisserie aux tons dorés, qui me rappelle les bâches de protection dont papa se sert dans son atelier, se déverse sur le parquet. D'un côté un petit sofa, de l'autre une colonne. Au beau milieu de cette toile, les armoiries d'Illeá, qui donnent une note patriotique au cliché. Chaque Sélectionnée parade devant cette mise en scène et les spectatrices chuchotent des commentaires plus ou moins désobligeants.

Celeste s'approche de Maxon, une étincelle au fond des yeux, et il ne cache pas qu'il est ravi de la voir. Encore un qu'elle a réussi à embobiner.

— Très bien, mademoiselle, tournez-vous vers la caméra et montrez-moi votre plus beau sourire.

Elle se colle contre Maxon, plaque une main sur son torse, penche un peu la tête et se compose un sourire de professionnelle. Elle sait utiliser la lumière à son avantage, montre son meilleur profil et tient à changer de pose à plusieurs reprises. Là où certaines filles ont fait traîner les choses, Celeste, pour sa part, veut montrer son efficacité.

Elle s'acquitte de sa tâche en un clin d'œil et le photographe convoque la fille suivante. Je suis tellement occupée à espionner Celeste, qui fait courir ses doigts sur le bras de Maxon, qu'une assistante doit me rappeler que je suis la suivante.

Je me force à centrer mon attention sur Maxon. Je relève ma robe et je m'approche de lui. Son regard se détache de Celeste pour se poser sur moi et son visage semble s'éclairer.

— Bonjour, ma chère.

— Ne commencez pas.

— Attendez une seconde, glousse-t-il. Votre écharpe est de travers.

Cette fameuse écharpe est si lourde que je la sens glisser de quelques centimètres à chacun de mes pas. Maxon la remet d'aplomb sur mon épaule.

— Cela fera l'affaire.

— Ils devraient vous accrocher au plafond, avec les lustres. On croirait un sapin de Noël.

Je désigne la rangée de médailles rutilantes épinglées à son uniforme, qui rappelle celui des gardes, en mille fois plus élégant. Avec ses épaulettes dorées et le sabre accroché à sa taille, je trouve la mise en scène un peu exagérée.

— Fixez l'objectif, s'il vous plaît, ronchonne le photographe.

Levant les yeux, je découvre que sont braqués sur moi les regards de toutes les Sélectionnées qui observent la scène. Le trac me submerge. J'essuie mes paumes moites sur ma robe.

— Ne soyez pas nerveuse, chuchote Maxon.

— Tout le monde m'observe, je n'aime pas ça.

Le prince m'attire alors vers lui et m'enroule la taille de son bras.

— Regardez-moi comme si vous n'aviez qu'une envie, me gifler.

Là-dessus, il me fait une grimace irrésistible. Le flash se déclenche à cet instant, alors que nous éclatons de rire.

— Vous voyez, ce n'est pas si difficile.

— Si vous le dites.

Le photographe lance quelques instructions. Maxon me relâche, puis il me fait pivoter sur moi-même et je me retrouve le dos contre son torse.

— Excellent, Votre Altesse. Voulez-vous prendre la pose sur le canapé ?

Je me sens mieux maintenant que la séance touche à sa fin et je m'assieds à côté de Maxon avec toute la dignité dont je suis capable. De temps à autre il me chatouille ou il enfonce son index entre mes côtes, et j'ai bien du mal à contenir mon hilarité. J'espère que le photographe appuie sur le déclencheur au bon moment, sinon cette séance de pose va se solder par un désastre.

Du coin de l'œil, je remarque un homme vêtu d'un costume sombre qui gesticule à quelques mètres du canapé. Tout dans son attitude indique qu'il veut parler au prince, et vite. Maxon lui fait signe de s'approcher et il obtempère, même s'il semble se méfier de moi.

— Ne vous inquiétez pas. C'est une amie.

Ainsi rassuré, l'homme s'agenouille devant Maxon.

— Une attaque de renégats à Midston, Votre Majesté. Ils ont brûlé des récoltes et tué une dizaine de personnes.

— Où, à Midston ?

— Au nord-ouest, près de la frontière.

— Que dit mon père ?

— Pour être franc, Votre Majesté, il voulait votre sentiment sur le sujet.

— Envoyez des troupes au sud-est de Sota ou tout au long de Tammins. N'allez pas jusqu'à Midston, ce serait une perte de temps et d'hommes. Voyez si vous pouvez les intercepter.

L'homme se redresse en inclinant la tête.

— Parfait, Votre Majesté.

Et il disparaît aussi vite qu'il est venu.

— Tout va bien ?

— Il y a beaucoup de victimes, me répond-il, le visage assombri.

— Nous ferions mieux d'arrêter la séance.

Il se redresse et glisse ma main dans la sienne.

— La première chose que vous apprendrez dans ce métier, c'est rester inébranlable quand la tempête fait rage tout autour de vous. Un sourire, s'il vous plaît.

Je me tiens bien droite et j'offre un sourire timide au photographe qui nous mitraille. Maxon serre ma main de toutes ses forces, j'en fais autant. Entre nous se propage une vibration, quelque chose de sincère, de profond.

— Merci beaucoup. Suivante ! lance le photographe.

Maxon se met debout sans lâcher ma main.

— N'en dites rien à personne, je vous en conjure. Votre discrétion est essentielle.

— Bien entendu.

Le claquement d'une paire de talons nous rappelle que nous ne sommes pas seuls au monde. Maxon serre une dernière fois ma main et me laisse partir. Je m'éloigne, plongée dans mes pensées. La Sélectionnée suivante arrive. Aussitôt, Maxon est aux petits soins pour elle.

— Janelle, ma chère. Avant que j'oublie, seriez-vous disponible cet après-midi ? lui demande-t-il à voix basse.

Mon estomac se noue. Le trac, sûrement.

— Elle a dû faire quelque chose de terrible, affirme Amy.

— Ce n'est pas sa version à elle, riposte Kriss.

— Qu'est-ce qu'elle a dit, déjà ? demande Tuesday.

Janelle a été exclue de la Sélection. Le choc est rude pour les autres Sélectionnées car il ne s'agit pas d'une élimination liée à une violation du règlement, ni même d'un départ volontaire. Janelle a commis un impair, et ne pas savoir lequel nous met sur des charbons ardents.

Kriss, la voisine de chambre de Janelle, l'a croisée au retour de son rendez-vous et c'est la dernière personne à lui avoir adressé la parole avant son départ. Elle s'apprête à raconter la même anecdote pour la troisième fois de suite.

— Elle est partie à la chasse avec Maxon mais ça, vous le savez déjà.

— C'était leur second rendez-vous, l'interrompt Bariel. Elle est la seule à avoir vu le prince deux fois en tête à tête.

Je marmonne :

— Non, il n'y a pas qu'elle.

Quelques têtes se tournent vers moi. Pourtant, je ne dis que la vérité. À part Janelle et moi, personne dans le groupe n'a profité de la compagnie de Maxon à deux reprises.

— Quand elle est revenue, elle était en larmes. Je lui ai demandé ce qui se passait, c'est là qu'elle m'a appris qu'elle quittait la Sélection, que Maxon lui avait demandé de partir. Elle était si triste que je l'ai prise dans mes bras. Elle n'a pas voulu m'en dire plus. Je ne comprends pas. Est-ce qu'il est interdit de parler de son élimination aux autres filles ?

— Ce n'était pas dans le règlement ? s'interroge Tuesday.

— Personne ne m'a briefée sur ce sujet, répond Amy, et plusieurs confirment.

— Et après ? s'impatiente Celeste.

— Après, elle m'a donné un conseil : « Fais attention à tout ce que tu dis. » Ensuite elle est partie en claquant la porte.

— Elle a dû l'insulter, conclut Elayna.

— Si c'est la raison de son départ, s'insurge Celeste, certaines profitent alors d'un traitement de faveur car Maxon a avoué de lui-même que l'une des filles présentes dans cette pièce l'a insulté lors de leur première rencontre.

Les filles cherchent la coupable des yeux, sûrement pour la pousser vers la porte. Je n'en mène pas large, mais Marlee vient à mon secours.

— Peut-être qu'elle a voulu parler d'Illeá ? Qu'elle a critiqué sa politique ?

— Tu crois vraiment que c'est ce qu'ils avaient en tête, parler politique ? ricane Bariel. Est-ce que l'une de vous a discuté avec Maxon, au moins une fois, de la façon dont il dirige le pays ? Non, bien sûr que non. Maxon cherche une femme, pas une collègue de travail.

— Tu le sous-estimes un peu, non ? objecte Kriss. Maxon n'épouserait sûrement pas une idiote.

— Maxon est assez grand pour gérer le pays tout seul, riposte Celeste. Il est formé pour ça. En plus, il a autour de lui une équipe d'experts et de conseillers, il n'a pas besoin qu'une énième personne fourre son nez dans ses affaires. À ta place, j'apprendrais à garder mes opinions pour moi. Tant que tu n'as pas gagné la Sélection.

— Ce qui n'arrivera jamais, dit Bariel avec une joie méchante.

— Tout à fait, Bariel, renchérit Celeste. Quel intérêt pour lui de s'encombrer d'une Trois qui se la joue intello quand il peut avoir une Deux ?

— Hé ! Maxon, les castes, il s'en contrefiche ! proteste Tuesday.

— Tu plaisantes ? Tu n'as pas remarqué qu'il a viré les filles en dessous de Quatre ?

Outrée, je lève la main.

— Toutes sauf moi. Si tu crois que tu l'as percé à jour, tu te fourres le doigt dans l'œil.

— Tiens, la fille qui ne sait pas la fermer.

Serrant le poing, j'hésite à me jeter sur elle, car j'ai peur de rentrer dans son jeu. Avant que j'aie le temps d'ébaucher le moindre geste, Silvia entre en trombe dans le Boudoir et m'empêche de commettre l'erreur du siècle.

— Le courrier, mesdemoiselles ! Voyons voir, marmonne-t-elle en parcourant une liasse de lettres, inconsciente du drame qui se jouait ici il y a encore quelques secondes à peine. Mlle Tiny ? Mlle Elizabeth ? Mlle America ?

Je lui arrache la lettre des mains et je m'isole aussitôt pour faire le vide autour de moi.

Chère America,

J'ai hâte d'être à vendredi ! J'ai du mal à croire que tu vas parler à Gavril Fadaye ! Tu as trop de la chance !

Je n'ai pas la sensation d'être plus chanceuse qu'une autre. Demain soir, notre animateur star va passer les Sélectionnées, une par une, sur le gril et je ne sais pas du tout quels sujets il compte aborder. Ce dont je suis certaine, c'est que je vais me ridiculiser devant le pays tout entier.

Je vais être contente d'entendre à nouveau ta voix. Ça me manque, quand tu chantais du matin au soir. Maman ne chante pas, c'est supersilencieux depuis que tu es partie. Tu me feras coucou pendant l'émission ?

Comment se passe la compétition ? Tu t'es fait beaucoup d'amies ? Tu as revu certaines des filles qui sont parties ? Maman dit tout le temps que ce n'est pas grave si tu perds. La moitié des filles sont déjà fiancées à des fils de gouverneurs ou de célébrités. Tu vas forcément te marier, même si Maxon ne veut pas de toi. Gerad mise sur un basketteur, plutôt qu'un prince pas très rock'n'roll. Ils peuvent dire ce qu'ils veulent, moi, je trouve Maxon trop canon !

Dis, tu l'as déjà embrassé ?

Embrassé ? On se connaît à peine ! Et pas de baiser sans sentiments sincères, May, tu l'oublies un peu vite.

Je parie que personne n'embrasse aussi bien que lui dans tout l'univers entier. Obligé, c'est un prince !

J'ai plein d'autres choses à te raconter, mais maman veut que je retourne à mes pinceaux. Écris-moi une vraie lettre très vite. Et longue, la lettre ! Avec plein de détails !

Je t'aime très fort ! Et les autres aussi !

May

Ainsi donc, des hommes richissimes ont déjà jeté leur dévolu sur les candidates rejetées par Maxon. J'étais loin de me douter que d'autres se délecteraient de ce que le prince a dédaigné. J'arpente le Boudoir en ressassant les informations contenues dans la lettre de May. J'aimerais aussi connaître le fin mot de l'histoire en ce qui concerne Janelle. Bref, je dois parler à Maxon, et le plus vite possible.

Le second feuillet de la lettre de May est presque vide. Certaines filles sont encore plongées dans leur lecture, d'autres échangent les dernières nouvelles à voix basse. Je déchire la feuille en deux, je subtilise le stylo du livre d'or et je griffonne à toute vitesse.

Votre Majesté,

Petit tirage d'oreille. Quand vous voulez.

Je quitte le Boudoir en faisant mine de me diriger vers les toilettes et je me mets en embuscade dans le couloir. Au bout de quelques secondes apparaît une servante chargée d'un plateau sur lequel s'entrechoquent tasses et théières. Je me plante devant elle.

— Excusez-moi ?

— Oui, mademoiselle ?

— Vous apportez ce plateau au prince, par hasard ?

— Mais oui, mademoiselle.

— Auriez-vous la gentillesse de lui porter aussi ce mot ? De ma part ?

— Avec grand plaisir.

Je lui confie mon papier, qu'elle accepte avec empressement avant de s'éloigner avec un regain d'énergie. Sans doute va-t-elle le déplier dès qu'elle sera hors de ma vue. Bon courage pour déchiffrer le code secret, ma petite.

Une fois seule je déambule dans le couloir, émerveillée par le luxe déployé, et je contemple longuement un tableau qui représente la famille royale. Il montre un Maxon encore en culottes courtes, garçonnet dans les jupes de sa mère. Aujourd'hui, il a bien grandi et c'est la reine qui paraît toute petite à ses côtés...

— America ?

Je pivote sur mes talons. Maxon se dirige vers moi au pas de gymnastique. J'ai l'impression de le voir pour la première fois. Il a quitté la veste de son costume et retroussé les manches de sa chemise. Sa cravate est dénouée, des mèches s'échappent de ses cheveux d'ordinaire parfaitement domptés. Il m'apparaît plus jeune et, en même temps, plus réel. Le contraste est frappant.

— Vous allez bien, America ? Il y a un problème ?

— Non. Tout va bien.

— Dieu merci, lance-t-il, soucieux. Quand j'ai pris connaissance de votre billet, j'ai cru que vous étiez malade, ou qu'il était arrivé quelque chose à votre famille.

— Non, Maxon, rassurez-vous. Je me disais bien que c'était une idée stupide de vous écrire. Je ne savais pas si vous viendriez dîner avec nous, et je voulais vous voir.

— Me voir pour quoi ?

— Pour vous voir. Tout simplement.

Maxon se fige à mi-geste, comme frappé par la foudre.

— Vous vouliez me voir ? répète-t-il, à la fois médusé et ravi.

— Reprenez-vous. Deux amis, en règle générale, ça passe du temps ensemble.

— Vous êtes en colère parce que j'étais engagé ailleurs cette semaine. Je n'avais pas l'intention de négliger notre amitié, America.

— Pas du tout. Je ne suis pas le moins du monde en colère. Vous avez beaucoup à faire. Retournez travailler, nous nous verrons plus tard, lorsque vous serez disponible.

— America, me permettez-vous de vous tenir compagnie quelques minutes encore ? Nous avons organisé une réunion sur le budget à l'étage, j'ai ces choses-là en horreur.

Sans attendre ma réponse, il m'entraîne vers un petit canapé en velours installé sous une fenêtre. J'ai l'impression de faire l'école buissonnière.

— Qu'est-ce qui vous fait rire ?

— Vous. C'est drôle de vous voir agacé. Qu'ont-elles de si terrible, ces réunions ?

— America, si vous saviez ! Je ne connais rien de pire. C'est un travail de titan, on tourne en rond, père s'efforce de calmer les conseillers tout en arrachant les différentes commissions à leur inertie, mère est toujours sur son dos pour qu'il augmente le budget de nos écoles – d'après elle, les études font reculer la délinquance et la criminalité – mais père n'a pas la poigne nécessaire pour raboter les finances des autres ministères. Exaspérant, je vous assure ! Le hic, c'est que mon avis passe au second plan.

Voilà un aperçu rapide de l'univers de Maxon. J'ai malgré tout du mal à comprendre qu'on puisse négliger l'avis d'un futur roi. Je suis d'une indécrottable naïveté.

— Si cela peut vous consoler, votre opinion pèsera beaucoup plus à l'avenir.

— C'est ce que je me répète. C'est tellement frustrant d'attendre, quand nous pourrions agir aujourd'hui.

— Ne perdez pas courage. Votre mère est sur la bonne voie, même si l'éducation seule n'est pas la solution à tous les problèmes.

— Que voulez-vous dire par là ?

Sa question sonne comme une accusation. À juste titre. Je viens de détruire, d'un seul coup, la cause qu'il défend et ses illusions. Je tente de faire machine arrière.

— Le système éducatif dont bénéficient les Six et les Sept est calamiteux. Des professeurs plus compétents ou des équipements plus modernes relèveraient le niveau. Mais les Huit, qu'est-ce qu'on en fait ? Cette caste n'est-elle pas responsable de la majorité des délits ? Ils ne reçoivent aucune éducation. Il faudrait leur tendre la main, même discrètement.

« Par ailleurs, Maxon, avez-vous déjà connu la faim ? Je ne parle pas d'un petit creux avant un repas mais d'une faim dévorante, qui vous torture ? S'il y avait pénurie de vivres, si vos parents avaient le ventre vide et si vous saviez que certaines personnes gagnent en un jour ce que vous mettez toute une vie à gagner, que feriez-vous ? Jusqu'où iriez-vous pour ceux que vous aimez ?

— America, je ne réfute pas l'idée que certains ont la vie dure, mais voler…

— Fermez les yeux, Maxon.

— Plaît-il ?

— Fermez les yeux.

Le prince obéit, un peu à contrecœur. J'attends que les traits de son visage se détendent.

— Quelque part dans ce palais, il y a une jeune fille que vous allez épouser.

Un sourire plein d'espoir chatouille les commissures de ses lèvres.

— Peut-être ne savez-vous pas encore à quoi elle ressemble, mais pensez aux candidates dans cette pièce. Imaginez celle qui vous aime plus que toutes les autres. Imaginez celle qui vous sera la plus chère.

Du bout des doigts, il effleure ma main et je m'écarte précipitamment.

— Pardon, grommelle-t-il en entrouvrant les paupières.

— N'en profitez pas !

Il lâche un petit rire, je continue :

— Cette fille, imaginez qu'elle se repose sur vous. Elle veut que vous la chérissiez, que vous lui fassiez oublier la Sélection, que vous montriez à quel point elle compte à vos yeux.

Le sourire radieux s'efface pour être remplacé par une grimace de dépit.

— Elle a besoin d'être nourrie, protégée. Et le jour où il n'y a plus rien à manger, où l'estomac de celle que vous aimez crie famine et vous empêche de dormir…

— Assez !

Renfrogné, Maxon me tourne le dos et s'éloigne de quelques pas. Sa réaction me met dans une position délicate : j'étais loin de me douter qu'il prendrait cet exercice tellement à cœur.

— Pardon, Maxon.

Il hoche la tête sans me regarder. Au bout de quelques minutes, il me rejoint sur le sofa et plante dans le mien un regard où se mêlent curiosité et tristesse.

— Cela se passe vraiment ainsi ? demande-t-il.

— Quoi ?

— Là, dehors… c'est possible ? Mon peuple meurt-il de faim ?

— Maxon, je…

— Dites-moi la vérité.

— Oui. Cela arrive. Je connais des familles où des gens se serrent la ceinture pour que leurs enfants, ou leurs frères et sœurs, puissent manger. Je connais un petit garçon que l'on a fouetté en place publique parce qu'il avait volé un fruit. La faim nous pousse à commettre des actes désespérés.

— Un petit garçon ? Quel âge ?

— Neuf ans.

Je visualise les cicatrices qui barrent le dos de Jemmy et je frissonne d'horreur. Maxon s'éclaircit la voix.

— Et vous… cela vous est arrivé ? De mourir de faim ?

Je baisse la tête mais mon silence me trahit.

— Vous ne répondez pas ?

— Maxon, vous n'avez pas besoin de savoir ça.

— Sans doute. Mais je commence seulement à me rendre compte que je ne connais pas grand-chose de mon propre pays. S'il vous plaît, continuez.

— Ma famille a vécu des moments difficiles. Lorsque nous sommes au pied du mur, l'électricité devient un luxe. Le pire ? Il y a quelques années, aux alentours de Noël. Il faisait un froid de loup à la maison, on avait mis tous nos pulls et toutes nos écharpes. May n'a pas compris pourquoi il n'y avait pas de cadeaux au pied du sapin. En règle générale, tout le monde finit son assiette. Et tout le monde a faim quand même.

Je vois Maxon pâlir. Vite, je dois renverser la tendance, trouver un angle positif.

— Je sais que les chèques reçus ces dernières semaines ont été une vraie bouffée d'oxygène et ma famille est très économe. Je suis certaine qu'ils ont déjà pris toutes leurs précautions, nous sommes à l'abri du besoin pour très longtemps. Vous avez fait beaucoup pour nous, Maxon.

— Si je comprends bien, lorsque vous disiez que vous étiez là pour la nourriture, vous étiez sérieuse ?

— Maxon, je vous assure, nous sommes loin d'être dans la misère. Je…

Maxon m'interrompt par un baiser sur le front.

— Nous nous verrons au dîner, America.

Et il me fausse compagnie tout en rajustant sa cravate.

18.

Contre toute attente, la reine fait son entrée seule dans la Salle de Réception. Nous nous mettons debout, exécutons une révérence et attendons son signal pour nous rasseoir.

Personne ne manque à l'appel aujourd'hui. Maxon et le roi nous rejoignent au bout de quelques minutes. Le prince a remis sa veste, mais il a oublié de se recoiffer. Ils confèrent ensemble, à voix basse, et leur conversation semble plus animée qu'à l'ordinaire : Maxon gesticule beaucoup et le roi opine vigoureusement du chef. Nous nous levons dans un grand mouvement de panique. Ils arrivent au niveau de la table principale ; le roi Clarkson assène une grande tape dans le dos de son fils. Il se tourne vers nous et retrouve son enthousiasme naturel.

— Allons, mesdemoiselles, ne restez pas plantées comme ça.

Il dépose un baiser sur le front de la reine et nous montre l'exemple. Maxon, lui, reste debout.

— Mesdemoiselles, j'ai une annonce à vous faire, déclare-t-il d'une voix qui résonne d'une autorité que je n'ai entendue qu'une fois dans sa bouche – le soir où il a ordonné aux gardes d'ouvrir la baie vitrée et de me laisser sortir dans le jardin.

Il est beaucoup plus séduisant quand il utilise son charisme à bon escient.

— Nous avons promis une compensation financière à toutes celles qui ont bien voulu participer à la Sélection. Cependant, attendez-vous à quelques aménagements. Si vous êtes une Deux ou une Trois, vous ne recevez plus rien à partir d'aujourd'hui. Quant aux Quatre et aux Cinq, leur dédommagement sera revu à la baisse.

Certaines de mes voisines n'arrivent pas à dissimuler leur consternation. L'argent fait partie du contrat. Celeste est dans une colère noire. De toute évidence, les plus riches pensent qu'ils n'ont qu'à claquer des doigts pour se remplir les poches. En plus, j'ai droit à un avantage qui lui est refusé et cela doit lui hérisser le poil.

— Je m'en expliquerai demain soir, lors du bulletin du Capitole. Et c'est une situation non négociable. Si l'une d'entre vous se sent lésée et souhaite, par conséquent, quitter la Sélection, je ne la retiendrai pas.

Il s'installe à table et se tourne vers le roi, qui semble plus intéressé par le repas que par son discours. Un peu démoralisée, je m'interroge sur la raison réelle de cette petite révolution, et je ne suis pas la seule. Des murmures s'élèvent dans la salle.

— Qu'est-ce que c'est encore que cette histoire ? chuchote Tiny.

— Possible que ce soit une façon de nous mettre à l'épreuve, suggère Kriss. Je parie qu'il y a des filles plus intéressées par l'argent que par l'amour.

Tout en écoutant ma voisine, je vois Fiona donner un coup de coude à Olivia et poser sur moi un regard éloquent. Je détourne la tête.

Les filles échafaudent déjà des théories. De mon côté, j'essaie d'attirer l'attention de Maxon, mais il ne me fait pas l'aumône d'un regard.

Je suis seule dans ma chambre avec Mary. Ce soir j'affronte Gavril – et le reste du pays – pendant le bulletin du Capitole. Sans oublier de subir le regard impitoyable et les critiques muettes des autres filles. Dire que je suis nerveuse est un euphémisme. Je ne tiens pas en place tandis que Mary me soumet à un feu roulant de questions : est-ce que je suis heureuse au palais ? est-ce que Maxon a déjà fait quelque chose de romantique pour moi ? est-ce que ma famille me manque ? est-ce que j'ai échangé un baiser avec Maxon ?

J'interroge Mary du regard. Jusqu'ici j'ai répondu sans réfléchir, à l'instinct, mais je la trouve un peu trop curieuse.

— Non ! Quand même ! Oh, va donc donner un coup de plumeau quelque part !

Je fais mine de me mettre en colère mais mes tentatives n'ont pas l'air de convaincre Mary, qui se met à rire. C'est à cet instant qu'Anne et Lucy déboulent dans la chambre. Lucy, excitée comme une puce, m'offre une révérence pleine d'entrain alors qu'Anne arbore une mine de conspiratrice. Je les observe, méfiante.

— Vous avez quelque chose à me dire ?

— Nous avons fini la robe que vous porterez pendant le bulletin, mam'selle, déclare Lucy.

— Une nouvelle robe ? Je ne pourrais pas remettre la bleue ? Elle est neuve elle aussi, non ? En plus, je l'adore.

Échange de regards complices dont je suis tenue à l'écart. Anne suspend une housse volumineuse à un crochet fixé près du miroir. Je ne serais pas étonnée qu'un monstre s'en échappe.

— Qu'est-ce qu'elle a de spécial, cette robe que vous m'avez préparée ?

— Les autres femmes de chambre nous disent beaucoup de choses, explique Anne. Des rumeurs circulent. Nous savons qu'à part Mlle Janelle, vous êtes la seule à avoir eu deux rendez-vous avec le prince et, d'après ce que nous avons entendu, vous avez un lien spécial.

— Comment ça ?

— Le bruit court que Janelle a quitté la Sélection parce qu'elle a dit des choses assez méchantes à votre sujet. Le prince s'est fâché et l'a renvoyée aussitôt.

— Quoi ?

— C'est vous qu'il préfère, mam'selle, forcément. Tout le monde en est persuadé, pépie Lucy.

— Je crois que vous êtes mal renseignées.

Anne hausse les épaules en réprimant – mal – un sourire. Je tente de remettre la conversation sur les rails.

— Alors, quel rapport avec ma robe ?

Mary s'approche d'Anne. Ensemble, elles ouvrent la housse et en tirent une robe rouge dont l'étoffe chatoie dans la lumière du soleil couchant. Une vraie splendeur. Je suis frappée de stupeur.

— Anne, tu t'es surpassée.

Elle répond à mon compliment par un hochement de tête tout en sobriété.

— Merci, mademoiselle. C'est un travail collectif.

— Elle est magnifique. Mais je ne vois toujours pas le rapport avec ce que vous m'avez dit.

Mary entreprend de défroisser la robe tandis qu'Anne poursuit son explication.

— De nombreuses personnes dans le palais vous considèrent comme la favorite du prince. Il vous couvre de compliments et recherche votre compagnie avant celle de vos concurrentes. Et cela n'a échappé à personne.

— Vous en êtes sûres ?

— Pour confectionner vos robes, nous nous rendons dans un atelier de couture au sous-sol. C'est là-bas que sont entreposés les rouleaux de tissu et toutes les femmes de chambre s'y retrouvent. Toutes les Sélectionnées ont réclamé une robe bleue pour ce soir. Elles essaient de vous copier, car vous portez du bleu presque tous les jours.

— C'est vrai, l'interrompt Lucy. Mam'selle Tuesday et mam'selle Natalie n'ont porté aucun bijou aujourd'hui. Vous n'en portez aucun, vous non plus.

— Et d'autres ont demandé des tenues moins sophistiquées. Comme les vôtres, remarque Mary.

— Ce qui n'explique toujours pas pourquoi cette robe est rouge.

— Pour qu'on vous remarque, bien sûr. Mademoiselle America, si le prince vous apprécie, il faut que vous sortiez du lot. Vous avez été très généreuse avec nous, en particulier avec Lucy. Vous… vous avez toutes les qualités requises pour devenir princesse.

— Et si les autres avaient raison ? Peut-être que Maxon m'apprécie parce que je suis moins exubérante ? Si vous me mettez dans une robe de ce genre, ça va ruiner tous mes efforts.

— Un peu d'immodestie ne fait de mal à personne. Et nous connaissons Maxon depuis qu'il est tout petit. Cette robe va lui plaire ! déclare Anne sur un ton si péremptoire que je n'ose plus protester.

Comment leur expliquer que les petits mots qui circulent entre Maxon et moi, les moments que nous passons ensemble, bons ou mauvais, tout cela a un caractère purement platonique ? Je dois ménager les apparences si je veux rester dans la course. Car je *dois* rester dans la course. Le bien-être de ma famille en dépend.

— D'accord. Je vais l'essayer, votre robe.

Lucy bondit comme un ressort et Anne en profite pour la sermonner. J'enfile cette robe au tissu soyeux, mes gentilles couturières l'ajustent grâce à des retouches de dernière minute, Mary me coiffe d'une main habile. En moins d'une demi-heure, je suis prête.

Pour ce bulletin très spécial, le plateau a été modifié. Les trônes et les strapontins n'ont pas bougé, c'est l'estrade qui a été repoussée dans un coin, remplacée par deux chaises à haut dossier. J'aperçois un microphone. Le microphone dans lequel nous allons devoir répondre aux questions de Gavril. La nausée me gagne.

Mes femmes de chambre ne se sont pas trompées : le studio est envahi de robes aux tons bleus. Certaines tirent sur le vert, d'autres sur le violet ; on dirait que toutes se sont donné le mot. Avec ma robe rouge, je détonne dans ce paysage assez uniforme. Croisant le regard de Celeste, je décide de l'éviter soigneusement.

Kriss et Natalie passent devant moi. Elles font toutes deux grise mine, même si Natalie a toujours l'air un peu triste. Dans un effort d'originalité, Kriss a jeté son dévolu sur une robe d'un blanc bleuté. Elle me fait penser à une stalactite scintillante.

— Tu es magnifique, America.

— Merci. Ta robe est un chef-d'œuvre.

Très fière, elle passe les mains sur son corsage, lissant des plis qui n'existent que dans son imagination.

— Oui, elle me plaît beaucoup.

— C'est quoi, ce tissu ? me demande Natalie. Il va briller de mille feux sous les projecteurs…

— Tu me poses une colle. Nous n'avons pas les mêmes vêtements que les Cinq.

— America.

Je pivote sur mes talons. Celeste se tient près de moi, tout sourire.

— Celeste.

— Tu peux venir une seconde ? J'ai besoin d'aide.

Ni une ni deux, elle m'arrache à Natalie et à Kriss et m'entraîne derrière l'épais rideau bleu qui sert de toile de fond.

— Donne-moi ta robe ! m'ordonne-t-elle tout en tirant sur la fermeture Éclair de son corsage.

— Hein ?

— Ta robe. Je la veux ! Enlève-la. Mince ! Foutu zip.

— Je ne te donnerai pas ma robe.

Je m'apprête à quitter notre cachette mais Celeste enfonce ses ongles dans mon bras et me force à rester près d'elle.

— Aïe ! Tu me fais mal !

— La ferme. Fais ce que je te dis. Tout de suite.

Je reste plantée là, les traits figés, et je ne bouge pas d'un millimètre. Celeste va devoir se résigner : elle n'est pas le nombril du monde.

— Je peux te filer un coup de main, si tu veux, lance-t-elle.

— Tu ne me fais pas peur, Celeste. Cette robe a été faite pour moi, et je vais la porter. La prochaine fois que tu choisis une tenue, tâche d'être toi-même au lieu de m'imiter. Attends, j'ai compris, tu veux cacher ta véritable nature à Maxon, de peur qu'il ne te renvoie chez papa-maman ?

Sans la moindre hésitation, Celeste déchire l'une de mes manches et s'éloigne la tête haute, comme si de rien n'était. Pas vue, pas prise. Son culot me coupe le souffle. Les yeux baissés, je vois un lambeau de tissu pendouiller misérablement à mon épaule. J'entends Silvia rassembler ses brebis égarées, je prends mon courage à deux mains et j'émerge du rideau.

Marlee m'a gardé un siège à côté d'elle et sa frimousse trahit sa consternation lorsqu'elle m'aperçoit.

— Qu'est-ce qui est arrivé à ta robe ?

— Celeste.

Assises devant nous, Emmica et Samantha se retournent de concert.

— Elle t'a abîmé ta robe ? Exprès ? s'exclame Emmica.

— Oui.

— Va voir Maxon et dénonce-la. Cette fille est un cauchemar.

— Je sais. Je lui en parlerai la prochaine fois qu'on se verra.

— Tu as de l'espoir, répond Samantha d'une voix plaintive. Moi, je croyais qu'on allait passer plus de temps avec lui.

— America, lève le bras.

D'une main experte, Marlee dissimule ce qui reste de ma manche déchirée dans mon corsage tandis que Emmica cueille quelques fils épars. Grâce à leur intervention, on n'y voit que du feu. Quant aux griffures, elles ont le mérite d'orner mon bras gauche, hors du champ de la caméra.

L'émission ne va pas tarder à démarrer. Gavril compulse ses notes une dernière fois tandis que les membres de la famille royale s'installent à leurs places respectives. Maxon a enfilé un costume bleu marine, une broche représentant l'emblème national fixée au revers. Il semble calme et concentré.

— Bonsoir à toutes, lance-t-il.

Un concert de « Votre Majesté » et de « Votre Altesse » lui répond.

— Pour votre information, je vais prononcer un bref discours avant d'annoncer l'arrivée de Gavril. Les rôles vont être inversés, enfin ! Certaines d'entre vous sont sûrement un peu nerveuses, mais c'est inutile, croyez-moi. Restez vous-mêmes. Le public veut vous connaître.

Il nous souhaite alors bonne chance et se dirige vers l'estrade.

Je devine que l'heure est grave, que ce « bref discours » est lié à ce qu'il nous a dit hier soir. Ce petit mystère me distrait un instant et ma nervosité s'évapore. Soudain, l'hymne retentit, la caméra se fixe résolument sur le visage de Maxon. Fidèle spectatrice du bulletin, je sais qu'il ne s'est jamais adressé à la nation, pas d'une manière aussi solennelle en tout cas. J'aurais dû lui souhaiter bonne chance, moi aussi.

— Bonsoir, mesdames et messieurs. C'est à une soirée exceptionnelle que je vous convie car notre grande et belle nation va enfin rencontrer les vingt-cinq Sélectionnées. Je me présente devant vous heureux, et ému. Je pense que vous serez d'accord avec moi : chacune de ces jeunes filles a toutes les qualités requises pour devenir une grande princesse et, plus tard, une grande reine.

« Avant d'entrer dans le vif du sujet, je souhaite vous parler d'un nouveau projet qui me tient particulièrement à cœur. En rencontrant toutes ces merveilleuses candidates, j'ai été soudain confronté aux différentes composantes de la société, une société avec laquelle j'ai très peu de contacts derrière les murs de ce palais. On m'a raconté les petits bonheurs que vous rencontrez au quotidien, mais aussi les grands malheurs. Au fil des discussions, j'ai compris l'importance du peuple en tant que force politique. Mon attention a été retenue par la souffrance des castes les moins privilégiées, et j'ai la ferme intention d'y remédier.

« Il nous faut encore trois mois avant de mettre en place ce dispositif mais, aux environs du Nouvel An, nous organiserons un programme de banque alimentaire dans les bureaux administratifs de chaque province. Tous les Cinq, les Six, les Sept et les Huit d'Illeá auront droit, chaque soir, à un repas complet, consistant et gratuit. Sachez que les jeunes filles qui vont se présenter ce soir à votre jugement ont accepté un sacrifice financier pour apporter leur pierre à cet édifice sans précédent. Nous le maintiendrons aussi longtemps que possible.

Je voudrais réprimer mon émotion mais quelques larmes coulent le long de mes joues. L'état de mon maquillage n'est plus la priorité absolue.

— Un chef d'État digne de ce titre ne saurait accepter de laisser son peuple mourir de faim. Le peuple d'Illeá est composé, en majorité, de ces castes modestes et misérables, et j'ai l'intime conviction que nous les avons négligées beaucoup trop longtemps. C'est pour cela que je vous tends la main et vous demande de participer à ce grand élan national. Deux, Trois, Quatre… les routes sur lesquelles vous roulez ne se pavent pas toutes seules. Vos maisons ne se nettoient pas d'un coup de baguette magique. Montrez votre solidarité en faisant une donation à votre bureau administratif local.

« Les fées se sont penchées sur votre berceau, l'heure est venue de manifester votre gratitude. Je vous tiendrai au courant des avancées de ce beau projet et je vous remercie de m'avoir accordé quelques minutes de votre précieux temps. Et maintenant, place au sujet principal de l'émission. Mesdames et messieurs, je laisse le micro à M. Gavril Fadaye !

Un tonnerre d'applaudissements salue le prince, même s'il est évident que les réactions sont contrastées. Le roi n'applaudit que mollement ; la reine, en revanche, rayonne de fierté. Les conseillers ne savent pas trop sur quel pied danser.

— Merci mille fois pour cette annonce, Votre Majesté ! déclame Gavril en se matérialisant dans le champ de la caméra. Bien joué ! Si vous vous retrouvez un jour au chômage, vous pourrez envisager une reconversion à la télé !

Maxon, qui regagnait son siège, éclate de rire. Les caméras sont toutes braquées sur Gavril mais moi, j'observe Maxon et ses parents, j'essaie de comprendre ce qu'ils tentent de cacher à leurs sujets.

— Chers téléspectateurs, nous allons vous proposer ce soir une émission hors du commun ! Vous allez avoir un accès privilégié dans le quotidien de nos vingt-cinq Sélectionnées. Vous mourez d'envie de faire leur connaissance, j'en suis sûr, de découvrir quels liens elles ont tissés avec le prince Maxon, et il est grand temps… de leur poser certaines questions très personnelles ! Commençons sans plus tarder… avec Mlle Celeste Newsome, de Clermont !

Celeste quitte le dernier rang et descend les marches en ondulant des hanches. Elle a l'audace de faire la bise à Gavril avant de s'asseoir sur le fauteuil qui accueille la candidate pendant son interrogatoire. Ses réponses n'ont rien d'original, pas plus que celles de Bariel. Elles mettent leur physique en avant et se penchent à tout bout de champ pour que la caméra se noie dans leur décolleté. Tout en elles pue le calcul, l'artifice. Elles n'hésitent pas non plus à adresser des clins d'œil à Maxon. De temps à autre (la fois où Bariel se passe la langue sur les lèvres, par exemple), Marlee et moi échangeons un regard furtif qui trahit notre hilarité intérieure.

D'autres se comportent beaucoup plus dignement. Tiny parle d'une toute petite voix et semble s'enfoncer dans le siège à mesure qu'avance l'interview. J'espère de tout cœur que Maxon va la garder, même si elle ne sait pas s'exprimer en public. Emmica reste posée, tout comme Marlee qui se laisse gagner par l'enthousiasme au fil des questions.

Gavril aborde toutes sortes de sujets, mais deux questions semblent revenir dans sa bouche de manière récurrente : « Que pensez-vous de Maxon ? » et : « Êtes-vous celle qui lui a hurlé dessus la première fois ? » Cette question-là me terrifie. Je n'ai que moyennement envie d'avouer devant le pays tout entier que j'ai passé un savon à l'héritier du trône.

Toutes les candidates sont fières de dire qu'elles n'ont jamais, au grand jamais, élevé la voix devant le prince. Et toutes le trouvent très sympathique. C'est le mot qui revient le plus souvent, d'ailleurs : sympathique. Celeste le décrit comme séduisant. Quant à Bariel, elle parle de « main de fer dans un gant de velours », ce qui me donne la chair de poule. Gavril ne se gêne pas pour demander à certaines des Sélectionnées si le prince les a déjà embrassées. Écarlates, toutes s'en défendent. Au bout du troisième ou du quatrième non, il se tourne vers Maxon.

— Vous n'avez embrassé aucune de ces charmantes personnes ? s'offusque-t-il.

— Elles ne sont là que depuis deux semaines ! Pour qui me prenez-vous ? rétorque Maxon sur le ton de la plaisanterie.

Je le vois se tortiller, mal à l'aise, et je me demande s'il a déjà, ne serait-ce qu'une fois, embrassé une fille.

Samantha déclare qu'elle s'amuse au palais comme une petite folle, puis Gavril m'appelle à la barre.

J'adresse à Marlee un sourire nerveux et, le regard vissé sur la pointe de mes escarpins, je me dirige vers le fauteuil de l'interviewée. Une fois assise, je décide d'oublier Gavril et de me focaliser sur Maxon, qui m'adresse un petit signe d'encouragement tandis que je saisis le micro. Le calme me gagne soudain. Je n'ai aucune cause à vendre et personne à séduire.

J'échange une poignée de main avec Gavril tout en admirant la broche épinglée à sa veste. Les détails échappent à la caméra – donc au téléspectateur – mais, de près, je me rends compte qu'un petit X est gravé au centre des volutes qui tracent comme des notes sur une partition. L'ensemble dessine une étoile. Ravissant.

— America Singer. Curieux, ce nom. Y a-t-il une histoire derrière ?

— Oui, tout à fait. Quand maman était enceinte de moi, je bourrais son ventre de coups de pied. Elle s'est dit qu'elle aurait sur les bras une boxeuse, une battante, et elle m'a donné le nom du pays qui a lutté pour préserver son unité et sa liberté.

— Ça m'a tout l'air d'être une bagarreuse, votre maman.

— Oui. Une partie de mon sale caractère, je le tiens d'elle.

— Vous avez sale caractère, alors ? Un peu récalcitrante ?

Maxon se planque derrière sa main, hilare. Je le foudroie du regard.

— Parfois.

— À la lumière de cette information, est-ce que par hasard vous seriez celle qui a invectivé le prince ?

— Oui, je l'avoue. Et là, ma pauvre maman est en train de faire une crise cardiaque…

— Demandez-lui de vous raconter toute la scène ! s'exclame Maxon.

— Oui, racontez-moi tout cela, demande Gavril, fébrile.

— Le soir de mon arrivée au palais je suis devenue un peu… claustrophobe, du coup j'ai voulu prendre l'air dans le jardin. Les gardes m'ont bloqué le passage. J'allais m'évanouir dans leurs bras quand le prince Maxon est arrivé et leur a ordonné d'ouvrir la baie vitrée.

— Quel galant homme, fait remarquer Gavril, l'air attendri.

— Ensuite il m'a suivie pour s'assurer que j'allais bien… et à cause du stress, je me suis retrouvée, très naturellement, à le traiter d'idiot et d'insouciant.

Gavril se met à ricaner. Maxon rit maintenant tellement fort que son corps est parcouru de secousses. Le plus embarrassant, c'est que le roi et la reine sont eux aussi hilares. Derrière moi, j'entends des filles glousser. Peut-être, grâce à cette anecdote, vont-elles arrêter de me considérer comme une menace et me prendre pour ce que je suis, le clown de service.

— Et il vous a pardonné ce petit écart de langage ? demande Gavril une fois calmé.

— Étrangement, oui.

— Puisque vous êtes à nouveau en bons termes, quel genre d'activités avez-vous fait ensemble ?

— Eh bien, en règle générale nous nous promenons dans le jardin. Il sait que j'aime être dehors. Et nous discutons.

À côté des autres, mon expérience n'a rien d'enviable. Voir une pièce de théâtre, partir à la chasse, monter à cheval : voilà qui va faire rêver les téléspectateurs. Pas des promenades dans le parc… Je comprends pourquoi Maxon a enchaîné les rendez-vous cette semaine. Les filles avaient besoin de remplir les blancs de l'interview, il leur a fourni le matériau nécessaire. Ce qui m'échappe, en revanche, c'est qu'il ne m'en ait pas parlé.

— Ça m'a l'air très apaisant. Est-il juste de dire que le jardin est votre endroit préféré du palais ?

— Oui. Mais les repas sont succulents, alors…

Gavril éclate à nouveau de rire avant de reprendre l'interview.

— Vous êtes la dernière Cinq de la compétition, si je ne m'abuse ? Croyez-vous que cela diminue vos chances de devenir la prochaine princesse ?

— Non !

— Ouh là ! Quelle énergie ! Vous pensez que vous êtes capable de battre toutes vos concurrentes, si je comprends bien ? D'arriver à la fin ?

— Non. Ce n'est pas ça. Je ne me juge pas supérieure aux autres ; ces filles sont toutes exceptionnelles. C'est juste que… ça ne ressemble pas à Maxon de rejeter quelqu'un à cause de sa caste.

Une exclamation collective parvient à mes oreilles et je repasse ma réponse dans ma tête. Je ne comprends pas mon erreur tout de suite mais je me rends compte que j'ai appelé Maxon par son prénom, pas par son titre. Une bourde monumentale. Derrière des portes fermées, un peu de familiarité, passe encore, mais devant le pays tout entier, en direct, c'est un manque de respect impardonnable.

Le sourire de Maxon me rassure. Il n'est pas fâché… Moi, je me liquéfie sous l'effet de la honte et je rougis jusqu'aux oreilles.

— Ah, il semblerait que vous ayez développé une amitié avec notre prince, remarque Gavril. Dites-moi, que pensez-vous de notre cher « Maxon » ?

Je pensais ironiser sur son rire, ou imaginer avec l'animateur le sobriquet que lui donnerait sa future femme. Injecter un peu de légèreté dans ce rituel si solennel. J'interroge Maxon du regard et toute ma motivation s'envole.

Il veut savoir ce que je pense de lui. Vraiment.

Et je ne peux pas me moquer de lui, même gentiment, alors qu'il ne réclame qu'une chose, un peu de sincérité. Encore moins faire rire le public aux dépens d'un ami qui m'aide à surmonter un chagrin d'amour, qui envoie des pâtisseries à ma famille et qui s'inquiète pour moi à toute heure.

Il y a un mois est apparu à la télévision un type raide, ennuyeux, distant, incapable d'inspirer l'amour et d'aimer qui que ce soit. À présent, mes œillères sont tombées. Force est d'avouer que je me suis trompée sur son compte, et lourdement.

— Maxon Schreave est la bonté personnifiée. Il autorise certaines filles à troquer leur robe contre un pantalon et il ne tient pas rancune aux gens qui se trompent sur son compte. Celle qu'il va épouser aura une chance phénoménale. Et même si je quitte prématurément la Sélection, je serai honorée d'avoir vécu cette aventure.

Je vois que Maxon a la gorge nouée et je baisse les yeux.

— America Singer, merci beaucoup, déclare Gavril en me serrant la main. Je vais maintenant appeler Mlle Tallulah Bell.

À dix heures du soir, quelqu'un frappe à ma porte. Je découvre Maxon sur le seuil.

— Vous ne devriez pas rester seule dans votre chambre le soir, s'énerve-t-il.

— Maxon ! Tout d'abord, je vous présente mes excuses. Je ne voulais pas vous appeler par votre prénom devant tout le monde. C'était stupide de ma part.

Il referme la porte derrière lui avec un sourire narquois.

— America, vous m'appelez par mon prénom tellement souvent, cela allait vous échapper tôt ou tard. J'aurais préféré que cela se produise dans un cadre plus intime mais je ne vous en tiens pas rigueur.

— Vous êtes sûr ?

— Tout à fait sûr.

— Ouf ! J'ai l'impression de m'être ridiculisée. Je vous en veux de m'avoir forcée à raconter cette histoire.

— Arrêtez ! C'était le meilleur moment de la soirée ! Mère a trouvé votre intervention irrésistible. De son temps les jeunes filles étaient réservées, plus encore que Tiny, et vous étiez là, en train de me tailler un costume pour l'hiver... Elle a eu du mal à s'en remettre.

Nous nous installons sur le balcon. Une brise tiède nous apporte le parfum de milliers de fleurs. Le disque parfait de la lune projette sur nous une lumière qui sculpte le visage de Maxon et l'entoure d'une aura de mystère.

— Je suis ravie que vous ayez trouvé ça très drôle.

— Vous êtes toujours très drôle. Il va falloir vous y faire. Sinon... par rapport à ce que vous avez dit...

— À quel moment ? Quand j'ai dit que je vous avais insulté, que je me disputais avec ma mère ou que ma seule motivation, c'était de me remplir l'estomac ?

— Quand vous avez dit que j'étais la bonté incarnée...

— Oui ?

Avec le recul, ces quelques phrases m'apparaissent comme une immense source d'embarras. Du coup, je préfère étudier ma robe.

— J'ai conscience que vous faites des efforts, ajoute Maxon, et je vous en remercie, mais vous n'étiez pas obligée d'aller si loin dans le compliment.

— Maxon, ce n'était pas de la comédie. Si vous m'aviez demandé mon avis il y a un mois, la réponse aurait été très différente. Je vous connais à présent, et j'ai parlé en toute bonne foi. En toute sincérité.

— Merci alors, répond-il avec un petit clin d'œil.

— De rien.

— Il aura de la chance, lui aussi.

— Pardon ?

— Votre fiancé. Quand il reviendra à la raison et vous suppliera de le reprendre.

— Ce n'est pas mon fiancé. Et il a fait une croix sur moi, il a été très clair là-dessus.

— Impossible. Il vous aura vue au bulletin ce soir, il s'en sera mordu les doigts. Même si, à mon sens, il ne vous mérite pas.

Maxon s'exprime sur un ton las et découragé, comme s'il avait vu cette situation se reproduire des millions de fois.

— Et j'y pense, ajoute-t-il, si vous voulez éviter que je tombe amoureux de vous, cessez donc d'être aussi jolie. Dès demain matin j'ordonne à vos chambrières de vous coudre des robes de bure.

— Arrêtez, Maxon.

— Je ne plaisante pas. Vous êtes beaucoup trop belle, c'est très dangereux. Lorsque vous quitterez le palais, nous serons dans l'obligation de vous attacher des gardes du corps. Vous ne survivrez jamais livrée à vos propres moyens, ma pauvre petite.

— Je n'y peux rien si je suis née parfaite.

Et je fais mine de m'éventer, comme si tout cela – la beauté, la perfection, l'intelligence – m'épuisait.

— Non, vous avez raison.

J'éclate de rire. Maxon a toujours l'air grave. Du coin de l'œil, je remarque qu'il ne me quitte pas du regard. Lorsque je me tourne vers lui pour lui demander ce qui le captive autant, son visage n'est qu'à quelques millimètres du mien.

Et il m'embrasse, sans crier gare.

Je m'écarte aussitôt, surprise. Maxon recule lui aussi.

— Excusez-moi, marmonne-t-il, rouge comme une tomate.

— Mais qu'est-ce qui vous prend ?

— Pardon.

— Vous êtes tombé sur la tête ?

— C'est juste que… avec ce que vous avez dit tout à l'heure… et votre attitude de plus en plus amicale… j'ai cru que vos sentiments à mon égard avaient changé. Et je vous apprécie, je pensais que vous l'aviez compris. Et… c'était si terrible que ça ? Vous avez l'air catastrophée.

J'essaie d'arborer une expression neutre. Maxon semble avoir envie de s'enfoncer six pieds sous terre.

— Je suis navré. C'est mon tout premier baiser. Je ne sais pas quelle mouche m'a piqué, souffle-t-il. En fait… je vous demande d'accepter mes plus plates excuses, America.

Une chaleur inattendue s'empare soudain de moi.

Son premier baiser, c'est à moi qu'il a voulu le donner.

Oui, je le reconnais, j'ai encore des sentiments pour Aspen. Je ne peux pas l'oublier en un claquement de doigts. Mais notre couple n'est plus qu'un amer souvenir et plus rien ne m'empêche de réserver à Maxon une place dans mon cœur. À part mes préjugés, peut-être. Des préjugés balayés par la réalité.

J'effleure son front de ma main.

— Que faites-vous ?

— J'efface de votre mémoire ce baiser raté. Je suis sûre qu'on peut mieux faire.

— America, on ne peut pas défaire ce qui a été fait, malheureusement.

— Bien sûr que si. Qui le saura, à part vous et moi ?

Maxon scrute mes traits, visiblement tiraillé. Je vois l'assurance gagner petit à petit son visage. Nous restons ainsi un long moment, les yeux dans les yeux, et je chuchote :

— Je n'y peux rien si je suis née parfaite.

Maxon s'approche de moi et m'enlace par la taille. Son nez chatouille le mien. Du bout des doigts, il frôle ma joue avec une délicatesse telle qu'on croirait qu'il a peur de me briser.

— Non, c'est vrai. Ce n'est pas de votre faute.

La main sous ma nuque, Maxon dépose un baiser sur mes lèvres, aussi léger qu'un murmure.

Un je-ne-sais-quoi de timide, d'hésitant, me fait chavirer. Sans qu'une seule parole circule entre nous, je sens une vague de nervosité le parcourir. Au plus profond de moi, je comprends qu'il m'adore.

C'est donc ça, être une princesse.

Au bout d'un moment, Maxon me relâche.

— C'était mieux ?

Je hoche la tête, muette. Maxon semble à deux doigts d'exécuter un saut périlleux.

— Puis-je ajouter quelques mots ? Je ne suis pas stupide au point de croire que vous avez complètement gommé votre ancien amour. Je sais quelles épreuves vous avez traversées, je sais que vous n'êtes pas arrivée là via un processus normal et je ne veux pas vous forcer la main. J'aimerais juste… savoir s'il serait possible…

Question épineuse. Suis-je prête à vivre une vie qui ne m'a jamais fait rêver ? à le regarder donner leur chance à d'autres filles afin d'être sûr de son choix ? à assumer des responsabilités énormes ? à aimer Maxon ?

— Oui, Maxon. C'est possible.

19.

Je ne confie à personne ce qui s'est passé entre Maxon et moi, pas même à Marlee, ni à mes trois femmes de chambre. Je veux en faire un secret fabuleux que je pourrai projeter sur mon écran mental durant les leçons soporifiques de Silvia ou ces interminables journées dans le Boudoir. Et pour être tout à fait honnête, je repense aux baisers que nous avons échangés – le maladroit et le féerique – plus souvent que je ne souhaiterais l'admettre.

Je me sens incapable de tomber amoureuse de Maxon du jour au lendemain. Mon cœur ne le permettrait pas. Je me retrouve pourtant dans une situation où cette issue devient envisageable. Je ressasse cette hypothèse dans le secret de mon âme, même si je suis tentée de laisser échapper mon secret, étourdiment, plus d'une fois…

… surtout quand, trois jours plus tard, Natalie annonce au groupe réuni dans le Boudoir qu'elle a échangé un baiser avec le prince.

Anéantie, je dévisage Natalie et je me surprends à me demander ce que Maxon lui trouve.

— Raconte ! s'impatiente Marlee.

La plupart des candidates sont elles aussi très fébriles, mais Marlee s'est littéralement enflammée. Depuis son dernier rendez-vous avec Maxon, l'intérêt qu'elle porte aux progrès des unes et des autres s'est amplifié. Je n'ose pas lui demander ce qui se cache derrière ce revirement.

Natalie n'a pas besoin d'encouragements. Elle prend place sur l'un des canapés et déploie sa jupe en éventail, droite comme un I, les mains sur les genoux. À croire qu'elle s'entraîne en attendant le grand jour. Une réaction un peu précipitée, à mon avis. Elle a gagné une bataille, mais pas la guerre.

— Je ne veux pas entrer dans les détails, mais c'était très romantique. Il m'a emmenée sur le toit du palais. Il y a un endroit qui ressemble un peu à un balcon, mais je crois qu'il est réservé aux soldats. Je ne sais pas trop. On a une vue imprenable sur la ville qui se déploie de l'autre côté des remparts, elle brillait de mille feux. Il n'a pas dit grand-chose. Il m'a juste attirée vers lui et il m'a embrassée.

Marlee pousse un soupir. Celeste m'évoque une bombe prête à exploser. Moi, je reste mutique.

— Tu crois que c'est la seule qu'il a embrassée ? me demande Tuesday dans un chuchotis.

— Il n'embrasserait pas n'importe qui. Elle a dû trouver un moyen de le séduire, se lamente Kriss.

— Et s'il avait embrassé la moitié des filles de la Sélection et que personne n'en parle ? Ça pourrait faire partie de leur stratégie ?

Je contre-attaque :

— Il ne faut pas voir le mal partout, Tuesday. Et si c'était une question de pudeur, tout simplement ?

— Et si Natalie avait tout inventé ? suggère Kriss, machiavélique.

— Tu la crois capable de mentir ?

— Si elle a affabulé, j'aurais aimé avoir l'idée la première, soupire Tuesday.

— Jamais je n'aurais pensé que cette histoire deviendrait aussi compliquée.

— À qui le dis-tu.

— J'apprécie à peu près toutes les filles de la Sélection, mais quand j'entends que Maxon a fait telle ou telle chose avec l'une d'elles, je n'ai qu'une envie, montrer que je vaux mieux. Et cet esprit de compétition, ça ne me plaît pas du tout.

— C'est un peu ce que je disais à Tiny l'autre jour, ajoute Tuesday. Je sais qu'elle est plutôt du genre timide, mais elle est surtout très distinguée, et je suis sûre qu'elle serait géniale en princesse. Du coup, je ne peux pas lui en vouloir si elle voit Maxon plus souvent que moi. Même si je veux aussi la couronne.

J'échange un bref regard avec Kriss, et je sais qu'elle pense la même chose que moi. Il ne nous a pas échappé que Tuesday a mentionné la couronne, pas Maxon en personne. La première partie de son aveu a fait résonner une corde en moi et je prends la parole.

— Marlee et moi, c'est un sujet qui revient souvent entre nous. Les qualités que l'on voit chez l'une et chez l'autre.

Soudain, l'ambiance change du tout au tout. Je sens ma jalousie à l'égard de Natalie disparaître, et même l'agressivité qu'éveille en moi Celeste. Nous vivons toutes la Sélection avec une approche différente, et avec des motivations diverses, mais ce qui est certain, c'est que nous la vivons ensemble. J'exprime ma théorie :

— Peut-être que la reine Amberly avait raison. La seule stratégie valable, c'est d'être soi-même. Je préfère que Maxon m'éjecte parce que je suis restée fidèle à moi-même, plutôt qu'il me garde parce que j'ai joué un rôle.

— C'est vrai, me répond Kriss. En fin de compte, trente-quatre filles doivent partir. Si j'étais la dernière en lice, je voudrais avoir le soutien de toutes les autres. On devrait se serrer les coudes, toutes ensemble.

J'acquiesce. Il faut qu'on se serre les coudes, c'est vrai.

C'est alors qu'Elise fait irruption dans la salle, Zoe et Emmica sur ses talons. D'ordinaire calme et discrète, elle se met à pousser des cris aigus.

— Regardez ces merveilles ! Maxon me les a données. Magnifiques, non ?

Et elle nous montre deux peignes ornés de pierres précieuses qui doivent valoir des milliers de dollars. Ma confiance toute neuve se volatilise.

Je m'efforce de ne pas céder à la déception. Moi aussi, j'ai reçu des cadeaux. Moi aussi, Maxon m'a embrassée. La salle se remplit d'une cacophonie de voix et je n'ai qu'une envie, me réfugier dans ma bulle. Silvia apparaît, à la fois exaltée et à bout de nerfs.

— Mesdemoiselles ! Mesdemoiselles, êtes-vous toutes présentes ?

Nous la rassurons d'un « oui » collectif.

— Dieu merci. Je sais que c'est un peu tard, mais nous venons d'apprendre que le roi et la reine de Suédie vont nous rendre visite dans trois jours et vous n'êtes pas sans savoir que cette famille est liée par le sang à la famille royale d'Illeá. Par ailleurs, certains des proches de la reine seront nos hôtes au même moment, ce qui annonce des journées très chargées. Il nous reste très peu de temps pour nous préparer, vous allez devoir me réserver tous vos après-midi. Je vais vous donner rendez-vous dans la Salle d'Apparat immédiatement après le déjeuner.

Difficile de croire que le personnel du palais a dû travailler dans l'urgence. De vastes tentes ont été dressées dans les jardins et des tables accueillant un buffet pantagruélique placées à intervalles réguliers. Les soldats qui patrouillent et montent la garde sont plus nombreux que d'habitude et plusieurs soldats suédiens sont venus renforcer leurs rangs. Les attaques des renégats ont dû faire le tour du monde.

Dans l'une des tentes ont été installés des trônes destinés aux deux couples royaux. La reine de Suédie, qui porte un nom imprononçable, est une grande amie de la reine Amberly. Les têtes couronnées sont confortablement installées sous leur tente tandis que Maxon circule de groupe en groupe.

Maxon me semble ravi de retrouver ses cousins, y compris les plus petits, ceux qui tirent sur sa veste avant de détaler comme des lapins. Armé d'un appareil photo, il les prend en chasse et les mitraille sous tous les angles. La plupart des Sélectionnées le couvent du regard.

— America ! Viens, on va te présenter la sœur de la reine !

Elayna et Leah discutent avec une femme qui ressemble trait pour trait à notre reine. Je m'approche de leur petit groupe et je m'apprête à exécuter une révérence quand le clone de la reine Amberly m'arrête d'une phrase :

— Pas de ça entre nous, ma belle. La reine, ici, ce n'est pas moi. Je suis Adele, la sœur aînée d'Amberly.

Nous échangeons une poignée de main et la femme lâche un hoquet. Elle dégage quelque chose d'impalpable, de rassurant, de maternel. Plantureuse, elle tient à la main un verre de vin qui ne doit pas être le premier de l'après-midi, à en croire son regard embrumé. Je l'interroge :

— D'où venez-vous ? J'adore votre accent.

Les filles qui viennent du Sud ont dans la voix la même musique qu'elle et je trouve ces inflexions d'un romantisme incroyable.

— Je suis originaire d'Honduragua. Près de la mer. Nous avons grandi dans une maison minuscule. Et regardez-la maintenant. Regardez-moi. Quel changement !

— Je vis en Caroline, mes parents m'ont emmenée à la mer une fois. Ça m'a beaucoup plu.

— Oh non, non, non, ma petite. Les plages du nord d'Illeá sont des décharges par rapport à celles du Sud. Il faut que vous veniez dans ma province un jour.

Elayna et Leah répriment tant bien que mal un fou rire. Elles ne s'attendaient manifestement pas à ce que la sœur de la reine puisse être aussi… commune.

J'acquiesce avec un sourire, même si je doute fort d'avoir jamais l'occasion d'explorer le pays. Quelques secondes plus tard, l'un des nombreux petits vient prendre Adele par la main et l'entraîne un peu plus loin. Elayna et Leah ne se retiennent plus et explosent de rire.

— Elle est trop comique, non ? pouffe Leah.

— Je ne trouve pas. Elle m'a paru très gentille.

— Elle est d'une vulgarité ! réplique Elayna. Tu aurais dû entendre toutes les horreurs qu'elle nous a sorties avant que tu arrives.

— Qu'a-t-elle dit de si terrible ?

— Elle n'a aucune notion de savoir-vivre. On aurait pu penser qu'elle se serait amendée, depuis le temps. Comment a-t-elle pu échapper aux leçons de Silvia ?

— Dois-je te rappeler qu'elle était une Quatre, à l'origine ? Tout comme toi.

Leah vacille un instant, comme si elle établissait un lien entre elle et Adele. Elayna, qui est une Trois, a moins de scrupules.

— En tout cas, moi, si je gagne, ma famille sera soit reformatée, soit expulsée à l'étranger. J'aurais trop peur que l'un d'eux me couvre de honte comme elle l'a fait.

— Tu fais référence à Adele ?

— Elle est complètement ivre. Le roi et la reine de Suédie sont là. Elle mériterait d'être mise en cage.

J'en ai assez entendu. Je fausse compagnie à ces deux langues de vipère et je vais me ravitailler au buffet. Un verre à la main, j'explore le jardin du regard et je me rends compte que je ne me sens pas à ma place. Cette réception, aussi réussie soit-elle, m'exaspère.

Les paroles d'Elayna me taraudent. Si je finis par m'installer pour de bon au palais, exigerai-je de ma famille qu'elle change ? J'observe les enfants qui courent partout, les adultes qui discutent. Obligerai-je Kenna à brimer ses rejetons s'ils sont trop turbulents ?

Faudrait-il que je change, moi aussi ? Jusqu'à quel point ?

Maxon voudrait-il me sculpter à son goût, faire de moi une autre femme ? Cela expliquerait pourquoi il s'entête à embrasser d'autres filles : il y a quelque chose qui cloche chez moi.

— Un petit sourire, s'il vous plaît.

Je me retourne, Maxon déclenche son flash et je fais un bond en arrière. Ce cliché volé, c'est la goutte d'eau qui fait déborder le vase. Je lui tourne le dos.

— Il y a un problème ? s'inquiète Maxon en délaissant son gadget. Que vous arrive-t-il ?

— Il m'arrive que je n'ai pas envie de faire partie de la Sélection aujourd'hui.

— Vous avez besoin de vous confier à quelqu'un ? me demande-t-il à voix basse. Vous n'avez qu'à demander, je suis à votre service.

— Non, j'ai juste besoin de réfléchir.

— America, vous avez quelque chose à me reprocher ?

J'hésite. Dois-je lui parler du baiser qu'il a échangé avec Natalie ? De la nervosité qui m'habite depuis que notre statut a changé ? De mon refus farouche de toucher à quoi que ce soit, à ma personnalité et à ma famille ? Une voix stridente interrompt le flot de mes pensées.

— Prince Maxon ?

Celeste, qui discute avec la reine de Suédie, souhaite poursuivre la conversation avec Maxon à son bras. D'un geste de la main, elle l'invite à la rejoindre.

— Dépêchez-vous, elle vous attend. Mais méfiez-vous d'elle.

Sur ce, je tourne les talons. En remontant l'allée qui mène au palais, je remarque Marlee assise toute seule dans un coin sous un soleil de plomb, avec pour unique compagnon un jeune garde silencieux stationné à quelques mètres d'elle.

— Marlee, tu es tombée sur la tête ? Va te mettre à l'abri avant que le soleil ne te brûle la peau.

— Je suis très heureuse ici.

— Non, vraiment. Tu vas devenir aussi rouge que mes cheveux. Tu devrais…

— J'ai envie de rester ici, America. Ça me convient parfaitement.

Je décèle dans ses traits une nervosité qu'elle tente de camoufler. Elle me cache quelque chose.

— Très bien. Essaie de te mettre à l'ombre très vite. Les coups de soleil, ça fait mal.

Je pivote sur mes talons et je reprends ma route. Une fois à l'intérieur du palais, je décide de faire un détour par le Boudoir, à peu près sûre qu'il est désert à cette heure-ci. Pourtant, une surprise de taille m'attend : Adele a eu la même idée que moi. Postée près de la fenêtre, elle observe la scène qui se déroule en contrebas et m'adresse un sourire timide. Je vais m'asseoir à côté d'elle.

— Vous vous cachez ?

— En quelque sorte. J'avais très envie de rencontrer les candidates et de revoir ma sœur, mais ces cocktails ont souvent tendance à se transformer en réception officielle. Et je déteste les réceptions officielles.

— Je ne peux qu'être d'accord avec vous. Je m'imagine mal consacrer mes journées aux mondanités.

— Rien d'étonnant à cela. Vous êtes la Cinq, c'est ça ?

— Oui, c'est moi.

— Votre visage m'a marquée. Vous avez été très gentille avec les gens à l'aéroport. Elle aurait fait la même chose, ajoute-t-elle en désignant la reine Amberly, restée dans le jardin. Je l'admire. Elle est d'une force qui dépasse l'entendement.

Elle conclut sa tirade en vidant son verre de vin.

— Elle a l'air forte, et distinguée.

— Oui, mais c'est plus que ça. Observez-la.

J'étudie la reine et je suis son regard. Elle concentre toute son attention sur Maxon, lequel bavarde tranquillement avec la reine de Suédie, Celeste collée à lui comme une sangsue, tandis que l'un de ses innombrables cousins se cramponne à sa jambe.

— Amberly a fait trois fausses couches. Deux avant lui, une après. Elle y repense souvent, elle me l'a dit. Moi qui ai six enfants, je me sens coupable chaque fois que je viens la visiter.

— Vous voyez tout en noir, Adele. Je suis sûre qu'elle est ravie d'avoir sa famille autour d'elle.

— Vous savez ce qui la rend heureuse ? Vous. Ce qu'elle voit en vous, c'est une fille potentielle. Au terme de la Sélection, elle se retrouvera avec deux enfants.

— Vous croyez ? Je la trouve distante. Je ne lui ai même pas adressé la parole une seule fois.

— Soyez patiente. Elle a trop peur de s'attacher à vous, puisque vous pouvez partir d'un moment à l'autre. Une fois que le groupe sera moins nombreux, vous verrez…

Mon regard va de la reine à Maxon, puis il s'attarde sur Adele.

— Excusez-moi, Adele. Je dois aller voir quelqu'un.

Adele avale une gorgée de vin et me fait au revoir de la main. Je quitte le Boudoir, je m'engage à nouveau dans les jardins écrasés de soleil et je m'approche à pas de loup de Maxon et de son cousin, qui le pourchasse autour d'un buisson.

Enfin Maxon décide de se rendre et il lève les mains en l'air, hilare. Lorsqu'il m'aperçoit, son sourire s'efface. Il tente de décrypter mon humeur. Je repense à la reine et je me mords la lèvre. Elle trouve le courage d'épauler son mari, son fils et le pays tout entier. Et jamais elle ne laisse son ancien statut, ni ses soucis, empiéter sur le quotidien de sa famille.

J'adresse un sourire franc à Maxon. Il me le retourne, non sans méfiance, chuchote quelques mots à l'oreille du petit garçon qui détale immédiatement et tire sur le lobe de son oreille. Je copie son geste.

20.

Les proches de la reine séjournent au palais quelques jours et les Suédiens une semaine entière. Ils participent même à l'enregistrement du bulletin hebdomadaire, où le roi Clarkson aborde le thème des relations internationales et d'une diplomatie qui tend vers une paix commune.

Dès que les invités lèvent le camp, un nouveau sentiment me gagne : la sérénité. Septembre touche à sa fin. Cela fait plus d'un mois que j'ai posé mes valises au palais et je m'y sens désormais comme chez moi. Mon organisme s'est accoutumé à ce climat chaud et doux qui me donne l'impression d'être en vacances – et presque au paradis. Les talons qui claquent sur le marbre, le cliquetis des verres en cristal, le pas martial des gardes – tous ces bruits me sont devenus aussi familiers que le ronron du réfrigérateur ou le ballon de football qui heurte le mur de la maison.

Les repas pris en présence de la famille royale et les longues séances dans le Boudoir rythment le train-train quotidien et je ne m'ennuie pas une seconde. Je me suis remise à la musique. Les instruments fournis par le palais sont d'une qualité rare et le son qu'ils produisent me paraît hors du commun. Je dois reconnaître que je commence à prendre goût à tout ce luxe. Par ailleurs, la reine nous a fait l'honneur de nous rendre visite – sans préavis – à deux occasions dans le Boudoir. Elle a pris place dans un fauteuil, flanquée de ses dames de compagnie, pour nous observer, de loin, sans se mêler à nos activités.

Les résultats d'un sondage qui a suivi la parution de nos photos prétendument officielles nous parviennent. Imaginez mon étonnement quand je découvre que je fais partie des grandes favorites du public. Marlee occupe la première place, talonnée dans le palmarès par Kriss, Tallulah et Bariel. Celeste snobe sa meilleure amie des jours durant, puis la situation revient à la normale – en surface.

L'animosité ambiante est retombée car nous avons fini par nous habituer les unes aux autres. Ce qui attise la tension, ce sont les informations distillées au fil des jours. Les filles qui passent quelques instants avec Maxon ne peuvent s'empêcher de s'en vanter dans la foulée. À les entendre, on croirait que le prince va se constituer un véritable harem. Ridicule.

Marlee, par exemple, a vu Maxon a de multiples reprises, ce qui fait grincer bien des dents – et ne l'empêche pas de faire grise mine.

— America, tu dois me promettre de n'en parler à personne, déclare-t-elle tandis que nous nous promenons dans le jardin, loin des oreilles indiscrètes.

— Promis juré, Marlee. Qu'est-ce qui te tracasse ?

— Rien. Enfin... j'ai besoin de ton avis, bafouille-t-elle, les traits tirés par l'inquiétude.

— Sur quoi ?

— Sur Maxon. Je ne suis pas sûre que ça va marcher entre nous.

— Qu'est-ce qui t'a mis cette idée en tête ?

— Pour commencer, je... je ne ressens rien. Pas d'étincelle, pas de révélation, rien.

— Il est peut-être un peu timide. Laisse-lui le temps.

— Ce que je veux dire, c'est que je ne l'aime pas.

— Tu en es sûre ?

— Certaine ! Je le trouve très beau, mais on ne fonde pas une famille avec quelqu'un juste parce qu'il est beau. J'attends avec impatience le moment où il va dire ou faire quelque chose qui va m'ouvrir les yeux, mais le moment ne vient jamais. Je me demande même si je l'attire. Tu sais, toi, quel est son style de fille ?

— Non, pas vraiment. On n'en a jamais parlé.

— Et le pire, c'est qu'on n'échange pas un mot ! Avec toi il passe son temps à discuter mais nous, c'est comme si on n'avait rien à se dire. On regarde des films ou on joue aux cartes.

— Nous aussi, ça nous arrive de ne pas parler. On reste assis et on se tait. En plus, ce genre de sentiments, ça ne te tombe pas dessus sans crier gare. Peut-être que tu ferais mieux de prendre les choses à leur rythme.

— Franchement, America, la seule raison de ma présence ici, c'est que les spectateurs m'aiment bien. Je crois que l'avis de son peuple lui tient très à cœur.

Cette idée ne m'a jamais traversé l'esprit mais, maintenant que Marlee a mis le sujet sur la table, son hypothèse paraît plausible. Je sais que Maxon aime le peuple d'Illeá et l'opinion publique influencera son choix plus qu'il ne veut bien se l'avouer.

— Entre nous, conclut Marlee, j'ai l'impression qu'il n'y a… que du vide.

Et les larmes se mettent à couler.

Avec un soupir, je la prends dans mes bras.

— Marlee, si tu n'as pas envie d'être avec Maxon, il faut absolument que tu lui en parles.

— Là, tu m'en demandes trop.

— Pourtant, tu ne pourras pas y couper. Tu crois qu'il veut épouser quelqu'un qui ne l'aime pas ? Si tu n'as aucun sentiment pour lui, il a le droit de le savoir.

— Je dois rester à tout prix. Je ne peux pas rentrer à la maison. Pas maintenant.

— Pourquoi, Marlee ? Qu'est-ce qui t'en empêche ?

L'espace d'un instant, je me demande si Marlee ne cache pas quelque secret honteux, comme moi. Peut-être qu'elle aussi, elle doit établir une distance avec un amoureux secret.

Ses larmes sèchent aussi vite qu'elles sont apparues. Elle renifle deux ou trois fois, lisse les plis de sa robe, redresse ses épaules et plaque un sourire factice sur son visage.

— Tu sais quoi ? Tu as raison. Il faut que je sois patiente, que je laisse faire le temps. Je dois y aller. Tiny m'attend.

Cette conversation jette un froid entre Marlee et moi. Elle m'évite scrupuleusement le lendemain. Le surlendemain aussi. Quant à moi, je mets un point d'honneur à m'asseoir dans le Boudoir à bonne distance et à la saluer chaque fois que nous nous croisons. Je veux lui montrer qu'elle peut me faire confiance, sans lui forcer la main.

Au bout de quatre jours, elle consent à m'adresser un sourire, à la fois triste et entendu. En guise de réponse, je hoche la tête. Ne pas lui forcer la main, surtout.

Le même jour, Maxon me convoque. Je mentirais si je disais que je ne suis pas folle de joie lorsque je me jette à son cou.

— Maxon !

Je me détache de lui et il chancelle un instant. Le jour où nous avons quitté, main dans la main, la réception en l'honneur du roi et de la reine de Suédie, je lui ai avoué que j'avais du mal à faire la part des choses, que je me débattais contre des sentiments contradictoires. Et je lui ai demandé de ne plus m'embrasser jusqu'à nouvel ordre. Vexé (cela crevait les yeux), il a promis et, depuis, il n'a pas failli à sa promesse.

Il reste encore vingt-deux filles à bord. Camille et Laila, qui n'avaient aucun atome crochu avec Maxon, sont parties sans tambour ni trompette. Quant à Mikaela, elle a fondu en larmes au petit déjeuner il y a deux jours, Maxon l'a accompagnée dehors et l'a autorisée à retrouver sa famille. Il n'a pas l'air de souffrir de leur départ et les candidates restantes ont droit à toute son attention. Nous savons tous deux qu'il serait stupide de limiter son horizon à ma seule personne tant que je ne suis pas sûre de mes sentiments.

— Comment vous sentez-vous ? me demande-t-il, les pupilles brillantes.

— En pleine forme. Que faites-vous ici ? Vous avez du travail, non ?

— Le président du Comité des infrastructures est malade, nous avons repoussé la réunion. Me voici donc libre comme l'air. Alors, comment souhaitez-vous occuper cet après-midi ?

— C'est à vous de me le dire ! Il y a encore tant d'endroits au palais que je ne connais pas ! Les écuries, par exemple. Et votre cinéma privé. Vous ne me l'avez jamais fait visiter.

— Parfait. Je ne dirais pas non à un moment de détente. Quel genre de films appréciez-vous ? s'enquiert-il tout en m'entraînant vers un escalier qui mène, je suppose, à la salle de projection.

— Aucune idée, pour être franche. Je n'ai pas l'occasion de voir beaucoup de films. Mais j'aime les livres romantiques. Et les comédies, aussi !

— Les livres romantiques, vous dites ?

Nous enfilons un couloir interminable. Sur notre passage, une compagnie de gardes s'aligne contre le mur et nous salue, plus d'une dizaine d'hommes en tout. Depuis le temps, je me suis habituée à leur présence. Mais rien n'aurait pu me préparer à ce choc.

Aspen est là, devant moi.

Je laisse échapper un petit cri.

Il y a deux ou trois semaines, j'ai entendu un ministre s'entretenir avec Maxon des recrues tombées à la dernière conscription et j'ai aussitôt pensé à Aspen. Comme j'étais déjà en retard à l'un des cours magistraux de Silvia, j'ai très vite tourné la page.

Ainsi donc, Aspen a été lui aussi désigné par un tirage au sort, celui de la conscription. Et le hasard a voulu qu'il vienne faire son service au palais…

— America, connaissez-vous ce jeune homme ? me demande Maxon.

La dernière fois que j'ai vu Aspen remonte à plus d'un mois, mais c'est bien la personne avec qui j'ai partagé tant de bonheurs, petits et grands, l'homme qui continue à hanter mes rêves. Je le reconnaîtrais entre mille, même s'il a pris de la carrure et du muscle (je suppose que l'armée le nourrit bien). Les cheveux coupés court, presque ras, il a troqué ses loques rapiécées contre l'uniforme étincelant des gardes du palais. À la fois étranger et familier. Mais ces yeux… aucun doute possible, ce sont les yeux d'Aspen.

J'interroge le badge fixé à son uniforme : *Officier Leger.*

Une tempête d'émotions fait rage en moi, j'arrive néanmoins à n'en rien laisser paraître, miraculeusement presque, étant donné la violence de mes sentiments. J'ai envie de le frapper, de le couvrir de baisers, de lui hurler dessus et, surtout, de le chasser de ce qui est devenu mon sanctuaire. Bref, je vis un cauchemar éveillé.

— Oui, l'officier Leger vient de Caroline. De ma ville natale, plus précisément.

Aspen a dû nous entendre rire dans le couloir et il n'a pas manqué de remarquer que mon bras est glissé sous celui de Maxon. Qu'il en tire les conclusions qu'il souhaite.

— Quelle coïncidence ! Bienvenue à vous, officier Leger. Vous devez être heureux de retrouver l'ambassadrice de votre province.

Les deux hommes se serrent la main. Aspen reste impassible.

— Oui, Votre Majesté. Très heureux.

— Et vous allez la soutenir, vous aussi, ajoute Maxon en m'adressant un clin d'œil.

— Bien évidemment.

— Excellent. Puisque America et vous êtes originaires de la même région, vous me semblez être l'homme de la situation. Je vous nomme responsable de sa sécurité la nuit. Cette petite entêtée refuse de garder à ses côtés une domestique. J'ai bien tenté de la convaincre…

— Cela ne me surprend pas, Votre Majesté.

— Je suis certain que vous avez un long après-midi devant vous. Nous ne vous retenons pas plus longtemps. Bonne journée, officiers.

Maxon adresse aux soldats un bref salut et m'entraîne un peu plus loin. Je dois me faire violence pour ne pas jeter un dernier coup d'œil à Aspen.

Dans l'obscurité de la salle de projection, je tente de démêler cet imbroglio. Si Maxon apprend que l'homme qu'il a désigné comme responsable de ma sécurité personnelle n'est autre que celui qui m'a humiliée, déversera-t-il sa haine sur lui, comme il l'a promis ? C'est tout à fait envisageable. Je n'oublie pas qu'il a refondu le système d'aide sociale à Illeá parce que j'ai tracé un tableau noir de la vie des castes les plus modestes. Il peut lui infliger une punition exemplaire.

La conclusion que j'en tire : ne surtout pas dire à Maxon que mon ex-fiancé a pris ses marques au palais. Je préfère garder ce petit secret pour moi. Car malgré la colère que j'éprouve, j'aime Aspen. Et je ne veux pas le voir souffrir.

Dois-je quitter la Sélection, du coup ? Cruel dilemme. Je dois échapper à Aspen, fuir son visage – un visage qui va me torturer chaque jour, chaque minute, chaque seconde si je reste au palais. Mais si je pars, j'abandonne Maxon, mon ami le plus proche. Impossible de partir sur un coup de tête. Et sans justifier ma décision.

Et ma famille ? Partir, cela signifie fermer le robinet à chèques. May m'a écrit que papa lui a promis un Noël splendide, plus beau que tous les noëls vécus par ma famille jusqu'à aujourd'hui. Si je quitte la Sélection, je risque de faire retomber ma famille dans la détresse financière. Nous devons tirer profit de la générosité royale au maximum.

— Il ne vous a pas plu, j'en ai bien peur, fait remarquer Maxon deux heures plus tard.

— Pardon ?

— Le film. Vous n'avez pas ri une seule fois.

— Je suis un peu fatiguée. Navrée d'avoir gâché votre après-midi.

— Ne dites pas de sottises. J'apprécie votre compagnie. Je vous conseille tout de même de prendre un peu de repos avant le dîner. Je vous trouve bien pâle.

Bonne idée. J'ai très envie de m'enterrer dans ma chambre et de n'en jamais ressortir.

21.

Au lieu de me terrer dans ma chambre, je décide de me changer les idées dans le Boudoir. D'ordinaire je ne tiens pas en place : je fouine dans les bibliothèques, je me promène avec Marlee, je papote avec mes bonnes. Désormais, le Boudoir est devenu ma tanière. Aucun homme n'y est autorisé, pas même les gardes, sans l'autorisation expresse de la reine. Aucun risque d'y croiser Aspen, donc.

L'état de grâce dure trois jours. Kriss fête son anniversaire le jeudi. Maxon, qui ne laisse passer aucune occasion, semble-t-il, de combler les candidates de cadeaux, décide d'organiser en son honneur une fête à laquelle sont conviées toutes les Sélectionnées. La journée de jeudi se divise donc entre préparatifs paniqués et spéculations en tous genres. L'ambiance est électrique.

Personne n'est obligé d'offrir quoi que ce soit à Kriss mais j'ai décidé de lui préparer une surprise très personnelle.

Quelques minutes avant l'heure prévue, j'enfile une de mes robes préférées, j'attrape mon violon et je descends dans la Salle d'Apparat à pas feutrés, en essayant de me faire discrète. Dans le couloir, je scrute les soldats au garde-à-vous ; ils sont armés jusqu'aux dents. Pas d'Aspen en vue. Je pousse un soupir de soulagement. Pour l'anniversaire de Kriss, la sécurité a été renforcée. C'est grotesque. S'attendent-ils à une émeute ?

La Salle d'Apparat a revêtu pour l'occasion ses plus beaux atours. Des fleurs blanc et or débordent de vases immenses, des guirlandes cousues de diamants factices (ou authentiques... enfin, j'espère qu'ils sont factices) cascadent sur les fenêtres et les murs. Les tables disparaissent sous des nappes dont les couleurs vives sont rehaussées par des confettis et des paillettes qui scintillent à la lumière des lustres. Dans un coin, un gâteau colossal assorti aux couleurs des décorations attend les gourmands. Quelques cadeaux sont disposés sur un petit guéridon.

Un quatuor à cordes s'installe au fond de la salle et un photographe prend ses marques afin d'immortaliser les festivités. Le cadeau que je destinais à Kriss ne présente plus aucun intérêt. Je me résigne.

L'heure est à la bonne humeur – presque à l'euphorie – pour tout le monde, sauf pour Celeste et

Bariel. D'ordinaire inséparables, ces deux-là se fuient aujourd'hui comme la peste. Bariel discute avec Samantha dans un coin tandis que Celeste, la main crispée sur un verre rempli d'un liquide rouge vif, reste seule à l'autre bout de la salle. On dirait bien que j'ai raté des rebondissements majeurs depuis hier soir.

Je rejoins Marlee, qui s'est installée un peu à l'écart.

— Coucou Marlee. C'est magnifique, tu ne trouves pas ?

— Magnifique, c'est le mot. Il paraît que Maxon va venir souhaiter bon anniversaire à Kriss en personne. C'est une jolie attention, non ? Et je suis sûre qu'il va lui apporter un cadeau.

Marlee se met à papoter avec son enthousiasme habituel. Nous échangeons quelques banalités avant d'être interrompues par une clameur.

Nous tournons la tête de concert. Marlee ne sourcille pas. Quant à moi, je perds toute contenance.

Kriss est apparue sur le seuil. Fine mouche, elle n'a pas choisi sa tenue au hasard. Nos robes courtes, des robes de petites filles, font pâle figure par rapport au fourreau de couleur crème qui sculpte sa silhouette. Elle a piqué dans ses cheveux une rangée de joyaux qui lui barre le front, à la manière d'un diadème. Avec son air posé et sa majesté naturelle, c'est la mariée parfaite.

Malgré toute ma bonne volonté, je sens une pointe de jalousie me transpercer le cœur. Aucune d'entre nous n'aura la chance de briller autant en société. Les dîners et les galas auront beau se succéder, personne n'osera copier sa silhouette, de peur de passer pour une minable. Je vois Celeste serrer le poing.

— Elle est vraiment très jolie, soupire Marlee.

— Mieux que jolie.

La fête bat son plein, mais Marlee et moi préférons ne pas nous mêler à la foule. Avec un mélange d'étonnement et d'inquiétude, je constate que Celeste ne quitte pas Kriss d'une semelle tandis qu'elle fait le tour de la pièce. Elle circule de groupe en groupe et remercie ses invitées d'avoir pris la peine de venir. Elle vient nous saluer au fond de la salle, près des fenêtres, là où le soleil darde ses derniers rayons. Marlee serre Kriss sur son cœur.

— Joyeux anniversaire ! pépie-t-elle.

— Merci ! répond Kriss, réchauffée par l'affection contagieuse de Marlee.

— Tu as dix-neuf ans aujourd'hui ?

— Oui. C'est le plus bel anniversaire de ma vie. Je suis si heureuse qu'ils prennent des photos. Ma mère va tomber par terre ! Même si nous n'avons pas à nous plaindre, jamais nous n'aurions pu nous permettre une fête pareille. Tout est sublime !

— Impressionnant, renchérit Celeste. Pour mon anniversaire l'année dernière, j'avais mis en place un code vestimentaire. Seuls le noir et le blanc étaient autorisés. La moindre touche de couleur, on vous claquait la porte au nez !

— Oh, là, là, s'émerveille Marlee.

— C'était mémorable. Un traiteur s'est chargé du buffet, les lumières étaient flatteuses, et la musique ! On a fait venir Tessa Tamble par jet privé. Vous la connaissez ?

Qui ne connaît pas Tessa Tamble ? Elle a signé une dizaine de tubes et ses clips passent en boucle à la télévision. Maman tique chaque fois qu'elle la voit. Elle juge que ses chères fifilles ont mille fois plus de talent que cette dinde qui se dandine à l'écran et qui obtient gloire et richesse, alors que les vrais artistes peinent à boucler leurs fins de mois.

— C'est ma chanteuse préférée ! s'exclame Kriss.

— Tessa est une grande amie de la famille et j'ai eu droit à un concert très privé pour mon anniversaire. On n'allait quand même pas embaucher une bande de Cinq ringards pour casser l'ambiance.

Marlee me jette un coup d'œil à la dérobée. Je vois qu'elle est gênée pour moi.

— Oups, lance Celeste. J'ai oublié. Je n'avais pas l'intention de te vexer.

Son ton mielleux m'exaspère. J'ai à nouveau les doigts qui me démangent… mais je résiste à la tentation de la frapper et je réponds d'une voix froide :

— Je ne suis pas vexée du tout. Qu'est-ce que tu fais dans la vie, Celeste ? Je n'ai jamais entendu tes chansons à la radio.

— Je suis mannequin, réplique-t-elle. Tu n'as pas vu mes pubs ?

— Non, malheureusement.

— Normal, tu n'as même pas de quoi te payer des magazines.

Sa remarque me touche au cœur, parce qu'elle dit vrai. May adore feuilleter les magazines les rares fois où nous allons faire nos courses dans un supermarché. Le souci est qu'il s'agit d'un achat superflu – moralité, on n'en achète pas.

Kriss tente de détourner la conversation.

— Tu sais, America, ça fait longtemps que je dois te demander dans quoi tu t'es spécialisée.

— Je suis musicienne.

— Tu devrais nous montrer tes talents un de ces jours !

— En fait, j'ai apporté mon violon. Je me suis dit que ça te ferait un joli cadeau mais vu qu'il y a déjà un quatuor…

— Oh, joue quelque chose pour nous ! m'implore Marlee.

— S'il te plaît, America ! C'est mon anniversaire !

— Mais ils t'ont déjà donné…

Je proteste, mais Kriss et Marlee ne l'entendent pas de cette oreille. Elles ont demandé au quatuor de faire taire ses instruments et à toutes les Sélectionnées de faire cercle autour de nous. Certaines s'asseyent par terre en déployant leur robe, d'autres préfèrent s'installer sur des chaises. Kriss se plante au milieu de l'assistance, les mains jointes, et Celeste l'accompagne comme un petit chien, un verre à la main.

Pendant que les filles prennent place, je sors mon violon de son étui. Les quatre musiciens se mêlent au public afin d'apporter leur soutien à une consœur, les quelques serveurs qui s'affairaient s'immobilisent.

Prenant une profonde inspiration, je cale le violon sous mon menton.

— Pour toi, dis-je en désignant Kriss de mon archet.

Je ferme les yeux, la musique déploie ses ailes et j'oublie Celeste, j'oublie Aspen, j'oublie les renégats et la menace qu'ils font peser. Je me perds tout entière dans ces notes cristallines qui s'égrènent et se fondent en un chapelet fragile mais incomparable. Solidaires, elles flottent dans l'espace et le cadeau destiné d'abord à Kriss devient un cadeau que je m'offre à moi-même.

Une Cinq, peut-être, mais pas une bonne à rien.

Je déroule la mélodie – aussi familière que la voix de mon père ou l'odeur qui imprègne ma chambre – jusqu'à sa conclusion, inévitable. La parenthèse enchantée se referme, j'autorise à l'archet une dernière fioriture et je le lève en l'air.

Je me tourne vers Kriss, impatiente de voir si elle a apprécié, quand j'aperçois derrière le groupe un retardataire, un jeune homme en costume gris. Maxon est arrivé, un paquet sous le bras – le cadeau de Kriss, sûrement. Les filles applaudissent poliment, mais ce qui m'importe, c'est l'admiration que je lis sur le visage du prince. Une admiration qu'il réserve à moi seule. J'exécute une révérence.

— Votre Majesté.

Dans un élan de panique, les sélectionnées se mettent debout et saluent le nouveau venu. Un cri horrifié perce le brouhaha.

— Oh non ! Kriss, je suis vraiment désolée.

Kriss se tourne vers moi et la raison de son effroi est très claire : sur son corsage s'étale une gigantesque tache écarlate. On dirait qu'elle a reçu un coup de couteau… mais c'est Celeste, tout simplement, qui a renversé son cocktail sur sa robe immaculée.

— Excuse-moi, je me suis retournée trop vite. Je ne l'ai pas fait exprès. Viens, je vais t'aider, bafouille la fautive d'une voix dont la sincérité fictive arrive à berner les plus crédules.

La main plaquée sur la bouche, Kriss éclate en sanglots et se précipite hors de la salle. N'écoutant que sa galanterie, Maxon s'élance à sa suite. J'aurais préféré qu'il reste auprès de moi. La fête est bel et bien terminée.

Celeste plaide sa cause auprès de quiconque accepte de l'écouter. Tuesday hoche la tête, elle a assisté à toute la scène et elle se range de son côté. Tant de filles lèvent les yeux au ciel que son soutien tombe à l'eau. Je range mon violon et je m'apprête à regagner ma chambre.

Marlee me saisit par le bras.

— Quelqu'un devrait lui régler son compte, à cette garce.

Si Celeste est capable de pousser à la violence une personne aussi adorable qu'Anna ou déclencher la colère de cet ange de patience qu'est Marlee, elle n'a pas sa place dans la Sélection.

Je dois coûte que coûte trouver un moyen de l'éjecter du palais.

22.

— Je vous assure, Maxon, ce n'était pas un accident.

Nous sommes à nouveau dans le jardin, où nous tuons le temps avant la diffusion du bulletin du Capitole. Il m'a fallu attendre deux jours avant que Maxon réussisse à me réserver quelques minutes de son temps.

— Mais Celeste avait l'air catastrophée, rétorque-t-il, et elle se répandait en excuses. Comment pouvez-vous l'accuser d'un acte aussi lâche ?

— Croyez-moi. Je côtoie Celeste au quotidien et elle n'a pas trouvé mieux pour gâcher l'anniversaire de Kriss. Je ne connais pas plus sournoise qu'elle. Elle n'a que la compétition en tête.

— Eh bien, si elle voulait me détourner de Kriss, elle a échoué. J'ai passé près d'une heure avec cette demoiselle et nous avons partagé ensemble un moment fort agréable.

— Que faites-vous d'Anna, alors ?

— Qui ?

— Anna Farmer. Elle a frappé Celeste et vous l'avez renvoyée de la Sélection. Je sais qu'elle ne l'a pas frappée par plaisir.

— Vous avez entendu Celeste l'insulter ?

— Pour tout vous dire… non. Mais je connaissais Anna, et je connais Celeste. Anna n'aurait pas fait de mal à une mouche. Celeste a dû l'agresser et la pousser à bout.

— America, je ne nie pas que vous passez plus de temps que moi avec ces jeunes femmes, mais les connaissez-vous aussi bien que vous le prétendez ? Je sais que vous recherchez la solitude dans votre chambre ou dans les bibliothèques. Permettez-moi de vous dire que la personnalité de vos domestiques vous est plus familière que celle des autres Sélectionnées.

— Vous m'accusez à tort. J'avais raison pour Marlee, non ? Vous ne la trouvez pas sympathique ?

— Oui… sympathique, en un certain sens, réplique Maxon.

— Pourquoi refusez-vous de me croire quand la malveillance de Celeste saute aux yeux ?

— America, je ne dis pas que vous mentez, loin de là. Vous me racontez votre version des faits. Mais Celeste a présenté ses excuses. De mon côté, je n'ai certainement pas à me plaindre d'elle.

— Tiens, ça ne m'étonne pas.

— Assez, soupire Maxon. Je ne souhaite pas parler des autres.

— Elle a essayé de me voler ma robe, Maxon.

— J'ai dit que je ne souhaitais pas parler d'elle !

Je lève les bras au ciel, piquée au vif. Si frustrée que j'ai envie de hurler.

— Si vous vous comportez de la sorte, grommelle Maxon, je vais chercher quelqu'un qui saura apprécier ma compagnie.

Sur ce, il tourne les talons.

— Hé !

— Non ! Vous oubliez un peu trop vite votre statut, mademoiselle America. Souvenez-vous que je suis le prince d'Illeá, cela vous serait profitable. Maître et seigneur de ce pays, et je ne tolérerai pas d'être traité de la sorte sous mon propre toit. Vous n'avez pas à dire *amen* à toutes mes décisions, mais vous vous y soumettrez.

Et il s'éloigne, sans voir les larmes qui voilent mes yeux.

J'évite consciencieusement de croiser son regard tout au long du dîner mais, pendant l'enregistrement du bulletin, c'est plus difficile. Je le surprends qui m'observe par deux fois et, les deux fois, il tire sur son oreille. Je ne lui retourne pas son geste, car je n'ai pas envie de lui parler et je n'ai pas envie non plus qu'on me gronde comme une petite fille.

Je regagne ma chambre dans une colère noire. Pourquoi Maxon refuse-t-il de m'écouter ? Il faut croire qu'il a l'esprit aussi obtus que tous les garçons de son âge. Il pardonnera tout à Celeste à cause de son physique. Ce n'est pas une âme sœur qu'il recherche, mais une potiche. Quelle idiote je fais !

Le ciel me tombe à nouveau sur la tête quelques secondes plus tard : je trouve Aspen posté près de ma porte. Toute ma rage se dissout et cède la place à une incertitude étrange. Les gardes ont reçu pour consigne de tenir les yeux fixés droit devant eux, mais il n'en a cure : il m'étudie, le visage impénétrable.

— Mademoiselle America, murmure-t-il.

— Officier Leger.

Bien que cela ne fasse pas partie de ses attributions, il m'ouvre la porte. Je franchis le seuil à pas lents, sans le quitter du regard, de peur qu'il ne se volatilise dans les airs. Il inspire le parfum que laissent mes cheveux dans mon sillage et j'en ai la chair de poule. Il referme lentement la porte derrière moi, après m'avoir gratifiée d'une dernière œillade.

Difficile de trouver le sommeil dans ces circonstances. Entre l'aveuglement de Maxon et la présence d'Aspen à quelques mètres de moi, je suis complètement perdue. À deux heures du matin, j'ai les yeux grands ouverts et le cerveau au bord de l'implosion. Il me faudra des tonnes d'anticernes demain matin pour retrouver figure humaine.

Soudain, je vois un mince rai de lumière filtrer sous ma porte. Dans un silence irréel – j'ai l'impression de rêver –, Aspen entre dans ma chambre et s'approche du lit sur la pointe des pieds.

— Aspen, qu'est-ce que tu fiches ? Tu risques gros si on te surprend ici ! Aspen ?

Il s'arrête près de moi et dépose sa lance par terre.

— Est-ce que tu l'aimes ? chuchote-t-il.

— Non.

Il soulève la couverture en un geste à la fois gracieux et brutal. Les protestations restent bloquées dans ma gorge. Il glisse sa main derrière ma nuque et scelle ses lèvres aux miennes dans un baiser passionné. Et tout se remet en place. Il ne sent plus le savon, il est beaucoup plus fort que l'Aspen d'autrefois, mais son contact, le velouté de sa peau… tout me revient d'un bloc. Lorsque ses lèvres s'aventurent dans mon cou, je souffle :

— Ils vont te tuer si tu fais ça.

— Et je vais mourir si je ne t'embrasse pas.

J'essaie de trouver la volonté de le repousser. Nous dansons sur un volcan – tant les règles que nous enfreignons sont nombreuses – mais peu m'importe, au fond. J'en veux toujours à Maxon, et Aspen m'apporte du réconfort. Prise dans un maelström d'émotions, je fonds en larmes. Aspen me couvre de baisers et, bientôt, ses larmes se mêlent aux miennes.

— Tu sais que je te déteste ?

— Je sais, Ame. Je sais.

Il s'écoule un quart d'heure avant qu'Aspen ne reprenne ses esprits.

— Il faut que j'y retourne, sinon les gardes vont se poser des questions.

— Quels gardes ?

— Ceux qui patrouillent dans le palais toute la nuit. Je peux avoir vingt minutes comme une heure. S'ils font une ronde assez courte, cela me laisse moins de cinq minutes.

— Dépêche-toi !

Aspen ramasse sa lance et je l'accompagne jusqu'à la porte. Avant de l'ouvrir, il m'embrasse à nouveau. Un flot de bonheur pur coule dans mes veines.

— J'ai encore du mal à croire que tu es là.

— J'étais le premier surpris, tu peux me croire.

— Comment as-tu intégré la garde du palais ?

— Il s'avère que je suis naturellement doué. Ils nous ont amenés dans un centre d'entraînement au beau milieu des Crêtes Argentées. De la neige partout, America ! Rien à voir avec les trois flocons qu'on a chez nous. Toutes les recrues sont nourries, formées et surveillées par un médecin. On nous fait des piqûres, aussi. Je ne sais pas ce qu'ils m'ont injecté mais j'ai pris du muscle, et des centimètres. Je suis un soldat très compétent, et plus intelligent que la moyenne. J'avais les meilleurs résultats de ma classe.

— Cela ne m'étonne pas.

Un sourire conquérant aux lèvres, je l'embrasse. Aspen mérite de s'élever plus haut que ne l'autorise son statut de Six.

Il ouvre la porte et plonge son regard dans le couloir. Vide.

— J'ai tellement de choses à te dire. Il faut que je te parle.

— Je sais. On va trouver un moment, Ame. Il va falloir nous armer de patience, mais je vais revenir. Pas cette nuit. Je ne sais pas quand, mais bientôt.

Aspen m'embrasse à pleine bouche, presque brutal.

— Tu m'as manqué, ajoute-t-il avant de reprendre son poste.

Je retourne me coucher, ahurie. J'ai du mal à prendre la mesure de ce qui vient de se passer. D'une certaine façon, Maxon l'a bien cherché. S'il souhaite prendre la défense de Celeste et m'humilier, grand bien lui fasse. Le problème est résolu.

Et le sommeil m'engloutit.

23.

Le lendemain, mon assurance fond comme neige au soleil et je me demande si nous n'aurions pas dû faire preuve de davantage de prudence. Et si Maxon nous avait surpris ? Si Aspen avait été dénoncé par l'un des gardes ? Les pires scénarios se déroulent dans ma tête.

Je n'arrive pas à me convaincre de quitter le lit pour passer mon samedi au Boudoir. J'ai trop peur que l'une des Sélectionnées n'arrive à lire mon crime sur mon visage. Si jamais j'étais démasquée, si jamais Celeste (pour ne pas la nommer) devinait ce qui s'est passé hier soir…

Nous avons trahi le prince, Aspen et moi. Et la trahison n'amène qu'un seul châtiment.

Je décide de feindre une migraine et je reste couchée tandis que mes trois bonnes s'affairent sans un bruit dans la chambre.

L'après-midi, Mary m'apporte une courte lettre signée de Maxon, qui me demande l'autorisation de me rendre visite. La colère a été remplacée par une culpabilité paralysante et je refuse de le voir. Un peu plus tard, Anne me fait porter mon dîner et mes trois suivantes récupèrent le plateau avant de me laisser seule. Je m'autorise enfin à pleurer.

Je suis réveillée en catastrophe au beau milieu de la nuit. Anne me secoue vigoureusement par les épaules.

— Quoi ? Que se passe-t-il ?

— Je vous demande bien votre pardon, mademoiselle, mais vous devez vous lever ! annonce-t-elle d'une voix où perce l'affolement.

— Que se passe-t-il ? Tu es blessée ?

— Non, non. On doit vous emmener au sous-sol. Il y a des renégats.

L'esprit embrumé, je tente de comprendre la portée de ses paroles et je remarque, cachée derrière elle, une Lucy en larmes.

— Ils sont à l'intérieur ?

Un gémissement apeuré confirme mes pires craintes.

Je saute hors du lit, bousculée par une décharge d'adrénaline. En toute hâte, Mary glisse des chaussures à mes pieds et Anne m'enveloppe dans un peignoir. Une seule question tourne dans mon esprit : Nord ou Sud ? Nord ou Sud ?

— Qu'est-ce qu'on fait maintenant ?

— Il y a un passage là, dans le couloir. Il vous mène directement à l'abri souterrain. Les gardes vous attendent. La famille royale s'y trouve déjà, avec les autres Sélectionnées. Dépêchez-vous, mademoiselle.

Anne m'entraîne dans le couloir et appuie sur un endroit précis du mur. Le mur pivote et s'ouvre sur un passage secret digne d'un roman policier. Derrière ce mur, un escalier qui s'enfonce dans l'obscurité. Je reste plantée là quand Tiny déboule de sa chambre et se précipite dans la galerie.

— Très bien, les filles, allons-y.

Anne et Mary me regardent bouche bée. Lucy tremble si fort qu'elle a du mal à tenir debout.

— Non, mademoiselle. Nous, notre abri est ailleurs. Dépêchez-vous. S'il vous plaît !

Si les renégats leur tombent dessus, elles seront soit blessées (au mieux), soit tuées. Et c'est une perspective que je ne peux pas supporter. Si je montre à Maxon combien elles comptent pour moi, peut-être compteront-elles aussi pour lui. Même si nous sommes en mauvais termes. Même si je mise trop sur sa générosité et si je fais preuve d'impudence. La peur me donne des ailes. J'attrape Anne par le bras et je la pousse dans l'escalier. Elle trébuche.

— Vite !

— Ils ne vont pas nous laisser entrer, mademoiselle ! proteste Anne. C'est un abri réservé à la famille… ils vont nous fermer la porte au nez !

L'escalier est assez bien éclairé mais, dans ma hâte, je perds l'équilibre à plusieurs reprises et manque m'écraser sur les marches. L'angoisse m'aveugle presque. Les renégats connaissent-ils l'existence de ces passages secrets ? Lucy est à moitié paralysée et je dois tirer de toutes mes forces sur son bras pour qu'elle consente à me suivre.

Au terme d'une descente qui me paraît interminable, le boyau étroit s'ouvre sur une caverne creusée par la main de l'homme. Des filles débouchent d'autres escaliers et se précipitent vers ce qui ressemble à une porte d'un bon demi-mètre d'épaisseur. De l'autre côté, notre refuge.

Un garde fait barrage.

— Merci de nous avoir amené cette jeune fille, vous trois. Vous pouvez partir.

Je m'interpose :

— Non ! Elles sont avec moi, et elles restent avec moi.

— Mademoiselle, ces domestiques ont leurs propres refuges.

— Très bien. Elles n'entrent pas, je n'entre pas non plus. Je suis certaine que le prince Maxon sera ravi d'apprendre que vous êtes responsable de mon absence. Partons d'ici, mesdemoiselles.

Sur ce, j'empoigne Mary et Lucy par la main.

— Une minute ! Attendez ! Très bien, allez-y. Mais si quelqu'un trouve à y redire, c'est une responsabilité que vous allez devoir assumer.

— J'assume entièrement.

Et je fais mon entrée dans le refuge, la tête haute.

Il règne à l'intérieur une ambiance survoltée. Certaines filles se sont regroupées pour mieux pleurer, d'autres prient fébrilement. Le roi et la reine se tiennent à l'écart, protégés par un cordon de soldats. À côté d'eux, Maxon tient la main d'une Elayna bouleversée, qui tente vaille que vaille de garder son sang-froid. Le petit groupe me voit arriver et les visages affichent l'étonnement lorsqu'on remarque que je ne suis pas seule. Je les salue d'un geste du menton et j'avance sans baisser les yeux, certaine que personne ne va oser contester ma décision.

Trois pas encore, et Silvia vient à ma rencontre. Elle est d'un calme olympien. Elle en a vu d'autres.

— Parfait. Un peu d'aide. Les filles, il y a des réserves d'eau au fond de la pièce, commencez à servir des rafraîchissements à Leurs Majestés et aux jeunes personnes. Ne restez pas plantées là les bras ballants.

Je m'interpose à nouveau.

— Non. Anne, va servir le roi, la reine et le prince, puis viens t'asseoir à côté de moi. Les autres peuvent se débrouiller toutes seules. Elles ont choisi d'abandonner leurs suivantes à leur sort, elles peuvent bien aller chercher de l'eau comme des grandes. Mes suivantes restent à mes côtés. Venez, mesdemoiselles.

Je sais que la famille royale n'a rien raté de ma petite tirade. Dans ma quête d'autorité, j'ai parlé un peu trop fort. Tant pis s'ils me trouvent grossière. Lucy, morte de peur, tremble des pieds à la tête. Hors de question que je la laisse dorloter, dans son état, de petites dindes sans cervelle. C'est mon instinct de sœur aînée qui parle.

Nous trouvons de la place au fond de la pièce. La personne chargée de l'aménagement du refuge ne s'attendait manifestement pas à un tel afflux : nous sommes à court de chaises. Le bon point, c'est que les réserves d'eau et de nourriture peuvent nous aider à tenir des mois entiers en cas de siège.

Les réfugiés forment un groupe hétéroclite. Plusieurs ministres, qui devaient travailler toute la nuit, n'ont pas quitté leur costume. Maxon est lui aussi habillé de pied en cap. En revanche, dans la précipitation, aucune des filles n'a pensé à enfiler une robe de chambre par-dessus sa nuisette et toutes grelottent à qui mieux mieux. Emmitouflée dans mon peignoir, je ne peux qu'imaginer leur détresse.

Pendant qu'Anne est aux petits soins pour la famille royale, je serre Lucy sur mon cœur, et Mary se pelotonne contre sa camarade. Nous restons muettes, car toute parole est futile dans ces circonstances, tout en prenant la mesure de l'hystérie ambiante. La cacophonie des voix me rappelle le jour de notre relooking. Paupières baissées, je tente de me remettre cet épisode insouciant en mémoire.

— Est-ce que tout va bien ?

Surprise, je lève la tête. Mes yeux se posent sur Aspen, irrésistible dans son uniforme. Il s'est adressé à moi sur un ton on ne peut plus officiel et son sang-froid me fait forte impression.

— Oui, merci beaucoup.

Nous gardons le silence quelques instants. Mary a cédé à l'épuisement : elle s'est endormie en s'affaissant lourdement sur Lucy, dont le calme m'étonne. Séchant ses larmes, elle dévore Aspen du regard, une lueur d'admiration au fond des prunelles.

— C'est très généreux d'avoir amené vos suivantes. Rares sont les gens qui protègent leurs inférieurs.

— Les castes ne représentent rien à mes yeux.

Lucy ouvre la bouche, comme si elle s'apprêtait à poser une question à Aspen, quand un garde posté de l'autre côté de la salle nous aboie dessus. Il réclame un silence absolu. Mieux vaut obéir.

Aspen s'éloigne et je pousse un soupir de soulagement. J'ai peur que notre comportement ne nous trahisse.

— Vous le connaissez, mam'selle ? chuchote Lucy.

— Plus ou moins. Il vient de la même province que moi.

— Je l'ai vu souvent ces derniers jours. Il est toujours devant votre porte. Et il est très, très beau.

J'adresse un sourire à Lucy mais le garde répète son ordre en montrant cette fois les crocs. Les rares conversations s'éteignent et un silence presque surnaturel s'abat sur l'assemblée.

Au-dessus de nos têtes, les combats font rage. Je tente de distinguer un bruit, un indice qui m'aiderait à deviner l'identité des assaillants. Je me cramponne à Lucy comme à une bouée, même si personne ne pourra me convaincre que je suis capable de la protéger, et vice versa.

Maxon accomplit son devoir de prince : il circule d'une Sélectionnée à l'autre et prend de nos nouvelles. Anne et Mary ont fini par s'endormir, rompues par l'angoisse et la fatigue. J'échange de temps en temps quelques mots à voix basse avec Lucy, d'un seul souffle, presque en lisant sur ses lèvres. Lorsque Maxon s'approche de nous, il nous voit empilées les unes sur les autres et esquisse un sourire. Ma culpabilité cède la place à la gratitude. Je suis heureuse qu'il soit sain et sauf. Il se penche vers moi et me souffle à l'oreille :

— Comment allez-vous ?

Je le rassure d'un geste. Il s'incline ensuite vers Lucy et une bouffée de son parfum envahit mes narines. Cette odeur ne rappelle rien de connu. Ni la cannelle ni la vanille, et encore moins le savon. C'est un parfum synthétique, unique en son genre.

— Et vous, mademoiselle ?

Lucy le rassure, elle aussi.

— Vous devez être surprise de vous retrouver ici ? demande-t-il avec un petit sourire, comme s'il voulait tourner cette situation tragique à la plaisanterie.

— Non, Votre Majesté. Pas avec mam'selle.

Maxon se tourne vers moi. Cette proximité me met mal à l'aise. Je ne peux pas bouger, pas même d'un millimètre. Et trop de gens pourraient constater notre complicité, Aspen inclus. Mais cette gêne disparaît très vite et Maxon reporte son attention sur Lucy.

— Je comprends ce que vous voulez dire, déclare-t-il.

Il s'apprête à ajouter quelque chose, mais il se ravise et se remet debout. Je l'agrippe par le bras.

— Nord ou Sud ?

— Vous souvenez-vous de la séance photo ?

J'acquiesce. Ainsi, l'armée n'a pas réussi à intercepter la bande de renégats. Des Sudistes. Des tueurs.

— N'en parlez à personne, America.

Il tourne les talons et va apporter son soutien à Fiona qui pleure toutes les larmes de son corps, recroquevillée en position fœtale.

Si les renégats se forcent un passage jusqu'ici, je ne donne pas cher de notre peau. Coincés dans cet abri souterrain, nous sommes condamnés à prendre notre mal en patience. Le temps s'étire indéfiniment ; les réfugiés qui se sont assoupis sont en train d'émerger, ceux qui avaient réussi à rester éveillés voient leur énergie les quitter. Le bruit des combats ne s'arrête pas tout de suite. Enfin, le silence s'installe et plus rien ne vient le troubler.

La porte s'ouvre et une cohorte de gardes s'aventurent à l'extérieur du refuge afin d'explorer le palais. Ils reviennent au bout d'une attente qui paraît durer une éternité.

— Mesdames et messieurs, les renégats ont été maîtrisés. Nous allons vous demander de regagner vos quartiers via les passages de secours. Il y a beaucoup de dégâts, ainsi que de nombreux blessés. Nous vous suggérons d'éviter les pièces principales et les couloirs, en attendant que l'ordre revienne. Les Sélectionnées sont invitées à regagner leurs chambres et à ne pas en bouger jusqu'à nouvel ordre. J'ai discuté avec les cuisines et un repas vous sera porté dans l'heure qui vient. Quant au personnel médical, il est attendu à l'infirmerie générale.

Tous se mettent debout et s'apprêtent à retourner à leurs occupations comme si de rien n'était. Certains affichent même une mine ennuyée. Rien de nouveau sous le soleil, n'est-ce pas ?

Ma chambre a été saccagée. Matelas jeté par terre, robes arrachées à la penderie, photos de famille déchirées en mille morceaux. Mon bocal, en revanche, a survécu à l'épreuve : il est caché sous le lit, toujours intact. Je m'efforce de contenir mes larmes, mais elles coulent sans me demander mon avis. Ce n'est pas la peur qui me fait craquer, juste le dégoût de penser qu'un vandale a posé ses sales pattes sur mes affaires.

La fatigue nous ralentit, pourtant nous nous retroussons les manches pour faire disparaître les traces du saccage. Anne m'apporte un rouleau de scotch et se porte volontaire pour m'aider à recomposer mes photos. Je demande au trio de quitter ma chambre. L'aînée proteste, mais je demeure inflexible. Je ne redoute plus d'exprimer mon autorité et de leur donner des ordres.

Seule, je me livre à mon chagrin. La peur, qui ne devrait être qu'un lointain souvenir, garde toujours son emprise sur moi. J'enfile le jean que Maxon m'a offert et le seul T-shirt que j'ai emporté dans mes bagages, puis je tords mes cheveux à la va-vite en chignon. Des mèches folles encadrent mon visage.

Je dispose les fragments des photos déchirées sur mon lit et j'essaie de reconstituer le puzzle. Je parviens à redonner forme à un cliché lorsqu'on frappe à la porte.

Maxon. Faites que ce soit Maxon. J'ouvre la porte, pleine d'espoir.

— Bonjour ma chérie ! s'exclame Silvia, la moue boudeuse.

Elle me bouscule et fonce dans la chambre, puis elle scrute ma tenue.

— Ne me dites pas que vous partez vous aussi. Pas pour quelque chose d'aussi insignifiant.

Et elle balaie l'attaque des renégats d'un revers de main.

— Mais, non, je ne pars pas. D'autres filles s'en vont ?

— Oui, trois pour l'instant. Et Maxon, ce cher enfant, m'a demandé de ne retenir personne contre son gré. Toutes les dispositions sont prises en ce moment même. C'est curieux. Si j'osais, je dirais qu'il avait prédit tous ces départs. À votre place, je ne me laisserais pas décourager par ce genre de broutilles.

Tout en discourant, elle déambule dans ma chambre et en inspecte chaque recoin. L'attaque des renégats, une broutille ? Dans quel monde vit-elle ?

— Vous ont-ils volé quelque chose ? s'enquiert-elle sur un ton désinvolte.

— Non, madame. Ils ont mis la chambre sens dessus dessous mais rien ne manque.

— Très bien.

Silvia s'approche de moi et me présente un minuscule téléphone portable.

— Voici la ligne la plus sécurisée du palais. Appelez votre famille et rassurez-la sur votre sort. Ne soyez pas trop longue. Il me reste d'autres filles à voir.

Je m'extasie devant cette petite merveille de technologie. C'est la première fois que j'ai un téléphone portable entre les mains. J'ai déjà vu des Deux et des Trois s'en servir, mais de là à penser que j'en utiliserais un, moi aussi, un jour… Je compose le numéro de la maison les mains tremblantes. Je vais entendre leurs voix, enfin ! J'écoute la tonalité. Maman décroche toujours après deux sonneries.

— Allô ?

— Maman ?

— America ! C'est toi ? Est-ce que tout va bien ? On était terriblement inquiets. Des gardes nous ont appelés pour nous avertir qu'on resterait peut-être sans nouvelles de toi pendant plusieurs jours. On a vécu un véritable cauchemar.

— Oh, maman, ne pleure pas. Tout va bien, tu vois.

J'observe Silvia à la dérobée. Tout dans son attitude suinte l'ennui.

— Attends, America, ne raccroche pas.

Des bruits confus se font entendre à l'autre bout de la ligne.

— America ?

— May ! Tu me manques tellement !

Les larmes reviennent, plus amères que jamais.

— J'ai cru que tu étais morte ! America, je t'aime très fort. Promets-moi de ne pas mourir !

Presque amusée par la gravité de mon serment, je réponds :

— Je te le promets.

— Tu rentres quand ? Tu vas rentrer, hein ? Ne reste pas là-bas, s'il te plaît.

— Rentrer ? Non, May, je ne peux pas rentrer à la maison. Il faut que je reste ici.

— Pourquoi ?

— Parce que.

— Mais… Tu es amoureuse de Maxon ?

Une fraction de seconde, May redevient la midinette qu'elle a toujours été. Elle ne restera pas traumatisée bien longtemps, même si elle a passé une journée horrible.

— Euh, je n'en suis pas sûre…

— America ! Tu es amoureuse de Maxon ! Ouh !

À l'arrière-plan, j'entends papa hurler : « Quoi ? » et, tout de suite après, maman s'emballer : « Oui, oui, oui ! »

— May, je n'ai jamais dit…

— Je le savais !

— May, il faut que j'y aille. D'autres filles ont besoin du téléphone. Je voulais juste vous rassurer, je vais très bien. Je vous écris très vite, promis juré.

— D'accord. Raconte-moi tout sur Maxon ! Et envoie-moi d'autres gâteaux ! Je te fais plein de bisous !

— Moi aussi. À bientôt, dis-je avant de raccrocher.

À l'instant où la voix de May s'éteint, la nostalgie m'étreint le cœur.

Silvia récupère aussitôt le téléphone et se dirige vers la porte.

— C'est très gentil de votre part, lance-t-elle, puis elle disparaît dans le couloir.

Gentil, je ne sais pas. Ce que je sais, par contre, c'est que je me sentirai plus légère quand j'aurai choisi : Maxon ou Aspen ?

24.

Amy, Fiona et Tallulah nous quittent quelques heures plus tard. Je ne sais pas si ce départ précipité est à mettre au compte de l'efficacité de Silvia ou des nerfs fragiles des filles. Nous ne sommes plus que dix-neuf et j'ai l'impression soudaine que les choses s'accélèrent. Rien ne pourrait me préparer à ce qui va nous tomber dessus.

Le lendemain des attaques, nous retrouvons le confort de notre quotidien. Le petit déjeuner est toujours aussi succulent et je me demande si mes papilles seront un jour blasées. J'en doute.

— Kriss, tu ne trouves pas ça sublimissime ?

Je mords dans la chair d'un fruit en forme d'étoile dont j'ignore le nom – et dont j'ignorais l'existence avant mon arrivée au palais. La bouche pleine, Kriss acquiesce. Ce matin, il me semble retrouver des sœurs autour de la table du petit déjeuner. Grâce à l'assaut des renégats, un lien indestructible s'est tissé entre nous. Assise à côté de Kriss, Emily me passe le miel. Tiny s'émerveille devant mon pendentif en forme de rossignol. Je comprends qu'une fois la Sélection achevée, je ne perdrai pas contact avec ces filles. Je voudrai savoir qui a épousé qui, leur envoyer des cartes de vœux à Noël. Et dans une vingtaine d'années, je décrocherai mon téléphone et nous passerons au crible les candidates de la Sélection qui auront la lourde tâche de séduire le fils de Maxon. Ensemble, nous feuilletterons l'album de nos souvenirs, un sourire nostalgique aux lèvres, en nous remettant en mémoire cette aventure extraordinaire.

La seule personne qui a l'air de passer un mauvais moment, c'est Maxon. Au lieu de se régaler, il parcourt du regard les tables, concentré à l'extrême. De temps à autre il s'interrompt comme à mi-pensée avant de reprendre son inspection. Un débat semble faire rage dans sa conscience.

Nos regards se croisent, il m'offre un sourire piteux. Exception faite du court interlude dans l'abri souterrain, nous n'avons pas échangé une parole depuis notre dispute et j'ai des choses à lui dire. Cette fois-ci, je prends l'initiative tout en restant humble. Je tire sur mon oreille. Les traits tendus, il m'imite. Soulagée, je fais dévier mon regard vers les portes massives. Une autre paire d'yeux est braquée sur moi. J'ai repéré Aspen en entrant dans la salle ; difficile de faire comme si de rien n'était.

Maxon se met debout et les pieds de sa chaise raclent le plancher avec un grincement. Toutes les filles tournent la tête vers lui, à l'unisson. Il s'éclaircit la voix, comme s'il regrettait de s'être fait remarquer.

— Mesdemoiselles, je dois vous apprendre que l'attaque qui a eu lieu cette nuit m'a poussé à reconsidérer le processus de la Sélection. Trois candidates m'ont prié de les autoriser à partir hier et j'ai accédé à leur demande. Par ailleurs, il me déplaît d'héberger au palais des jeunes filles avec lesquelles je n'ai aucun avenir quand une menace constante plane au-dessus de nos têtes.

— Je rêve ou quoi ? chuchote Tiny.

— Non, tu ne rêves pas.

— Cela me peine profondément, mais j'ai cherché l'avis de mes proches et de plusieurs conseillers et j'ai pris la décision, en toute connaissance de cause, de limiter la Sélection directement à l'Élite. Cependant, au lieu de dix, ce sont six candidates qui resteront au palais.

— Six ? s'étrangle Kriss.

— C'est injuste, geint Tiny, au bord des larmes.

Des murmures de protestation s'élèvent aux quatre coins de la salle. Celeste semble s'arc-bouter, comme une boxeuse sur un ring. Bariel, les yeux fermés, croise les doigts. Marlee a le visage crispé par l'angoisse. Je ne saisis pas : pourquoi veut-elle rester, elle qui m'a avoué n'avoir aucun sentiment pour Maxon ?

— Je n'ai aucune envie de faire traîner les choses, alors voici les noms des dernières candidates. Mlles Marlee et Kriss.

Marlee pousse un soupir de soulagement. Kriss, pour sa part, exécute une petite danse sur sa chaise et s'étonne de ne voir autour d'elle que des visages fermés. Je me rends compte qu'il n'y a plus que quatre places à pourvoir. Maxon compte-t-il me renvoyer à la maison ? Va-t-il me donner ma chance malgré notre dispute ? Ai-je envie, au bout du compte, de lier mon destin au sien ?

Maintenant que la décision n'est plus entre nos mains, je comprends qu'il est vital pour moi de rester dans la compétition.

— Mlle Natalie, Mlle Celeste, poursuit Maxon.

Je serre les dents. Il ne peut pas garder Celeste et me renvoyer, c'est impossible. J'ai du mal à croire, d'ailleurs, qu'il ait décidé de garder Celeste. Dois-je y voir un signe ? C'est tout de même elle qui est à l'origine de notre querelle.

— Mlle Elise…

Nous attendons le dernier nom en retenant notre souffle. J'agrippe la main de Tiny.

— … et Mlle America, conclut Maxon avec un regard dans ma direction.

Je sens chaque muscle de mon corps se détendre. Tiny éclate en sanglots et beaucoup l'imitent.

— Quant aux autres, je suis sincèrement navré mais je vous prie de me croire : c'est votre bien-être et votre sécurité qui ont présidé à ma décision. Je n'ai pas l'intention de faire naître des espoirs qui finiront désabusés tout en mettant votre vie en péril. Si l'une d'entre vous souhaite me parler, elle me trouvera dans la bibliothèque au fond du couloir, et ce dès la fin du petit déjeuner.

Maxon quitte la salle aussi vite que le permettent ses jambes. Je le suis du regard. Il passe devant Aspen, qui affiche une mine perplexe. Je lui ai dit que je n'aimais pas le prince, il a dû en conclure que Maxon ne nourrissait lui non plus aucun sentiment. Les faits viennent de lui donner tort. Emmica et Tuesday s'élancent à la suite de Maxon, sûrement pour lui réclamer une explication. Certaines filles sont en larmes et la tâche revient à celles qui restent de les consoler. La situation est terriblement embarrassante. Tiny finit par me repousser et s'enfuit à toutes jambes. La salle se vide en quelques minutes : Maxon nous a coupé l'appétit. Je ne m'attarde pas moi non plus. Sur mon passage, Aspen me chuchote « À ce soir ». Avec un signe de tête imperceptible, je poursuis ma route.

Le reste de la matinée est surréaliste. Au premier étage, toutes les portes sont grandes ouvertes et les filles font circuler des petits mots et échangent leurs adresses, entre deux crises de larmes et deux éclats de rire. L'après-midi, le palais retrouve enfin tout son sérieux.

Toutes les chambres de mon couloir sont désertées – à part la mienne, bien sûr – et un silence de mort s'installe. Les domestiques qui galopent dans les couloirs, les portes qui claquent, c'est désormais de l'histoire ancienne. Assise à ma table, je lis tandis que mes suivantes époussettent les meubles. Le palais est-il hanté, d'ordinaire, par une solitude aussi pesante ? Ma famille me manque terriblement.

Soudain, on frappe à ma porte. Anne se précipite. Lorsque Maxon fait son entrée, je quitte ma chaise.

— Mesdemoiselles, dit-il en s'adressant au trio, nous nous retrouvons.

Mes chambrières se mettent à pouffer tout en bâclant leur révérence. Il les salue en retour. Je reste plantée près de la table, hébétée.

— Pardonnez-moi, je dois échanger quelques mots avec Mlle America. Me permettez-vous ?

Nouvelles courbettes, nouveaux gloussements, Anne en profite pour proposer au prince – sur un ton impliquant une quasi-vénération – de lui apporter un rafraîchissement. Maxon décline son offre et elles quittent la chambre. Nous gardons le silence un long moment. Je finis par avouer :

— Je suis vraiment surprise d'être retenue.

— Pourquoi donc ?

— Parce que nous nous sommes disputés. Parce que notre relation n'a aucune base solide. Parce que…

Parce que j'ai la sensation de vous avoir trompé, même si vous avez cinq autres femmes à votre palmarès.

Maxon s'approche de moi à pas lents, tout en choisissant ses mots avec des accents de sincérité dans la voix.

— En premier lieu, je dois vous présenter mes excuses. Je n'aurais pas dû vous sermonner. C'est juste que certains ministres, ainsi que mon père, font déjà pression sur moi et je veux pouvoir prendre cette décision seul. Cela m'a contrarié de faire face à un autre problème où mon opinion n'était pas prise au sérieux.

Il serre mes mains entre les siennes.

— Un autre problème ?

— Vous avez vu mes choix. Marlee a obtenu l'affection du peuple, ce qui n'est pas à négliger, et Celeste est une jeune femme très puissante issue d'une excellente famille. Natalie et Kriss sont de charmantes jeunes filles qui ont su séduire certains membres de ma famille. Elise a de la famille en Nouvelle-Asie. Comme nous tâchons de mettre un terme à la guerre, c'est un élément à prendre en considération. Mon entourage veut s'assurer que mon choix sera stratégique.

— Et moi, pourquoi me garder ?

— America, je croyais avoir été clair sur ce point.

Maxon laisse échapper un soupir et prend délicatement mon visage entre ses paumes. Quand je lève la tête, il passe aux aveux.

— Si les choses n'étaient pas aussi compliquées, j'aurais déjà annulé la Sélection depuis longtemps.

Mes sentiments ne sont plus un mystère pour moi. Peut-être est-ce irréfléchi de ma part de me lancer ainsi tête baissée, mais je suis certain que je serais heureux avec vous.

Je rougis jusqu'aux oreilles. Moi qui croyais qu'il m'avait gardée parce qu'il ne voulait pas violer sa promesse, je sens que je vais fondre en larmes. Il est presque en adoration devant moi.

— Il y a des moments, America, où j'ai l'impression que vous et moi avons fait tomber jusqu'au dernier mur, et d'autres où je me dis que vous ne restez que par confort personnel. Serais-je dans l'erreur en disant que vous n'êtes pas sûre de vos sentiments ?

Même si je répugne à faire de la peine à Maxon, je lui dois la vérité.

— Non.

— Dans ce cas, la décision est entre vos mains. Vous pouvez choisir de partir quand vous le souhaitez, je ne vous retiendrai pas. Entre-temps, je dois trouver ma future femme. J'essaie de prendre la meilleure décision possible dans les limites qui m'ont été fixées. Soyez certaine que j'ai pour vous une profonde affection.

Je n'arrive plus à retenir mes larmes. Je repense à Aspen et aux horreurs que j'ai faites sous l'influence de la colère. Tout en reniflant, je lui demande :

— Maxon ? Pourrez-vous… un jour… me pardonner… ?

Je n'ai pas besoin d'achever ma confession. Il s'approche de moi et essuie mes larmes de sa main puissante.

— Vous pardonner quoi ? Notre petite dispute ? C'est déjà oublié. Vos sentiments qui tardent à rejoindre les miens ? Je suis prêt à prendre mon mal en patience. Je ne vois pas ce que vous avez fait d'impardonnable. Dois-je vous rappeler le genou dans mes parties sensibles ?

J'éclate de rire. Maxon semble s'en amuser lui aussi avant de retrouver son sérieux.

— Qu'y a-t-il ?

— Les Renégats n'ont pas perdu de temps cette fois-ci. Je suis très inquiet, America. Nord ou Sud, ils semblent plus déterminés que jamais. Ils reviendront à l'attaque tant qu'ils n'auront pas trouvé ce qu'ils cherchent. Le problème, c'est que j'ignore de quoi il s'agit. Ce n'est qu'une question de temps avant qu'ils ne tuent une personne qui m'est chère, je le crains.

Maxon plonge son regard dans le mien.

— Vous savez que vous avez toujours le choix. Si vous avez peur de rester, n'en faites pas mystère. Si vous doutez de m'aimer un jour, ayez la bonté d'abréger mes souffrances. Nous nous quitterons bons amis.

À ces mots, je pose ma tête sur son torse. À la fois surpris et rassuré par ce geste, Maxon me serre contre son cœur.

— Maxon, je ne sais pas trop ce que nous sommes, mais nous sommes plus qu'amis, c'est certain.

Il soupire. Je distingue l'affolement de son cœur, qui bat la chamade, à travers l'épaisseur de son costume. Avec délicatesse, il relève mon menton. Je sens un attachement indicible qui grandit entre nous.

Ensuite vient le baiser, d'une tendresse inimaginable.

25.

Quelqu'un me pousse du coude et j'ouvre les yeux. Il fait encore nuit noire. Une fraction de seconde, je pense que les renégats sont revenus, assoiffés de sang, mais une voix me rassure :

— Ame ?

Je me retrouve face à Aspen. Il me faut vite remettre les pendules à l'heure et j'espère que mon cœur m'autorisera à lui dire certaines vérités.

Je croise son regard et je remarque qu'il a laissé la porte de ma chambre ouverte.

— Aspen, tu es fou ?

— Non, j'ai bien réfléchi. Si la porte reste ouverte, je pourrai dire que j'ai entendu un bruit et que j'inspectais ta chambre, ce qui fait partie de mes missions. Insoupçonnable.

Une idée aussi simple que géniale. La meilleure façon de garder un secret, parfois, c'est de l'étaler au grand jour.

— Je comprends.

J'allume ma lampe de chevet, afin de prouver que nous n'avons rien à cacher. Un coup d'œil à l'horloge, qui indique trois heures du matin.

Aspen sourit d'une oreille à l'autre, comme les soirs où il m'attendait dans la cabane. Qu'est-ce qui peut le rendre aussi heureux ?

— Tu l'as gardé, dit-il.

— Hein ?

Le bocal à la pièce solitaire, que j'ai posé sur la table de chevet. Il le montre du doigt.

— Oui. Je n'ai pas eu le courage de m'en séparer.

Aspen jette un coup d'œil à la porte et se penche vers moi pour m'embrasser. Déterminée, je plaque ma main sur son torse.

— Non. Tu ne peux pas faire ça.

— Allons, Ame. Qu'est-ce qui te prend ?

— J'ai dit non. Et je suis sérieuse. J'aurais dû dire non la première fois, mais tu m'as prise au dépourvu. Et j'étais bouleversée.

— Bouleversée ? Tu avais l'air plutôt contente de me voir.

— Aspen, tout d'abord, nous savons tous les deux ce qui nous attend si nous nous faisons prendre. Je ne suis pas masochiste, ni suicidaire. Ensuite, je ne suis plus ta petite amie, tu as oublié ? Tu m'as larguée. Tu ne peux pas débarquer au beau milieu de la nuit et m'embrasser quand ça te chante. En plus je ne suis pas… disponible.

— Pas disponible ? Quoi, tu m'as menti ? Tu es amoureuse de Maxon ?

— Non, je n'ai pas menti. Maxon et moi, nous sommes amis. Rien de plus. Pour l'instant.

— Alors vous vous baladez bras dessus bras dessous et vous parlez de fleurs et de petits oiseaux, c'est ça ? ricane Aspen.

— Non, mais il a pris le temps d'apprendre à me connaître. Il me pose des questions, il est honnête avec moi. Maxon sait tout à mon sujet.

— Tout ? Que toi et moi, on était ensemble ? Que j'étais avec toi l'autre nuit ? demande Aspen, sceptique.

— Non, il ne sait pas qu'on s'est embrassés. Il ne sait même pas qui tu es. Je ne lui ai jamais donné ton nom.

— Qui protèges-tu, dans ce cas ? Toi ou moi ?

Mise devant mes contradictions, je m'agace :

— Tu sais, si tu veux me récupérer, ce n'est pas la bonne méthode.

— Je sais. Excuse-moi. C'est juste que je n'aime pas trop la façon dont les choses se déroulent.

— C'était ton idée !

— Chut !

Aspen va vérifier qu'un garde un peu trop zélé n'a pas entendu mon cri du cœur. Ces rendez-vous à la sauvette sont beaucoup trop risqués, il faut que j'y mette un arrêt définitif. Je m'en fais le serment.

Rassuré, il revient et se poste près de mon lit.

— America, je suis responsable, je ne le nie pas. Mais les choses sont différentes maintenant. J'ai accédé au statut de Deux.

— Et parce que tu es devenu un Deux, la situation est censée revenir à la normale ? Regarde autour de toi, Aspen. Nous ne retrouverons jamais notre vie d'avant.

— Peut-être que si. Essayons.

— Aspen, des années durant j'ai consacré ma vie aux autres, à tenter de changer le cours des choses. J'ai travaillé dur pour aider ma famille à survivre. J'ai cherché à combler le fossé entre Kenna, Kota et le reste de ma famille. J'ai voulu être une grande sœur exemplaire pour May et Gerad, une fille dont mon père pourrait être fier, et ne pas trop décevoir ma mère, puisque la perfection n'existe pas pour elle. Des années durant, j'ai eu foi en notre couple. Je suis tombée amoureuse de toi, j'ai fait de mon mieux pour te rendre la vie plus facile. J'attendais une demande en mariage, j'ai eu une rupture.

Aspen fuit mon regard, contrit.

— Aspen, j'en ai assez de m'effacer devant les autres, de me plier à leurs exigences. L'heure est venue de penser à moi, pour une fois. Je serais stupide de me jeter dans tes bras alors que je ne sais plus si je peux te faire confiance. Ou de tourner le dos à Maxon alors qu'il a fait preuve d'une gentillesse hors du commun.

J'ai les yeux secs, car j'ai pleuré si souvent ces derniers mois que mon stock de larmes est épuisé. Maxon m'a aussi transmis sa sérénité. C'est grâce à lui que je tiens bon.

— Donc, tu le préfères à moi ? demande Aspen.

— Je ne préfère personne. Je pense à moi, point barre.

Et c'est l'entière vérité. Je ne sais pas encore ce que je veux mais il est hors de question de choisir la solution de facilité, ni de me laisser influencer. Je veux me donner le temps de trouver ce qui me conviendra le mieux. Tout simplement.

Aspen retourne ma réplique dans sa tête quelques secondes. Le mécontentement se lit sur son visage.

— Tu sais que je ne vais pas te lâcher aussi facilement ? lance-t-il, des accents de défi dans la voix.

Je souris malgré moi. Une fois qu'il a une idée en tête, Aspen n'est pas du genre à s'avouer vaincu.

— Ce n'est ni le moment ni l'endroit. Ta détermination va t'attirer des ennuis.

— Je n'ai pas peur de ce gratte-papier.

— Maxon n'est pas un gratte-papier. C'est avant tout un grand seigneur.

— Je ne dis pas le contraire, mais je parie qu'il n'embrasse pas aussi bien que moi. Remarque, tu ne peux pas comparer, affirme Aspen en ponctuant sa remarque d'un clin d'œil.

Pour toute réponse, je rougis jusqu'au blanc des yeux. Il donne soudain l'impression d'avoir été sonné par un uppercut.

— Tu l'as embrassé ? murmure-t-il, estomaqué.

Mon silence est éloquent.

— Tu prends tout cela très au sérieux, pas vrai ?

— Oui. Je l'aime beaucoup.

— Cela veut dire que la lutte va être encore plus rude que je ne l'imaginais...

Aspen se dirige alors lentement vers la porte. Avant de la refermer derrière lui, il m'adresse un clin d'œil.

— Bonne nuit, mademoiselle America.

— Bonne nuit, officier Leger.

Le bruit d'un trousseau de clés, le cliquetis d'un verrou, et le silence s'installe pour de bon. Moi qui craignais depuis le début que la Sélection ne me gâche la vie, je suis en train de réviser ma position.

La nuit s'achève trop vite. Le lendemain matin, mes femmes de chambre écartent les rideaux et la lumière du jour se déverse sur ma couette. J'ouvre les yeux, et c'est une nouvelle vie qui commence.

La Sélection, je ne la subis plus, j'y joue un rôle actif. Je fais partie de l'Élite désormais, et c'est débordante d'une énergie nouvelle que je saute hors de mon lit.

Retrouvez vite America Singer
dans ***L'Élite***, le tome II
de la série ***La Sélection*** !

LE PRINCE D'ÉTÉ

de Alaya Dawn Johnson

Sur la côte de ce que l'on appelait jadis le Brésil, ce sont les femmes qui dirigent la légendaire ville-pyramide de Palmares Três. La Reine ne cède le pouvoir à un homme qu'une fois tous les cinq ans, à un Roi d'été dont l'histoire enfiévrera la cité l'espace d'une année.

Pour June Costa, la vie n'est qu'Art. Ses œuvres impressionnent ses professeurs autant que ses camarades. Elle rêve de remporter le prestigieux Trophée de la Reine. Un rêve qu'elle n'avait jamais remis en question... jusqu'à ce qu'elle rencontre Enki.

Fraîchement élu Roi d'été, Enki est le garçon dont tout le monde parle. Mais lorsque June le regarde, elle voit bien au-delà de ses fascinants yeux d'ambre et de sa samba ravageuse : elle reconnaît en lui un artiste total. Follement amoureuse, June décide alors de créer avec lui un chef-d'œuvre qui restera gravé à jamais dans les mémoires. Mais le temps leur est compté. Car, comme tous les Rois d'été qui l'ont précédé, Enki va devoir être sacrifié.

« *Un roman sublime, mené tambour battant,*
dont les héros prennent tous les risques
au nom de l'Amour et de l'Art, dans un monde
à la fois imaginaire et magnifiquement réel ! »

Scott Westerfeld,
auteur de la série best-seller *Uglies*

PARALLON

de Dee Shulman

Tome 1

Un gladiateur romain
Une jeune fille du XXIe siècle
Deux mille ans les séparent
Un mystérieux virus va les réunir...

152 après J.-C.

Au sommet de sa gloire, Sethos Leontis, redoutable combattant de l'arène, est blessé et se retrouve aux portes de la mort.

2012 après J.-C.

Élève brillante mais rebelle, Eva a été placée dans une école pour surdoués. Un incident dans un laboratoire fait basculer sa vie à jamais.

Un lien extraordinaire va permettre à Sethos et Eva de se rencontrer, mais il risque aussi de les séparer, car la maladie qui les dévore n'est pas de celles qu'on soigne, et leur amour pourrait se révéler mortel...

Leur passion survivra-t-elle à la collusion de deux mondes ?

Tome 2 à paraître en septembre 2013

Night School

de C.J. Daugherty

Tome 1

Qui croire quand tout le monde vous ment ?

Allie Sheridan déteste son lycée. Son grand frère a disparu. Et elle vient d'être arrêtée. Une énième fois. C'en est trop pour ses parents, qui l'envoient dans un internat au règlement quasi militaire. Contre toute attente, Allie s'y plaît. Elle se fait des amis et rencontre Carter, un garçon solitaire, aussi fascinant que difficile à apprivoiser... Mais l'école privée Cimmeria n'a vraiment rien d'ordinaire. L'établissement est fréquenté par un fascinant mélange de surdoués, de rebelles et d'enfants de millionnaires. Plus étrange, certains élèves sont recrutés par la très discrète « Night School », dont les dangereuses activités et les rituels nocturnes demeurent un mystère pour qui n'y participe pas. Allie en est convaincue : ses camarades, ses professeurs, et peut-être ses parents, lui cachent d'inavouables secrets. Elle devra vite choisir à qui se fier, et surtout qui aimer...

Le premier tome de la série découverte par le prestigieux éditeur de *Twilight*, *La Maison de la nuit*, *Nightshade* et Scott Westerfeld en Angleterre.

Tome 2 : *Héritage*

Tome 3 à paraître en septembre 2013

GLITCH

de Heather Anastasiu

L'amour est une arme

Dans une société souterraine où toute émotion a été éradiquée, Zoe possède un don qu'elle doit à tout prix dissimuler si elle ne veut pas être pourchassée par la dictature en place.
L'amour lui ouvrira-t-il les portes de sa prison ?

Lorsque la puce de Zoe, une adolescente technologiquement modifiée, commence à glitcher (bugger), des vagues de sentiments, de pensées personnelles et même une étrange sensation d'identité menacent de la submerger. Zoe le sait, toute anomalie doit être immédiatement signalée à ses Supérieurs et réparée, mais la jeune fille possède un noir secret qui la mènerait à une désactivation définitive si jamais elle se faisait attraper : ses glitches ont éveillé en elle d'incontrôlables pouvoirs télékinésiques...

Tandis que Zoe lutte pour apprivoiser ce talent dévastateur tout en restant cachée, elle va rencontrer d'autres Glitchers : Max le métamorphe et Adrien, qui a des visions du futur. Ensemble, ils vont devoir trouver un moyen de se libérer de l'omniprésente Communauté et de rejoindre la Résistance à la surface, sous peine d'être désactivés, voire pire...

La trilogie dystopique de l'éditeur américain des séries best-sellers *La Maison de la nuit* et *Éternels.*

Tome 2 : *Résurrection*

Tome 3 à paraître en novembre 2013

LES CENDRES DE L'OUBLI

-Phænix-

Livre 1

de Carina Rozenfeld

Elle a 18 ans, il en a 20. À eux deux ils forment le Phœnix, l'oiseau mythique qui renaît de ses cendres. Mais les deux amants ont été séparés et l'oubli de leurs vies antérieures les empêche d'être réunis...

Anaïa a déménagé en Provence avec ses parents et y commence sa première année d'université. Passionnée de musique et de théâtre, elle mène une existence normale. Jusqu'à cette étrange série de rêves troublants dans lesquels un jeune homme lui parle et cette mystérieuse apparition de grains de beauté au creux de sa main gauche. Plus étrange encore : deux beaux garçons se comportent comme s'ils la connaissaient depuis toujours...

Bouleversée par ces événements, Anaïa devra comprendre qui elle est vraiment et souffler sur les braises mourantes de sa mémoire pour retrouver son âme sœur.

La nouvelle série envoûtante de Carina Rozenfeld, auteur jeunesse récompensé par de nombreux prix, dont le prestigieux prix des Incorruptibles en 2010 et 2011.

Second volet : *Le Brasier des souvenirs*

Kaleb

de Myra Eljundir

SAISON 1

C'est si bon d'être mauvais...

À 19 ans, Kaleb Helgusson se découvre empathe : il se connecte à vos émotions pour vous manipuler. Il vous connaît mieux que vous-même. Et cela le rend irrésistible. Terriblement dangereux. Parce qu'on ne peut s'empêcher de l'aimer. À la folie. À la mort.

Sachez que ce qu'il vous fera, il n'en sera pas désolé. Ce don qu'il tient d'une lignée islandaise millénaire le grise. Même traqué comme une bête, il en veut toujours plus. Jusqu'au jour où sa propre puissance le dépasse et où tout bascule... Mais que peut-on contre le volcan qui vient de se réveiller ?

La première saison d'une trilogie qui, à l'instar de la série Dexter, offre aux jeunes adultes l'un de leurs fantasmes : être dans la peau du méchant.

Déconseillé aux âmes sensibles et aux moins de 15 ans.

Saison 2 : *Abigail*

Saison 3 à paraître en août 2013

LA COULEUR DE L'AME DES ANGES

de Sophie Audouin-Mamikonian

Laissez-vous porter par les ailes du désir...

Sauvagement assassiné à 23 ans, Jeremy devient un Ange... et réalise avec effroi que l'on peut mourir aussi dans l'au-delà. Pour ne pas disparaître, en effet, tout Ange doit se nourrir des sentiments humains et même... les provoquer ! Invisible et immatériel, Jeremy décide d'enquêter sur sa mort et tombe amoureux de la ravissante Allison, une vivante de 20 ans, témoin de son meurtre. Or l'assassin de Jeremy traque la jeune fille... Jeremy parviendra-t-il à sauver Allison ? Sera-t-il capable de sacrifier ses sentiments et de vivre à jamais séparé d'elle ?

Le premier volet de la duologie événement de Sophie Audouin-Mamikonian.

CONFUSION

Cat Clarke

La vie est un beau mensonge.

Grace, 17 ans se réveille enfermée dans une mystérieuse pièce sans fenêtres, avec une table, des stylos et des feuilles vierges. Pourquoi est-elle là ? Et quel est ce beau jeune homme qui la retient prisonnière ? Elle n'en a aucune idée. Mais à mesure qu'elle couche sur le papier les méandres de sa vie, Grace est frappée de plein fouet par les vagues de souvenirs enfouis au plus profond d'elle-même. Il y a cet amour sans espoir qu'elle voue à Nat, et la lente dégradation de sa relation avec sa meilleure amie Sal. Mais Grace le sent, quelque chose manque encore. Quelque chose qu'elle cache.

De dangereux et inavouables secrets,
une amitié intense et exclusive, une attirance fatale...
Un roman qui a bouleversé l'Angleterre.

Nouveau roman de l'auteur
à paraître en juin 2013 :
Cruelles

Retrouvez tout l'univers
de ***La Sélection***
sur la page de la collection R sur Facebook :
www.facebook.com/collectionr

Vous souhaitez être tenu(e) informé(e)
des prochaines parutions de la collection R
et recevoir notre newsletter ?

Écrivez-nous à l'adresse suivante,
en nous indiquant votre adresse e-mail :
servicepresse@robert-laffont.fr

Composé par Nord Compo Multimédia
7, rue de Fives, 59650 Villeneuve-d'Ascq

Impression réalisée par

CPI
BRODARD & TAUPIN

La Flèche

pour le compte des Éditions Robert Laffont
en juillet 2015

Dépôt légal : avril 2012
N° d'édition : 55021/15 – N° d'impression : 3012765
Imprimé en France